Das Buch

Die Reise beginnt nicht in dem gebuchten Flugzeug, und die Landung auf einem winzigen Flughafen am Schwarzen Meer ist unplanmäßig. Wie die Passagiere aus Paris dennoch irgendwann nach Sofia gelangen, ist abenteuerlich. Doch Angelika Schrobsdorff trägt alles mit Humor. Sie kennt die Verhältnisse, hat sie doch als Kind mit ihrer Mutter, einer deutschen Jüdin, acht Jahre als Emigrantin in Bulgarien gelebt. Sehnsüchtig wird sie von ihrer Jugendfreundin Ludmila erwartet, die alsbald zu einem Gegenbesuch nach Paris aufbricht ...

Die Autorin

Angelika Schrobsdorff wurde am 24. Dezember 1927 in Freiburg im Breisgau geboren, mußte 1939 mit ihrer jüdischen Mutter aus Berlin nach Sofia emigrieren und kehrte erst 1947 nach Deutschland zurück. 1971 heiratete sie in Jerusalem Claude Lanzmann, wohnte danach in Paris und München und beschloß 1983, nach Israel zu gehen. Weitere Werke: ›Die Herren‹ (1961), ›Der Geliebte‹ (1964), ›Spuren‹, ›Diese Männer‹ (1966), ›Die kurze Stunde zwischen Tag und Nacht‹ (1978), ›Jerusalem war immer eine schwere Adresse‹ (1989, 1991), ›Du bist nicht so wie andre Mütter‹ (1992), ›Jericho‹ (1995).

Angelika Schrobsdorff
Die Reise nach Sofia

Mit einem Vorwort
von Simone de Beauvoir

dtv

Deutscher Taschenbuch Verlag

Von Angelika Schrobsdorff
sind im Deutschen Taschenbuch Verlag erschienen:
Die Herren (10894)
Jerusalem war immer eine schwere Adresse (11442)
Der Geliebte (11546)
Der schöne Mann (11637)
Die kurze Stunde zwischen Tag und Nacht (11697)
»Du bist nicht so wie andre Mütter« (11916)
Spuren (11951)

Ungekürzte Ausgabe
März 1986
9. Auflage November 1995
Deutscher Taschenbuch Verlag GmbH & Co. KG,
München
Lizenzausgabe mit freundlicher Genehmigung der F. A. Herbig
Verlagsbuchhandlung GmbH, München

Das Vorwort von Simone de Beauvoir wurde ins Deutsche
übertragen von Helene Zuber
Umschlaggestaltung: Büro X
Illustration: Detlev Kellermann
Gesamtherstellung: C. H. Beck'sche Buchdruckerei, Nördlingen
Printed in Germany · ISBN 3-423-12103-3

Ich möchte ausdrücklich versichern, daß alle Personen, Situationen und Dialoge frei erfunden sind. Ähnlichkeiten mit realen Begebenheiten sind rein zufällig.

Vorwort

Als Angelika Schrobsdorff 1939 gezwungen war, Deutschland zu verlassen, fand sie Zuflucht in Bulgarien, wo sie einen Teil ihrer Kindheit und Jugend verbrachte. Diese Jahre haben sie geprägt. Es ist offensichtlich, daß sie ihrem Zufluchtsland gegenüber eine Zuneigung und Dankbarkeit bewahrt hat, die trotz des scharfen, ironischen Blicks, des oft bissigen, nie versagenden Humors, mit denen sie während einer Reise das Bulgarien von heute betrachtet, aus jeder Zeile sprechen. So wird diese Reise nicht nur eine Rückkehr zu ihren eigenen, längst verschütteten Quellen, sondern auch Rückbesinnung auf sich selber und auf uns – eine Rückbesinnung, die zu einer subtilen Gegenüberstellung zweier Kulturen, der des Ostens und des Westens, zweier Lebensarten, zweier Traditionen führt.

Angelika Schrobsdorff wurde von beiden Kulturkreisen geformt, ohne jedoch dem einen oder anderen ganz anzugehören. Der Blick, den sie auf beide Welten wirft, kommt von außen, ist distanziert und unparteiisch. Und das genau ist es, was die drei Erzählungen zu einer Einheit macht und ihnen ihren Wert verleiht. Obgleich gewiß jede für sich allein stehen könnte, sollten sie nicht isoliert betrachtet werden, sondern vielmehr als Flügel eines Triptychons, das erst aus dem Zusammenhang des Ganzen seinen wahren Sinn erhält. Als Privilegierte einer Konsumgesellschaft, deren Vorteile die Autorin weder leugnet noch verschmäht, und vor dem Hintergrund des Überflusses und der technischen Perfektion, die für uns zur Selbstverständlichkeit geworden ist, nimmt die Installation eines neuen, funktionsfähigen Boilers in der Küche ihrer bulgarischen Freundin die Dimension eines epenhaften und wundersamen Abenteuers an. Als im Verlauf ihrer Reise nach Sofia das Flugzeug aufgrund schlechter Witterungsverhältnisse sechshundert Kilometer von der Hauptstadt entfernt landet, ist sie zunächst zwar von den Unbequemlichkeiten und Nachlässigkeiten, den bürokratischen Zwängen und absurden Erlässen peinlich berührt, begreift dann aber, daß es sich hier um ein Gesellschaftsmodell handelt, das Bequemlichkeit für keine unbedingt erforderliche Tugend hält, und daß es an ihr ist, den Schlüssel dazu zu finden. Im Laufe der Erzählung wandeln sich Einsichten und Empfindungen der Autorin: ihre anfängliche Gereiztheit und Auflehnung, ihr Unverständnis und Zorn wechseln langsam und auf feinsinnige Weise zu einem Belächeln des Reisens auf westliche Art über und münden schließlich in einer tiefgründigen Kritik unserer eigenen Gesellschaftsordnung. In der chaotischen Küche, wo ein neuer Boiler angebracht wird, im überfüllten Zug, der sie in schleppendem Tempo nach Sofia bringt, findet sie eine einfache Heiterkeit, eine menschliche Wärme und Solidarität, die in ihren Augen unendlich mehr wert sind als die egozentrische, stumpfe Funktionstüchtigkeit des Westens.

Ihre letzte Erzählung ist es jedoch, die die Konfrontation der zwei Welten am stärksten zum Ausdruck bringt. Sie verdient es, daß ich mich länger bei ihr aufhalte: Ludmila, die bulgarische Jugendfreundin, hat ein Ausreisevisum für den Westen erhalten und fährt zum ersten Mal in ihrem Leben nach Paris. Die Autorin, in dem naiven Glauben, Ludmila eine Freude zu machen, wohl aber auch mit einem gewissen selbstgefälligen Stolz, zeigt ihr die ungeheure Auswahl an Schätzen, die sich auf den Tischen der Märkte und in den Schaufenstern der Geschäfte türmen. Aber unter dem strengen, abweisenden Blick ihrer Freundin wird ihr das Ekelerregende dieses zur Schau gestellten, zum Genuß auffordernden Überflusses bewußt. Der alltägliche, der Autorin selbst bereits zur Selbstverständlichkeit gewordene Luxus macht Ludmila krank; ihr Organismus rebelliert gegen das, was die Freundin ihr wohlmeinend bieten zu müssen glaubt: die zu fetten Austern, die zu schweren Weine, das zu weiche Bett. Der Übelkeit folgt die Verwirrung. Obgleich Ludmila es inzwischen schon zu schätzen weiß, daß sie sich so unerhörte Kostbarkeiten wie zum Beispiel eine Banane oder auch ein Paar weinrote Pumps kaufen kann, macht sie das Überangebot schwindlig. Ein Volk, sagt sie, das nie die freie Wahl gekannt hat und über das von der Wiege bis zum Grab der Staat entscheidet, ist zur Passivität und Unmündigkeit verurteilt. Dennoch scheint ihr, daß die Freiheit, so sie sich nicht auf ein sinnvolles Ziel richtet, keine heilsame Errungenschaft ist. Sie führt allzu oft zu Langeweile und Überdruß, zur Hypertrophie der Sexualität und zum Kult des Materiellen. Ludmila soll das in zwei aufeinanderfolgenden Tagen am eigenen Leibe erfahren: ein Diebstahl auf einem belebten

Platz, wo man ihr unbemerkt das Portemonnaie aus der Tasche zieht, der Versuch einer Vergewaltigung, als sie ein vermeintlicher Arzt zu einer Tasse Kaffee in seine Wohnung einlädt und Ludmila, über den ersten westlichen Kontakt erfreut, zutraulich mitgeht.

Aber diese negativen Zwischenfälle werden dann wieder von starker Sehnsucht oder Staunen erweckenden Eindrücken verdrängt. So kann sie es zum Beispiel nicht fassen, daß ein Straßensänger in einem Protestlied öffentlich den Westen in Frage stellt, ohne dafür im Gefängnis zu landen. Oder sie malt sich aus, wie schön es wäre, mit einem Auto dorthin fahren zu können, wohin es sie gerade zieht, Grenzen problemlos zu überqueren, andere Länder zu sehen. Doch als ihre Freundin sie beim Abschied fragt: »Ludmila, wird dir der Westen nicht fehlen?«, antwortet sie: »Und dir, Angelina, fehlt dir denn nichts?«

Ich fürchte, daß durch diese Zeilen der Eindruck entsteht, es gäbe in der Erzählung einen didaktischen Unterton. Dieser Eindruck wäre durchaus falsch. Die große Begabung Angelika Schrobsdorffs liegt gerade darin, die Dinge nicht direkt anzupacken, sondern unterschwellig zu suggerieren und auszusprechen. Sie verliert sich weder in Theorien noch in abstrakten Erklärungen. Sie erzählt, was sie erlebt hat, und sie erzählt es mit Distanz und zärtlicher Ironie. Keine der Personen dient ihr als Sprachrohr. Alle sind komplex, belastet mit Vorurteilen, abhängig von Launen, die ihren Äußerungen und Handlungen jeglichen Anflug von definitiver Gültigkeit nehmen. Sie selbst stellt sich auf subtile Art und Weise in Frage. Nie wird sie parteiisch: sie empört sich nicht, ist nicht schockiert oder verwundert. Der Sinn dieser Geschichten ist so uneindeutig wie die Wirklichkeit selbst. Sie gestatten dem Leser, zu seinem größten Vergnügen, sie durch seine eigenen Gedanken, seine eigene Phantasie weiterzuspinnen.

Bei einem Erfahrungsschatz, der so reichhaltig ist wie der der Autorin, macht meiner Meinung nach gerade das die höchste literarische Qualität aus.

Simone de Beauvoir

Die Reise nach Sofia

Um allen Mißverständnissen vorzubeugen, möchte ich den Leser darauf hinweisen, daß ich für Bulgarien, das Land, in dem ich acht Jahre Asyl und Heimat gefunden habe, eine tiefe und aufrichtige Zuneigung und Dankbarkeit empfinde.

Wenn man nach Bulgarien fliegt, braucht man ein Visum. Das bekommt man, sofern keine Bedenken vorliegen, in zwei bis drei Tagen. Weiterhin braucht man eine Flug- und Hotel-Reservation. Zu diesem Zweck geht man zu Transtour in die Avenue de l'Opéra.

Transtour ist ein adrettes Reisebüro mit bunten Plakaten an den Wänden und gepflegten jungen Frauen hinter soliden Schreibtischen. Man lächelt beruhigt, trägt sein Anliegen vor und wird, mit beruhigendem Lächeln, in den zweiten Stock desselben Gebäudes geschickt. Dort sucht man lange, findet unter vielen Türen eine mit einer tschechischen Aufschrift, denkt sich: »das liegt ja ungefähr auf derselben Linie«, öffnet sie und fragt, ob man bei Transtour sei. Die Frage ruft kein Befremden hervor, denn sie wird offenbar häufig gestellt und merkwürdigerweise immer noch beantwortet. Man erhält den Bescheid, Transtour befinde sich in der Rue X, ein Stück geradeaus, dann rechts, dann links, etwa vierhundert Meter von hier entfernt. Die Frage, warum Transtour einen in den zweiten Stock schickt, wenn es da gar kein Transtour gibt, liegt nahe, aber man unterdrückt sie. Die Leute hier sind nicht dafür zuständig oder es besteht ein geheimes Abkommen zwischen den beiden Reisegesellschaften. Diejenigen, die nicht weiter in die Rue X wollen, ändern dann einfach ihre Reiseroute und fliegen in die Tschechoslowakei. Diejenigen, die sich nicht dazu verleiten lassen, gehen in die Rue X, ein armes, dunkles Sträßchen im Rücken der luxuriösen Avenue, erspähen ein unauffälliges Schild mit der Aufschrift des gesuchten Reisebüros und einen Pfeil, der in die Tiefe zeigt. Aha, denken sich die Schlauen, Transtour in der Avenue de l'Opéra ist wahrscheinlich das kapitalistische Aushängeschild für das sozialistische Transtour in der Rue X. Und indem man auf diese Weise eine logische Antwort auf unlogische Vorgänge findet, steigt man die Treppe hinab.

Es ist ein kleines Kellerbüro, eigentlich mehr eine alte Kanzlei aus den dreißiger Jahren. Aus einer Zeit also, in der Zweckmäßigkeit, gesunde Arbeitsatmosphäre und Raumgestaltung noch nicht entdeckt waren. Das trübe elektrische Licht, die verstaubten Landschafts- und Städtebilder, die aussehen, als hätte man sie aus billigen Kalendern und Illustrierten herausgerissen, und die totale Abwesenheit anderer Bulgarieninteressenten wecken keine Reiselust. Auch nicht die brusthohe Holzbarriere, die den Raum in zwei Teile teilt, einen kleinen für die Besucher, einen großen für die Angestellten. Man denkt dabei unweigerlich an Grenzen und Verbote und fragt sich nach der Bedeutung dieser Trennungswand. Vielleicht ist sie dazu da, die Reiseagenten vor plötzlichen Zugriffen und die Aktenordner, die überall herumliegen, vor unbefugten Blicken zu schützen. Man läßt das dann auf sich beruhen und tritt an die Barriere.

Mich hat Madame Hélène bedient, eine kleine, dicke Frau mit hartem Akzent und hartem Blick, der in seltsamem Kontrast zu ihrem weichen Fleisch steht. Sie erklärte mir, Augen und Bleistift auf den

Flugplan geheftet, daß es in der Woche zwei Direktflüge von Paris nach Sofia gebe, der eine mit einer Maschine der Air France, der andere mit einer Maschine der Balkan Airlines, außerdem gebe es einen reduzierten Tarif, wenn ich zu einem bestimmten Datum zurückfliege. Hotels könne sie mir aus der ersten, zweiten und dritten Kategorie bieten und das Zimmer per Telex bestellen.

Wir gingen dann in Einzelheiten, an denen ein Bulgarien-Unkundiger, der sie nicht in Betracht zieht, Schiffbruch erleidet. Meine erste Frage war, ob zur Zeit meiner Reise ein sozialistischer Kongreß in Sofia tage, denn in solchen Fällen kann es passieren, daß sowohl das reservierte Zimmer als auch der reservierte Rückflug einem Genossen zugeteilt wird, so daß man jeglichen Schlaf- und Flugplatzes beraubt ist. Madame Hélène zuckte bei meiner Frage mit keiner Wimper, woraus ich schloß, daß sie sie richtig zu deuten verstand, und ließ mich wissen, es tage kein Kongreß. Meine zweite Frage galt der Beschaffenheit der Balkan Airlines Maschine. Madame Hélène erfaßte auch diese Frage, was an einem kaum merklichen Kräuseln der Stirn erkennbar war, und riet mir zu der Air France. Meine dritte Frage betraf die Zuverlässigkeit der Zimmerreservierung und die Möglichkeit einer Bestätigung. Madame Hélène, die meine Fachkenntnisse zu würdigen wußte und daher kurz und sachlich antwortete, erklärte mir, daß man auf eine Bestätigung im besten Fall circa zwei Wochen warten, im schlechtesten Fall ganz darauf verzichten müsse, was aber im Februar auch kein Risiko sei. Meine vierte und letzte Frage war die nach dem reduzierten

Flugpreis. Er überstieg den nach New York bei weitem.

Ich buchte einen Platz bei der Air France und ein Zimmer im Hotel Bulgaria, das dem ehemaligen Zarenschloß gegenüber liegt und sich seit vierzig Jahren in meinem Gedächtnis eingenistet hatte, unauslöschlich und prägnant, wie allein Kindheitseindrücke bleiben. Madame Hélène, ungeschult im Lächeln, aber sonst sehr hilfsbereit, vertiefte sich in längere Schreibarbeit. Ich nahm auf einem Stuhl mit nackten Armstützen und hartbäuchiger Rückenlehne Platz und schaute mich nach Reiseprospekten um. Da aber außer einer kleinen Broschüre mit Hoteltarifen in der DDR nichts aufzutreiben war, betrachtete ich zwei Männer und eine Frau, die in einer Ecke des Raumes eng zusammenstanden und miteinander flüsterten. Ich dachte unter dem Eindruck des trübe beleuchteten Kellerraumes und der Barriere sofort an Verschwörung.

Nachdem ich eine Zigarette geraucht und zwei Pfefferminzpastillen zu Ende gelutscht hatte, hob Madame Hélène Kopf und Stimme, und ich stand auf, unterschrieb einige Papiere, leistete eine Vorauszahlung und fragte, ob hiermit alles in Ordnung sei.

Madame Hélène sagte, hiermit sei alles in Ordnung, und falls sie nicht da sein sollte, wenn ich mein Billett abhole, wünsche sie mir einen angenehmen Flug.

Der Passagier-Warteraum für den Flug 323 nach Sofia lag am entferntesten Ende des Gebäudes. Er war bis auf eine dicke, schwarz vermummte Nonne leer.

Es war achtzehn Uhr vierzig, die Maschine sollte um neunzehn Uhr dreißig starten.

Ich stellte meine schwere Tasche und die Plastiktüte mit Whisky und Zigaretten auf den Boden und setzte mich der Nonne gegenüber. Sie hatte ein rundes, friedliches Gesicht und trug eine stark geschliffene Brille, eine schwarze Kopfbedeckung, die aussah wie ein umgestülpter Blumentopf, und darüber ein großes schwarzes Tuch.

Ich versuchte mich zu erinnern, wer mir gesagt hatte, daß Nonnen im Flugzeug Unglück brächten. Ich kam nicht darauf, und außerdem war diese hier viel zu freundlich, um Unglück zu bringen. Um ihren Mund lag ein leichtes Lächeln, so als hätte sie ständig die Heilige Maria mit dem Jesuskind vor Augen.

Draußen goß es, und der beleuchtete Himmel, schmutziggelb, war in greifbare Nähe gerutscht. Ich fragte mich, ob die Air France bei diesen schlechten Sichtverhältnissen, mit einer Nonne und mir an Bord, starten würde. Während ich mir das noch überlegte, stürzte ein Herr mit Attachécase und Regenschirm in den Warteraum, erfaßte mit einem Blick die Situation, drehte sich im Kreis und sah aus, als wolle er wieder hinausrennen. Wahrscheinlich hätte er das auch getan, wenn nicht in diesem Moment ein Mann von der Statur eines Schwergewichtsmeisters den Ausgang blockiert hätte. Der Mann mit der Attachécase resignierte und setzte sich auf den nächststehenden ausgebuchteten Plastikstuhl. Der Schwergewichtler, gefolgt von einer kleineren Ausgabe seiner selbst, einer jungen, stämmigen Frau mit langen, schwarzen Lokken und viel schwarzer Wimperntusche, und einem mediterranen Männlein, das im Vergleich zu den beiden Athleten wie ein Gnom aussah, durchquerte schweren Schrittes den Raum und stellte sich ans Fenster. Der Gnom blieb zurück, die drei anderen bildeten, uns den Rücken zuwendend, eine kleine, in sich geschlossene Sondergruppe. Kein Zweifel, im Hinblick auf diese drei breiten, gestählten Rücken würde das Flugzeug fliegen.

Bis neunzehn Uhr stellten sich dann noch sieben weitere Passagiere ein: drei der unvermeidlichen Japaner, schmal, flink und lächelnd; ein blondes Paar mittleren Alters, auffallend unattraktiv, und zwei junge, dunkelhaarige Männer, der eine klein, untersetzt und von schlichter, scheuer Natur, der andere dünn, langgezogen und nervös, der Typ des Intellektuellen.

Wir waren nun also vierzehn, saßen oder standen so weit als möglich von einander entfernt und vermieden es, uns näher zu betrachten. Es war, als sei jeder vor jedem auf der Hut, wittere jeder hinter jedem ein unerfreuliches Geheimnis. Denn wer flog schon im Februar, an einem naßkalten, vernebelten Abend um neunzehn Uhr dreißig nach Sofia?

So wie der Warteraum am äußersten Ende des Gebäudes gelegen war, so schien auch das Flugzeug am entferntesten Zipfel des Flugfeldes zu stehen. Wir fuhren und fuhren stumm durch die flüssige Nacht. Endlich hielt der Bus, und da keiner von uns Eile zu haben schien hinauszukommen, ließen wir einander höflich den Vortritt. Als ich das Flugzeug sah, war mir zumute wie dem Herrn mit der Attachécase vorhin, als er in den leeren Warteraum geraten war. Es war eine Maschine, wie ich sie noch nie zuvor gesehen hatte: die Hälfte einer normalen Maschine, mausgrau und in der exakten Form einer Zigarre. Auf dem wohlgerundeten Bauch stand: Balkan Airlines.

Die Gruppe der Athleten stapfte munter darauf zu, die anderen tröpfelten hinterher, nur der Herr mit der Attachécase und ich blieben wie gebannt stehen und starrten das Flugzeug an. Der Zigarreneindruck war bei mir so stark, daß ich in diesem Augenblick weder Tragflächen noch Düsen, noch Fenster wahrnahm und mir gut zuredete, daß das Ding ja gar nicht fliegen könne. Mit diesem tröstlichen Gedanken stieg ich schließlich die Treppe empor und vorbei an einer ernsten, stummen Stewardeß, die müde zu sein schien oder vom Westen angeekelt.

Das Innere der Zigarre war schmal, zwei Sitze auf jeder Seite, dazwischen ein enger Gang, durch den man sich am besten seitwärts bewegte. Läufer, Polster und Vorhänge mußten einmal rot gewesen sein, jetzt waren sie, dank der Jahre, des Staubes und der Flekken, von der Farbe faulender Erdbeeren.

Meine Reisegenossen, die offenbar noch in dem Wahn lebten, vorne sitze man sicherer, blieben in den ersten Reihen, ich schleuste mich bis zur vorletzten durch und ließ mich dort auf dem Platz am Gang nieder. Ich fragte mich, was in die tüchtige Madame Hélène gefahren war, ob sie mich aus Versehen oder absichtlich in diese Maschine gesteckt hatte.

Ich habe keine Angst vor dem Fliegen, aber ich begeistere mich auch nicht dafür. Die Ekstase, in einem Höllentempo und in schauderhafter Höhe durch die

Luft zu segeln, bleibt bei mir aus. Dafür setzt ein Gefühl frohgemuten Fatalismus ein, der ganz auf die Verhältnisse abgestimmt ist: je ungünstiger die Verhältnisse, desto frohgemuter mein Fatalismus.

Ich machte es mir also gemütlich, schnallte den ausgefransten Gurt fest, schaltete das winzige Lämpchen über meinem Kopf ein und nahm ein Buch aus der Tasche, das ich griffbereit auf meine Knie legte.

Etwa zehn Minuten rührte sich nichts, weder das Flugzeug noch die Passagiere, noch die Stewardessen, dann plötzlich kam Schwung in die Sache. Zuerst gab die Maschine ein durchdringendes Geräusch von sich, das wie eine elektrische Säge beim Holzschneiden klang, dann zitterte sie noch ein Weilchen, später beruhigte sie sich wieder. Kurz darauf marschierte der Flugkapitän, vom Cockpit kommend, den Gang hinunter in die Toilette. Ich versuchte das unheilvolle Geräusch der Maschine nicht in direkte Verbindung mit dem Gang des Flugkapitäns auf die Toilette zu bringen. Außerdem versuchte ich den Gedanken nicht aufkommen zu lassen, daß das Äußere eines Piloten entscheidend sei für die Sicherheit eines Fluges. Denn wäre dem so, mußten wir mit einem Absturz rechnen.

Wenn man lange in Bulgarien gelebt hat so wie ich, kennt man die kompakte, kurzbeinige, schnauzbärtige Witzfigur des Bai Ganjo, eines nicht sehr hellen aber guten Kerls, der durch seine Tölpelhaftigkeit und Beschränktheit in die gefährlichsten und lächerlichsten Situationen gerät. Der Flugkapitän, etwa um die sechzig Jahre, war das Abbild dieses Bai Ganjo, und die Uniform, ein wenig speckig schon und zu eng um den Bauch, verstärkte den karikaturhaften Effekt um ein Weiteres. Ihn ungläubig musternd, entwarf ich die Schlagzeile in ›France Soir‹: »Bai Ganjo, ein bulgarischer Pilot, köpfte gestern mit seiner Maschine, Typ Zigarre, den Eiffelturm.« Dann erinnerte ich mich meines frohgemuten Fatalismus und schlug das Buch auf.

Wir im Westen müssen endlich einmal lernen, uns nicht von Äußerlichkeiten beeinflussen zu lassen. Zu dieser tiefen Erkenntnis kam ich, als wir schon über eine halbe Stunde ruhig und beständig durch einen malerisch tintenblauen, rosarot gerahmten Himmel glitten.

Bai Ganjo hatte den Start tadellos gemeistert, und die Zigarre, nachdem sie sich ächzend, quietschend und knarrend vom Boden gehoben hatte, lag wie ein Brett. Auch die Passagiere benahmen sich vorbildlich, viel besser, als ich es von anderen Flügen gewöhnt war. Keiner lachte, schrie, unterhielt sich mit Stentorstimme von Reihe zu Reihe, ging im Gang spazieren, ließ sich in der Toilette häuslich nieder oder rief die Stewardessen, um ihnen dumme Fragen zu stellen oder etwas Ausgefallenes zu verlangen. Allerdings wären sie da auch nicht weit gekommen. Die Stewardessen, alle drei große, kräftige Mädchen in dunkelblauen Kostümen und weißen, bis zum Hals zugeknöpften Blusen, ähnelten Fürsorgerinnen zur Beaufsichtigung jugendlicher Delinquenten. Sie waren ruhig aber bestimmt und verausgabten sich nicht mit sinnlosem Lächeln, überflüssigen Worten oder Handgriffen, die nicht in den direkten Bereich ihres Berufes fielen. Auf diese Weise lief alles wie am Schnürchen, und keiner verlangte mehr als ihm zustand.

Als ich mich gerade zu fragen begann, ob das Verlangen nach einem Abendessen berechtigt oder unberechtigt sei, bekamen wir es in die Hand gedrückt. Ein schneller Blick durch die transparente Plastikhülle sagte mir, daß es noch französischer Herkunft war: ein geräuchertes Forellenfilet, ein paar Scheiben Roastbeef, zarte grüne Böhnchen, ein winziges Eckchen Camembert und ein Stück Kuchen, dessen rosa Glasur den Abendwolken angepaßt zu sein schien. Nur der Wein fehlte. Als zweifelhafter Ersatz wurden uns bulgarisches Bier und Limonade angeboten. Darauf verzichtete ich. Ich aß mit einer Andacht, die in keinem Verhältnis zu der Mahlzeit, wohl aber zu der Gewißheit stand, daß ich mich die nächste Zeit von Schafskäse, roten Pfefferschoten und Eiern ernähren würde. Wobei ich, offen gesagt, lieber Schafskäse als Camembert und Eier als Roastbeef aß, aber darin, daß man immer unbedingt das will, was man gerade nicht hat, besteht ja nun unser kapitalistisches Wirtschaftssystem.

Mit diesen schwarzen Gedanken zündete ich mir eine Zigarette an und winkte die Stewardeß, die mit einer Plastikkanne bewaffnet kurz vor meiner Reihe kehrtmachen wollte, zu mir heran. Ich fragte sie, ob sie da Tee oder Kaffee in der Kanne hätte, und sie antwortete zu meiner Verwunderung: »Beides.« Ich entschied mich in Hinblick auf eine ruhige Nacht für Tee und war gespannt, wie sie es anstellen würde, die eine Flüssigkeit von der anderen zu trennen. Sie reichte mir, ich weiß nicht woher, ein Teebeutelchen und füllte meine Tasse mit heißem Wasser. Ich lächelte gewinnend, und da das in den Bereich ihres Berufes zu fallen schien, lächelte sie zurück. Nachdem ich einige Minuten vergeblich gewartet hatte, daß das Beutelchen eine Farbe und damit einen Geschmack produzieren würde, wickelte ich den Kuchen in ein Tempotaschentuch und ließ ihn in meiner Tasche verschwinden. Französische Confiserie mit bulgarischem Tschai zu vereinen ging mir gegen den Strich, und außerdem, man konnte nie wissen, würde ich ihn später vielleicht noch brauchen. Das heiße Wasser trank ich aus Sicherheitsgründen, denn auch hier konnte man nicht wissen, wie lange sich das Flugzeug noch ruhig verhalten würde.

Eine dreiviertel Stunde vor der planmäßigen Landung begann ich mich auf die Ankunft, das Wiedersehen mit meinen Freunden, den ersten Wodka und den ersten Blick durch mein Fenster auf das ehemalige Zarenschloß zu freuen. Ich ging in die Toilette, die spartanisch (keine Auswahl weichsten, weißesten Papiers, keine parfümierte Seife, kein erfrischendes Eau de Cologne), aber sauber war, machte mich ein wenig zurecht und stand dann noch ein Weilchen im Gang, um festzustellen, wie es meinen Reisegenossen ergangen war. Von den meisten war nicht mal ein Haarbüschel zu sehen, denn sie schienen zu schlafen und hatten zu diesem Zweck vogelartig die Köpfe eingezogen. Allein der merkwürdige Aufbau, der den Kopf der Nonne krönte, ragte über die Sessellehne hinaus, außerdem eine aufgeschlagene französische Zeitung und eine Rauchfahne. Ich dachte mir, daß es doch eigentlich sehr angenehm und friedlich sei, mit

Bai Ganjo in einer Zigarre zu fliegen, setzte mich wieder und schlug mein Buch auf.

Die Ansage kam ohne Verlegenheit und Entschuldigung, erst auf bulgarisch, dann auf französisch, schließlich auf englisch. Keine Möglichkeit also, mich verhört zu haben.

Wir würden in einer Viertelstunde in Burgas landen, hieß es, da es in Sofia schneie und der Flugplatz geschlossen sei.

Zum erstenmal seit zweieinhalb Stunden ging eine Bewegung durch das Flugzeug. Man hörte Stimmen, auch ein vereinzeltes Lachen, Köpfe tauchten über den Rückenlehnen und zum Gang hinausgestreckt auf, sogar ganze Oberkörper und gestikulierende Hände. Zum erstenmal, seit man auf engem Raum zusammensaß, tauschte man Blicke, nahm Gesichter wahr, Ratlosigkeit in den Augen des einen, Ironie um den Mund des anderen, fragte sich, woher wohl der schmale Nervöse mit der schwarzen Krawatte käme, was der kleine Mediterrane in Bulgarien suche, und ob das blonde, häßliche Paar ein Liebes-, Ehe- oder Kollegenpaar sei. Eine kleine Störung genügte, um an anonymen Individuen verwandte Züge und Reaktionen festzustellen, die sie einem in Sekundenschnelle näherbrachten. Ich ertappte mich dabei, dem Schwergewichtler, der sich zu seiner ganzen Größe aufgerichtet hatte, zuzulächeln.

Wir wurden gebeten, sitzen zu bleiben und uns anzuschnallen, und ich rief mir meinen frohgemuten Fatalismus in Erinnerung und außerdem das Stückchen rosa Kuchen, das ich nun nicht umsonst eingepackt hatte. Dann griff ich auf gut Glück in die Tasche an der vorderen Sitzlehne und zog, außer der berühmten, in diesem Fall nicht sehr strapazierfähigen Tüte, eine Landkarte von Bulgarien heraus. Das, was ich befürchtet hatte, bestätigte sich: Burgas lag am Schwarzen Meer, etwa sechshundert Kilometer von Sofia entfernt.

Warum ausgerechnet Burgas, fragte ich mich. Warum nicht das näher gelegene Plovdiv oder Pleven oder, wenn schon Schwarzes Meer, dann nicht wenigstens Warna? Ich nahm mir vor, eine der Stewardessen darauf anzusprechen, aber die Stewardessen waren plötzlich nicht mehr da, und ich vermutete sie hinter dem geschlossenen Vorhang, der ihre Kabine vom Passagierraum trennte. An meinen Ohren, die sich verschlossen, erkannte ich, daß wir uns mit großer Eile der Erde näherten, und als ich zum Fenster hinaussah, entdeckte ich die Lichter von Burgas. Man konnte sie zählen. Dann verschwanden sie wieder, und ich fühlte in der Magengegend, daß wir stiegen. Keine schlechte Idee, dachte ich, denn ich hatte bisher ein mir wichtig scheinendes Geräusch vermißt: das des herausfallenden Fahrgestells. Wir stiegen immer noch, und jetzt dachte ich: Bai Ganjo, Bai Ganjo, du wirst mich doch nicht enttäuschen!

Dann sah ich etwas blinken, aber es war nur ein Stern, woraus ich schloß, daß wir wieder über der Wolkendecke waren. Jemand lachte, aber nicht sehr überzeugend. Plötzlich schüttelte sich die Zigarre und machte einen Krach, als wolle sie endlich das tun, was ich im Grund immer von ihr erwartet hatte: in Stücke gehen. Doch es war nur das, was ich nicht mehr erwartet hatte: das Fahrgestell.

Und nun gingen wir senkrecht runter, und ich sah ein paar Fünfundsiebzig-Watt-Glühbirnen auf uns zukommen. Das waren die Lichter des Flughafens Burgas. Gleich darauf setzte die Zigarre auf, und ich fürchtete, der ausgefranste Gurt um meine Mitte würde reißen. Aber er hielt stand, und wir sprangen und polterten über eine Landebahn, die die Beschaffenheit einer seit langem nicht mehr reparierten Landstraße haben mußte. Dann hielten wir und wurden davon unterrichtet, daß wir in Burgas gelandet seien.

Beim Verlassen des Flugzeuges wechselten wir, die uns jetzt ein gemeinsames Schicksal verband, die ersten Worte miteinander. Jeder fragte jeden, was weiter geschehen würde.

Alle sprachen französisch, einige mit, die anderen ohne Akzent. Allein die Japaner, die offenbar überhaupt nichts begriffen hatten und immer noch glaubten, in Sofia gelandet zu sein, lächelten standhaft von einem zum anderen. Der Schwergewichtler, in der Überzeugung, mit Lautstärke bei ihnen durchzudringen, schrie: »Burgas, Burgas, not Sofia!« Sie kicherten entzückt, nickten und wiederholten: »Not Sofia.« Keiner von uns teilte ihre asiatische Begeisterung.

Als ich mich als letzte in der Schlange langsam hinaustrottender Passagiere dem Ausgang näherte, schnellte aus der vordersten Reihe der Herr mit der Attachécase hoch und wandte sich mir zu. Sein Gesicht hatte denselben panischen Ausdruck wie drei Stunden zuvor, als er beim Anblick des fast leeren Warteraumes seinem sicheren Tod ins Auge geblickt zu haben schien.

»Where are we?« fragte er, als sei er soeben aus einer Ohnmacht erwacht.

»In Burgas, at the Black Sea«, sagte ich.

»What are we doing there?«

»Getting off«, sagte ich weitergehend.

Er schien in mir eine Art Rettungsring zu sehen, was vielleicht damit zusammenhing, daß er als einziger einen eleganten dunkelblauen Kaschmirmantel trug und ich als einzige einen Pelz. Auf jeden Fall ergriff er hastig Attachécase und Regenschirm und heftete sich an meine Fersen.

Der Wind, der uns entgegenschlug, war sibirisch, und zum erstenmal gaben die drei Stewardessen, die sich am Ausgang frierend in die Ecken gedrückt hatten, ein überflüssiges Wort von sich: »Kalt«, sagten sie im Chor.

»Ist das ein Flugplatz?« schrie mir der Herr von hinten ins Ohr und begann mir mit seinen unnützen Fragen auf die Nerven zu gehen. Es war zwar keineswegs offensichtlich, daß es ein Flugplatz war, aber in Anbetracht dessen, daß wir heil auf festem Boden standen und unten sogar von einem Bus erwartet wurden, war es ja ganz egal, ob wir auf einem Flugplatz oder freiem Feld gelandet waren.

Ich lief, so schnell es mein schweres Handgepäck und die vereisten Stufen erlaubten, die Treppe hinunter und flüchtete mich in den Bus. Meine Reisegefährten, die Mantelkragen hochgeschlagen, die Hände in den Taschen vergraben, begrüßten mich mit den Blikken von Leidensgenossen auf dem Weg ins Ungewisse. Die drei Japaner sprangen einträchtig von ihren Sitzen auf, und da ich nur einen füllen konnte, ließ sich der Herr im Kaschmirmantel neben mir nieder. Der Bus setzte sich röchelnd in Bewegung und fuhr auf eine spärlich beleuchtete Baracke zu, das einzige Gebäude in weitem Umkreis.

Die Stewardeß, die uns an der Tür in Empfang nahm, war dick und fröhlich. Die Ankunft eines Flugzeuges an diesem kalten, unergiebigen Abend brachte Abwechslung in ihr Leben. Sie begrüßte uns auf englisch, und das hausfrauliche Lachen, mit dem sie uns einzutreten bat, verhieß eine heiter-gemütliche Nacht. Nicht so das Innere des Baus. Es war ein merkwürdig verschachtelter, grau gestrichener Raum ohne Sitzgelegenheiten, es sei denn, man ging in das kleine anliegende Zimmer, in dem ein Fernseher, auf volle Lautstärke gestellt, mit einer sich windenden, kreischenden Popsängergruppe aufwartete. Davor saß eine zweite Stewardeß, den Blick starr auf den Bildschirm geheftet, die Ohren schutzlos dem Krach ausgeliefert.

Zu meiner Verwunderung löste sich der Herr im eleganten, dunkelblauen Kaschmirmantel von meinen Fersen und steuerte geradewegs auf den Fernseher zu.

»Kommen Sie!« rief er, bevor sich sein Blick, jetzt ebenso starr wie der der Stewardeß, an einer zuckenden, knapp bekleideten Sängerin festsog. Ich fragte mich, woher dieser merkwürdige Kauz wohl kommen mochte. Er hatte keinerlei spezifische Merkmale und konnte seiner Kleidung nach aus England, seiner Hellhäutigkeit nach aus einem der nordischen Länder und seiner Faszination für leicht bekleidete Mädchen nach aus lateinamerikanischen Breitengraden kommen. Ich nahm mir vor, ihn bei der nächstbesten Gelegenheit nach seiner Herkunft zu fragen, und schloß mich dann meinen Reisegefährten an, die, abgesehen von der Athletengruppe und der Nonne, in einer unordentlichen Schlange standen und auf irgend etwas warteten. Ich erkundigte mich auf was und wurde von dem kleinen mediterranen Typ, den ich an seinem akzentfreien Französisch und seiner Passion für Zeitungen als Franzosen identifizierte, aufgeklärt, daß es sich hier um die Paßkontrolle handele.

Da für einen Paßbeamten und dessen langsam denkenden Computer jeder Reisende ein potentieller Terrorist, Rauschgiftschmuggler oder Kidnapper ist, geht die Kontrolle im allgemeinen langsam vor sich. In Burgas nahm sie für zehn Personen vierzig Minuten in Anspruch. Das lag nicht am Computer, den es gar nicht gab, und auch nicht, wage ich zu behaupten, am Mißtrauen des braven Beamten, sondern allein an uns. Denn, wie ich später entdeckte, kamen wir zehn Menschen aus sechs verschiedenen Ländern mit vier verschiedenen Alphabeten. Der arme Mann, der sich wahrscheinlich längst zur Ruhe begeben und mit allem, nur nicht mit der Ankunft eines Flugzeuges aus Paris gerechnet hatte, hätte Linguist sein müssen, um sich in all den Sprachen und Schriften zurechtzufinden. Das aber war er nicht. Er versuchte den Japanern, die die ersten in der Schlange waren, ein menschliches Wort zu entlocken, aber in welcher Sprache sie auch zu antworten versuchten, es klang immer japanisch. Wir anderen übten uns in Geduld und vertrieben uns die Zeit, indem wir Mutmaßungen über die uns bevorstehende Nacht anstellten.

Das häßliche Liebes-, Ehe- oder Kollegenpaar meinte, daß wir vielleicht doch noch nach Sofia weiterfliegen würden, aber ein Paar, das sich gegenseitig stützt, ist eben immer optimistischer als eine Person im Einzelkampf. Der magere Intellektuelle sprach die Hoffnung aus, daß wir in Burgas in einem Hotel untergebracht würden. Der Herr ohne spezifische Merkmale, der sich von der obszönen Sängerin losgerissen und wieder zu uns gesellt hatte, erklärte, er würde unter keinen Umständen wieder in diese Höllenmaschine steigen, sondern den nächsten Zug nach Sofia nehmen. Der kleine Untersetzte mit dem dicken Schnurrbart und dem treuherzigen Blick sagte scheu und vielbedeutend, was immer jetzt auch geschähe, für ihn sei es sowieso zu spät. Und ich, im Bund mit dem zeitungshungrigen Franzosen, stellte die defätistische Behauptung auf, daß wir die Nacht weder in Sofia noch in Burgas, sondern hier an Ort und Stelle verbringen würden.

»Aber wo denn, hier?« fragte entsetzt das Paar, dem es an Humor und Phantasie zu mangeln schien, »es gibt doch hier noch nicht mal Stühle!«

»Was sind das für kapitalistische Ansprüche«, sagte der kleine Franzose, »wir ziehen unsere Mäntel aus und schlafen auf dem Boden.«

Der Herr ohne spezifische Merkmale blickte verstohlen an seinem tadellosen Kaschmirmantel hinab, dann überraschte er mich mit einem noch besseren Französisch als Englisch und der Bemerkung: »Also was mich betrifft, so habe ich schon oft auf dem Boden geschlafen, allerdings in romantischeren Umgebungen.«

»Warten Sie ab«, sagte der Franzose, »vielleicht bringt man uns noch ans Schwarze Meer und läßt uns da am Strand schlafen. Das wäre doch auch recht romantisch.«

Wir lachten, und die Japaner, die endlich aus Mangel an Beweisen abgefertigt worden waren, winkten uns von der anderen Seite der Sperre zu und lachten herzlich mit.

Als ich als vorletzte an die Reihe kam und, trotz reinen Gewissens, auf alles gefaßt meinen Paß aushändigte, war es elf Uhr. Der Beamte, ein junger sympathisch aussehender Mann, wirkte nicht einmal unbeholfen. Er studierte meinen Paß von vorne bis hinten, dann noch einmal mein Photo, das in jedem Paßbeamten einen bösen Verdacht wecken konnte, dann noch einmal mein harmloses Gesicht in natura. Schließlich fragte er, überraschenderweise auf deutsch: »Und wo werden Sie wohnen?«

»Tja«, sagte ich, »das überlege ich mir auch schon die ganze Zeit.«

»Sie wissen es nicht?«

»Doch, doch, wenn wir in Sofia gelandet wären, hätte ich es schon gewußt. Ich habe dort ein Zimmer im Hotel Bulgaria reservieren lassen.«

Mir fiel der rosa Zettel ein, den mir Madame Hélène mitgegeben hatte, und ich reichte ihn dem jungen Mann.

»In Ordnung«, sagte er, knallte einen Stempel in meinen Paß und gab ihn mir zurück, »ich wünsche Ihnen einen angenehmen Aufenthalt.«

»Vielen Dank«, sagte ich, »er läßt sich bereits gut an.«

Da dieser Scherz seine Deutschkenntnisse überstieg, nickte er freundlich, und ich ging weiter in den nächsten Raum, der sich vom ersten durch ein etwas größeres Format, hellgrüne Wände und drei Bänke unterschied. Der Herr, dessen Herkunft ich jetzt feststellen würde, hatte auf mich gewartet.

»Ein lieber Mensch, der Paßbeamte«, sagte ich zu ihm, »er hat mir einen angenehmen Aufenthalt gewünscht.«

Der Herr lachte, dann fiel er abrupt in Verzweiflung, wobei sich sein blauer Blick in der Ferne verlor, sein Mund leicht öffnete und seine Wangen ein Stück hinabrutschten.

»Ich fliege mit dem nächsten Flugzeug nach Paris zurück«, erklärte er.

»Auf das Flugzeug können Sie in Burgas lange warten«, sagte ich.

»Oder ich fahre in die Türkei.«

»Ah, das ist eine gute Idee.«

»Jedes Land ist mir lieber als das hier. Und die Türkei ist doch ganz in der Nähe.«

»Ja, ja, das ist sie.«

»Ein schönes Land, die Türkei. Waren Sie schon einmal dort?«

»Dreimal ... und Sie, aus welchem Land sind Sie?«

»Aus Syrien«, sagte er und sah mich dabei wachsam an, »aus Damaskus.«

Auf alles hatte ich getippt, nur nicht auf das.

»Interessant«, sagte ich, da mir nichts Besseres einfiel, und er, mich immer noch ansehend, auf eine Reaktion zu warten schien.

»Wieso interessant?«

Jetzt war ich um eine Antwort verlegen. Ich konnte ihm doch nicht sagen: weil Sie blond sind und dezent angezogen. Ein Araber, leicht verletzbar wie jeder von ihnen nun einmal ist, würde sofort daraus schließen, daß ich alle Araber für schwarze, unzivilisierte Kreaturen mit einer Kefiah um den Kopf und einem Kamel an der Strippe hielt.

»Interessant«, sagte ich und kramte, um Zeit zu gewinnen, in meiner Tasche nach Zigaretten, »weil ich schon viel Interessantes über Damaskus gehört habe und jeder sagt, es sei eine ...«, dreimal »interessant« wäre einfach zu viel gewesen, und also schloß ich: »... eine schöne Stadt.«

»Das ist sie«, sagte der Syrier beruhigt, steckte sich ebenfalls eine Zigarette in den Mund und gab mir und sich Feuer, »eine sehr schöne Stadt. Aber ich lebe fast die Hälfte des Jahres in Paris.«

»Und was hat Sie nach Bulgarien verschlagen?«

»Ich bin geschäftlich hier ... und Sie?«

»Privat.«

Wir fragten nicht weiter. Leidensgenossen hin, Leidensgenossen her, das Thema Bulgarien, was man dort tat und wen man sah, wurde vorsichtig vermieden.

Wir gingen weiter um eine Wand herum, die aus keinem ersichtlichen Grund mitten im Raum abbrach. In einer Ecke stand in einem unordentlichen Haufen unser Gepäck. Der kleine Franzose saß auf seinem Koffer und las in einer Zeitung, die anderen hockten wie große, schläfrige Vögel auf den Bänken. An einer Art Pult stand die dicke, fröhliche Stewardeß und schrieb etwas in ein Heft.

»Ob man sie mal fragt, was nun weiter geschieht?« überlegte ich laut.

»Hab ich schon«, sagte der Franzose von seiner Zeitung aufblickend, »sie sagt, man hätte es noch nicht beschlossen.«

»Wer hätte was noch nicht beschlossen?« fragte der Syrier.

»Man, es.«

»Auf jeden Fall ist unser Gepäck nun auch schon da«, sagte ich, »und das bedeutet, daß wir nicht weiterfliegen.«

»Wäre ich sowieso nicht«, erklärte der Syrier, »lieber noch lebendig in Burgas als tot in Sofia.«

»Ein sehr richtiger Standpunkt«, sagte der Franzose.

»Ich gehe jetzt etwas trinken«, sagte ich.

»Gehen wir«, spottete der Franzose, faltete sorgfältig die Zeitung zusammen und steckte sie zu den anderen in die Manteltasche, »nur müßten wir uns vorher überlegen, ob in die Bar, ins Restaurant oder in die Cafeteria.«

Es gab noch einen dritten Raum: die Eingangshalle. Sie war größer und etwas heller beleuchtet als die beiden anderen, hatte eine Fensterwand, eine armselige Verkaufsbude, in der nichts anderes zu sehen war als das Schild »Geschlossen«, und an der Wand zwei Bilder, eins von Georgi Dimitrow, das andere von Todor Schiwkow. In der Mitte der Halle stand die Athletengruppe im Gespräch mit zwei Uniformierten. Sie sprachen bulgarisch, und ich begriff endlich, warum sie sich immer ein paar Schritte oder Plätze von uns, den ausländischen Passagieren, fern gehalten hatten.

»Guten Abend«, rief der Schwergewichtsheber mit dröhnendem Baß, »alles o. k.?«

»Das sollte man vielleicht jemand von Balkan Airlines fragen«, sagte der Franzose.

»Machen Sie sich keine Gedanken«, beruhigte der Kraftmensch, »in Sofia schneit es immer noch, aber morgen fliegen wir weiter.«

»Und was machen wir bis morgen?« wollte der Syrier wissen.

»Das wird jetzt gerade organisiert.«

»Und was machen wir, wenn es morgen immer noch schneit?« erkundigte ich mich.

»Dann fahren wir mit dem Zug.«

»Merde alors«, sagte der Franzose.

Ich suchte die dicke, fröhliche Stewardeß und fand sie mit ihrer Kollegin plaudernd – oder organisierend – auf unseren Koffern sitzend. Ich fragte, ob es möglich sei, nach Sofia zu telefonieren.

»Selbstverständlich«, sagte sie, so als wäre an der Perfektion des Flughafens überhaupt nicht zu zweifeln, »kommen Sie.«

Wir gingen zu dritt in ein kleines Büro, das, den übrigen Räumlichkeiten angepaßt, spärlich möbliert und hellgrün gestrichen war. An der Wand hing schon wieder Todor Schiwkow, Georgi Dimitrow fehlte.

Ich gab Namen und Nummer meiner Freundin an und hoffte, daß sie nicht immer noch wartend auf dem Flugplatz von Sofia stand. Die Stewardeß wählte, die Verbindung klappte, zu unser aller Verwunderung, und gleich darauf meldete sich Ludmila mit einem Schrei und der Frage, wo ich sei.

»In Burgas.«

»Was machst du denn in Burgas?«

»Mich amüsieren.«

»Ich habe fast zwei Stunden auf dich gewartet«, klagte Ludmila, so als sei ich tatsächlich nur zu meinem eigenen Vergnügen nach Burgas geflogen.

»Hat man euch denn nicht gesagt, daß wir wegen Schnee nicht in Sofia landen können?«

»Man hat sich nicht klar ausgedrückt. Wann kommst du?«

»Darüber drückt man sich hier auch nicht klar aus. Ich glaube, es hängt vom Schnee und von Bai Ganjo ab.«

»Von wem?«

Die zwei Stewardessen lächelten mir befriedigt zu. Es freute sie, daß ich so schön und glatt mit Sofia sprechen konnte. Ich verabschiedete mich von Ludmila und sagte, ich würde mich wieder melden, wenn die Lage übersehbar sei.

Kurz vor Mitternacht war es soweit. Man hatte einen Bus organisiert und ein Hotel. Die Erleichterung und die plötzlich ausbrechende Eile war so groß, daß wir darüber die Koffer vergaßen. Es war der Syrier, der sie uns in Erinnerung rief und damit für neue Konfusion sorgte. Man wußte nicht, wohin mit den Koffern. Die Stewardessen, schon in Mantel und Kopftuch, kamen schließlich auf die rettende Idee, sie in das kleine Büro zu schaffen. Bei den anderen, die nur ein kleines Köfferchen hatten, ging das schnell, aber ich hatte drei große Koffer und schleppte und zerrte immer noch, als meine Reisegenossen bereits im Bus saßen. Die beiden Mädchen waren mir behilflich und mahnten mich, sei es aus Fürsorge oder

Neugier, auf jeden Fall ein Nachthemd und eine Zahnbürste mit ins Hotel zu nehmen.

Es war nicht das Nachthemd oder die Zahnbürste, die mich bewog, einen der Koffer zu öffnen, sondern die Schlaftabletten, die ich unter den gegebenen Umständen nötig zu haben glaubte. Es wäre mir lieber gewesen, den Koffer, bis zum Rand mit Geschenken vollgepackt, ohne Publikum zu öffnen, aber daran war gar nicht zu denken. Die Stewardessen standen wie angewurzelt, und zu allem Überfluß gesellte sich auch noch ein kleiner runder Mann in dunkelblauem Overall zu ihnen.

Eine Weile kramte ich blind, den Deckel halb geschlossen, in den Sachen, und es kam mir vor, als grabe ich in Blumenerde. Schließlich wurde mir die Geschichte zu dumm und mit dem Gedanken, im Falle des Falles zu erklären, eine Frau aus dem Westen habe nun einmal hohe und bizarre Ansprüche, schlug ich den Deckel zurück.

In dem Koffer sah es tatsächlich aus wie auf einem Frühjahrs-Blumenbeet, und einen Moment lang starrten wir, alle vier gleichermaßen fasziniert, auf die Schicht braunen, körnigen Nescafés, durch die hier und da ein Streifen bunten Stoffes schimmerte. Dann sagte ich: »Verdammt noch mal, die Gläser sind kaputtgegangen!«, und auf diese Eröffnung hin brachen die drei Bulgaren in echt empfundenes Wehgeschrei aus.

Es waren zwei Gläser, die größten, die ich hatte auftreiben können, und das heillose Durcheinander einerseits, die Blicke, mit denen die drei im Geiste die verlorenen Tassen Kaffee zählten andererseits, lösten nur einen Wunsch in mir aus: den Deckel sofort wieder zuzuschlagen.

Aber da hatten die Stewardessen, an schnelles Begreifen und Lösen ähnlicher Probleme gewöhnt, bereits die Sache in die Hand genommen. Sie legten eine Zeitung auf den Boden, schüttelten in Windeseile Stück für Stück darüber aus, entfernten die Scherben und fischten schließlich die noch unversehrten unteren Hälften der Gläser heraus, die sie mir triumphierend hinhielten.

Ich schüttelte den Kopf, und da wir dadurch alle drei in Verlegenheit gerieten – ich, weil ich ihnen indirekt ein zerbrochenes Glas Nescafé anbot, sie, weil sie nicht wagten, es direkt anzunehmen, wickelte ich es mit dem Rest des Kaffees in die Zeitung und gab das Päckchen dem kleinen Mann im Overall. Der nun hatte keinerlei Bedenken, nahm strahlend die Kostbarkeit in Empfang und rief ein über das andere Mal: »Kaffenze ... bravo! Bravo ... Kaffenze!«

Der Bus war stockdunkel und ungeheizt, und ich konnte meine Reisegefährten weder sehen noch hören.

»Entschuldigen Sie«, sagte ich, »es hat etwas länger gedauert, aber mir ist da ein Malheur passiert.«

»Macht nichts«, kam eine Stimme aus dem Hintergrund, »Hauptsache, wir kommen noch in ungefrorenem Zustand im Hotel an.«

Die Stewardessen, die hinter mir in den Bus geklettert waren, verteilten Plastiksäckchen mit irgend etwas Eßbarem darin.

»Sieht aus, als gingen wir auf eine längere Expedition«, murmelte jemand.

Ich verschränkte die Arme über der Brust und wikkelte die Beine umeinander. Die Kälte biß sich durch sämtliche Kleidungsstücke.

»Los, Genößchen«, erscholl der Baß des Schwergewichtlers, »nun fahr schon . . . worauf wartest du noch!«

»Darauf, daß es wärmer wird«, brüllte der Fahrer, der ein Spaßvogel war.

Er ließ den Motor an, der an tuberkulösem Husten litt und gerade, als ich glaubte, er würde seinen Geist aufgeben, ansprang. Jemand klatschte und rief bravo.

Wir fuhren, das heißt, wir hüpften und sprangen sehr lange durch die Finsternis. Der Bus mußte aus stabilem zähen Material sein, denn er nahm Löcher, Buckel und sonstige Hindernisse ohne bemerkenswerte Verluste. Der Fahrer sang. Die Passagiere schwiegen und dachten vermutlich nur an warmes Wasser, warmes Zimmer, warmes Bett – die verweichlichten ausländischen in jedem Fall.

»Halt«, sagte plötzlich der kleine Franzose, der, zwei Bänke vor mir sitzend, schon eine Weile unruhig um sich geblickt hatte, »irgendwas stimmt hier nicht.«

»Was?« fragte erschrocken der Syrier.

»Ich sehe niemand von der Flugbesatzung . . . sehen Sie jemand?«

Meine Augen hatten sich inzwischen an die Dunkelheit gewöhnt, und ich sah mich um. Wir waren alle da, selbst die Nonne, die ich seit Verlassen des Flugzeuges vermißt hatte, aber Bai Ganjo und seine Besatzung fehlten.

»Wissen Sie, was das bedeutet?« fragte der Franzose, »das bedeutet, daß sie heimlich ohne uns fliegen.«

»Ich wäre sowieso nicht geflogen«, sagte der Syrier, der hauptsächlich an sich zu denken schien.

Der Franzose wandte sich den beiden Stewardessen zu: »Sagen Sie, meine Damen«, fragte er lauernd, »wo ist eigentlich die Flugbesatzung?«

Die dicke, fröhliche Stewardeß lachte vergnügt: »Im Bett«, sagte sie.

»Im Bett? Wo?«

»Auf dem Flugplatz.«

»Auf dem Flugplatz im Bett? Merkwürdig!«

»Vielleicht gibt es da ein Hotel«, half ich nach.

»Ja«, bestätigte die Stewardeß, »so etwas ähnliches, aber nur für die Flugbesatzung.«

»Muß gut getarnt gewesen sein«, sagte der Franzose skeptisch, »ich jedenfalls habe nichts gesehen, auch nichts ähnliches.«

»In Bulgarien«, sagte die Stimme im Hintergrund, »muß man glauben, nicht sehen!« und alles lachte, am schallendsten der Schwergewichtler.

Das Hotel mußte in einer Einöde liegen, denn wir fuhren und fuhren, ohne an einem Haus, einem Fahrzeug oder auch nur einer Straßenlampe vorbeizukommen. Dann endlich tauchte der Umriß eines riesigen, nur im Erdgeschoß erleuchteten Kastens auf.

»Das Hotel«, verkündete die Stewardeß mit ausgestrecktem Zeigefinger, »es hat auch eine Diskothek.«

»Genial«, sagte der Franzose, »genau das, was mir heute nacht noch gefehlt hat . . . eine Diskothek!«

»Sie ist bis zwei Uhr geöffnet.«

Der Bus hielt, und ich stand mit durchgeschüttelten Organen und eingerosteten Gelenken auf.

»Wir fahren gleich weiter«, sagte die Stewardeß zu ein paar Gestalten, die sitzen geblieben waren, und ging uns anderen voran in das Hotel.

Über die Halle ließ sich nichts anderes sagen, als daß sie groß und scheußlich war. Die Farben in sozialistischen Ländern haben immer einen Stich ins Modrige oder Schwindsüchtige, und bei den Formen folgt man wohl ganz einfach dem Prinzip höchstmöglicher Häßlichkeit. Das klappt immer. Das Mädchen an der Rezeption war allerdings gut geraten, sowohl was Form als auch was Farbe anbelangt, aber es war ja nun auch ein Produkt des Zufalls.

»Die Schlüssel, Lily«, sagte unsere Stewardeß zu der Hübschen. Wir waren jetzt zu einer kleinen Gruppe von sieben Menschen zusammengeschrumpft, die Bulgaren und die Japaner fehlten. Daß man die Bulgaren von uns trennte, daran hatte ich mich inzwischen gewöhnt, aber warum man plötzlich auch die Japaner von uns abgesondert hatte, begriff ich nicht. Wahrscheinlich war es auch gar nicht zu begreifen und gehörte schlicht zu den bürokratischen Unergründlichkeiten, an denen die kleinsten Länder immer am reichsten sind. Die Stewardeß begann die Schlüssel zu verteilen. Sie hatte jetzt wieder ihr zufriedenes Lächeln, denn vom Standpunkt der Organisation ging alles reibungslos, und die Diskothek war bis zwei Uhr geöffnet.

»Sie und die Dame haben ein Zimmer«, sagte sie, mir den Schlüssel gebend, »und hier sind zwei Schlüssel für die Herren . . . ein Zimmer hat drei Betten, das andere zwei.«

Einen Moment lang waren wir sprachlos, dann empörte sich das asoziale Element in mir und ich sagte ruhig, aber ausdrücklich: »Tut mir leid, aber ich schlafe nie mit fremden Personen in einem Zimmer.«

»Ich auch nicht«, erklärte meine Geschlechtsgenossin und streckte die Hand nach einem zweiten Schlüssel aus.

»Und ich«, rief der Syrier aufgeregt, »denke nicht daran.«

Ich hatte eine Revolte gestartet.

Die Stewardeß sah erstaunt aus. Sie hatte mit Dankbarkeit für das Bett und nicht mit Widerstand gegen ein gemeinsames Zimmer gerechnet und verstand gar nicht, was plötzlich in uns gefahren war. Sie schien zu überlegen, was man in einem solchen Fall für Methoden anwandte, und entschloß sich, es zunächst einmal mit Überredungskünsten zu versuchen.

»Es sind große, schöne Zimmer«, sagte sie, »mit Bad.«

»Das heißt, einer kann im Bett und der andere in der Badewanne schlafen«, sagte der Franzose.

Wir lachten, sehr zur Erleichterung der Stewardeß, und gefährdeten damit unsere Position.

»Also«, sagte sie mütterlich, »gehen Sie jetzt schön schlafen.«

»Dann geben Sie schön jedem von uns ein Zimmer«, sagte ich.

Jetzt wurde es ihr zu bunt. Mit verwöhnten Kindern aus dem Westen mußte man anscheinend streng umgehen und sie vor vollendete Tatsachen stellen. »Das geht nicht«, sagte sie und machte Anstalten, sich umzudrehen und wegzugehen.

»Und warum geht das nicht?« fragte der Syrier drohend, »können Sie uns einen Grund sagen, warum das nicht geht?«

»Weil die Zimmer besetzt sind.«

»WAAAS?« riefen wir im Chor.

Die Stewardeß wechselte einen stummen, verzweifelten Blick mit dem hübschen Mädchen an der Rezeption und wiederholte: »Weil die Zimmer besetzt sind.«

»Sie wollen behaupten«, fragte der Franzose, »daß fünfhundert oder mehr große, schöne Zimmer mit zwei und drei und ich weiß nicht wie vielen Betten voll besetzt sind?«

»Ja.«

»Im Februar? In Burgas?«

»Ja.«

»Um Himmelherrgottswillen, von was für Leuten denn?«

»Von Touristen, Studenten . . .«, sie suchte offensichtlich nach einer weiteren Gattung Reiselustiger, aber ihr fiel keine mehr ein.

»Touristen! Studenten!« rief die Frau, mit der ich das Zimmer teilen sollte, »na, die möchte ich sehen.«

»In Bulgarien sieht man nicht, sondern man glaubt«, sagte der schmale Intellektuelle, der seine Worte sparsam, aber treffend einsetzte.

»Es ist eine Schande«, entrüstete sich der Syrier, »erst landet man in Burgas anstatt in Sofia, dann wartet man die halbe Nacht, daß überhaupt was geschieht, und schließlich wird man auch noch zu zweit oder dritt in einem Zimmer einquartiert. Schön, wenn es so ist, dann bleibe ich die Nacht hier in der Halle.

»Ich auch«, meldete sich der männliche Teil des Paares.

»Ich verstehe überhaupt nicht«, wandte ich mich an ihn und die dazugehörige Frau, »warum man nicht wenigstens Ihnen zusammen ein Zimmer gibt.«

»Wir sind doch nicht verheiratet«, sagte die Frau mit saurem Gesicht.

»Ach so . . .«, meinte ich verlegen.

Bei den beiden handelte es sich also um Kollegen mit kameradschaftlichen Beziehungen oder um ein Liebespaar mit etwas überholten Vorstellungen oder um Freunde mit einer Seelenverwandtschaft oder vielleicht sogar um Bruder und Schwester.

Viele Möglichkeiten, um ins Fettnäpfchen getreten zu sein. Ich wollte mich gerade wieder der allgemeinen Diskussion zuwenden, da zischelte mir die Frau ins Ohr: »In Bulgarien ist das verboten.«

»Was?« fragte ich, denn was die Verbote in Bulgarien betraf, so gab es viele.

»In einem Zimmer zu schlafen, wenn man nicht verheiratet ist. Wußten Sie das nicht?«

Ehrlich gesagt war das nicht mein Problem, und darum wußte ich es nicht oder hatte es wieder vergessen. Aber für Bulgariens Liebespaare mußte es ein brennendes Problem sein: die Wohnungen teilten sie mit soundsovielen Personen, ein Auto hatten sie nicht und zusammen in ein Hotelzimmer durften sie nicht.

»Schöne Zustände«, sagte ich zu der Frau, die offenbar doch nicht der Tugend, sondern der Not gehorchte.

Die Diskussion hatte einen Punkt erreicht, an dem sich keiner mehr mit Lust und Leidenschaft für seine Rechte einsetzte. Im Grunde wollten wir alle nur noch ins Bett, wie und mit wem, war fast schon egal. Der Syrier, mit beleidigtem Gesicht, zog dann auch ab und ließ sich demonstrativ in einem der graugrünen Sessel nieder. Ich ging langsam und mit dem schmählichen Hintergedanken, vielleicht alleine in das Zimmer entwischen zu können, dem Fahrstuhl zu.

Wenn er vor der Frau kommt, sagte ich mir, dann ist das ihr Pech, wenn die Frau vor ihm kommt, meines.

Er war in der sechsten Etage und ließ sich unter dem bulgarischen Motto »Komm ich heut' nicht, komm ich morgen« Zeit. Ich hörte, wie die Stewardeß mit ihrer neu erworbenen Autorität kommandierte: »Also morgen früh um zehn vor sieben in der Halle!«, und als ich mich umdrehte, sah ich die Frau und den kleinen Franzosen auf mich zugaloppieren.

»Schnell«, rief er und war mit einem Satz im Fahrstuhl, »nichts wie weg!«

Sie hatten beide einen Schlüssel in der Hand und einen verdutzten Ausdruck im Gesicht.

»Warum«, fragte die Frau, »hat sie uns plötzlich doch noch die Schlüssel gegeben?«

»Weil wir die Hoffnung aufgegeben hatten«, sagte der Franzose, »und sie uns beweisen wollte, daß das eine dekadente Einstellung ist. Was meinen Sie?«

»Ich«, sagte ich mit einem Gähnen, »ich meine, daß alles in diesem Land ein Zufall ist, ein guter oder schlechter, aber ein Zufall.«

Das schöne, große Zimmer ließ viel zu wünschen übrig. Den Versuch, Form und Farbe hineinzubringen, hatte man gar nicht erst unternommen, und vielleicht war das auch besser so. Die Betten, die im rechten Winkel zueinander standen und keinerlei Berührungspunkte hatten, stifteten mich zu Betrachtungen über das Liebesleben der Bulgaren an. Es schien ihm an tieferer Bedeutung und Raffinesse zu mangeln, und das war wohl nicht allein auf den sozialistischen Puritanismus zurückzuführen, sondern auch auf die phallokratische Einstellung des Mannes. Der Bulgare war immer noch nicht von dem Gedanken angekränkelt, die Frau sei ihm ebenbürtig, wobei es gar keine Rolle spielte, daß man ihr beruflich und sozial dieselben Rechte wie ihm eingeräumt hatte. Im Privatleben blieb sie ihm untergeordnet, tat, was er befahl, stand ihm mit Selbstverständlichkeit zur Verfügung, ob am Herd oder im Bett. Ein richtiger Mann war autoritär und potent, und eine Frau mochte darüber seufzen, lächeln oder schimpfen, die Glaubwürdigkeit dieser Behauptung in Frage stellen würde sie nie.

Das macht die Sache im Grunde viel unkomplizierter, schloß ich meine Überlegungen und begann mit den Vorbereitungen für die schon stark zusammengeschrumpfte Nacht.

Zunächst warf ich einen Blick in das Plastiksäckchen mit dem Proviant, und als ich darin nichts anderes fand als eine Miniflasche Limonade und vier zusammengeklappte Scheiben Brot, die ebenso dick waren wie das Scheibchen Käse dazwischen dünn, aß ich heißhungrig den rosa Kuchen auf. Danach versuchte ich das Fenster zu schließen, durch das östliche Polarluft und westlicher Diskosound gleichermaßen störend einströmten. Als ich nach einigen Minuten einsah, daß es vergeblich war, beschloß ich, mir ein heißes Bad einzulassen. Ich entdeckte, daß es nur eine Dusche und außerdem kein heißes Wasser gab. Auch sonst fehlte es dem Badezimmer an Charme und Verlockung, und so kehrte ich enttäuscht ins Zimmer zurück und schlug das Bett auf. Ich hatte den Eindruck, daß schon jemand darin geschlafen hatte, aber es konnte natürlich auch sein, daß die Laken von Natur aus grau und zerdrückt waren. Die Decke fühlte sich an wie ein Topfkratzer. Um weder mit ihr noch dem Bettzeug in Berührung zu kommen, zog ich nur Rock und Stiefel aus, sprengte ein paar Tropfen Eau de Cologne aufs Kopfkissen und legte mich hin.

Die Nacht war unruhig, aber das lag an mir, meinen Alpträumen und meiner Angst, nicht rechtzeitig aufzuwachen und von keinem geweckt und allen vergessen im Hotel zurückgelassen zu werden. Ich weiß nicht, ob ich vergessen worden wäre, geweckt wurde ich auf jeden Fall nicht, und als ich um sieben in die Halle kam, stellte ich fest, daß dazu auch gar kein Anlaß bestanden hätte. Sie war gähnend leer. Als ich gerade nervös zu werden begann – wer konnte wissen, vielleicht war in der Nacht etwas passiert und ich war die einzige Überlebende –, kam das hübsche Mädchen von der Rezeption. Sie trug eine dampfende

Tasse und sah aus wie Schneewittchen: rot wie Blut, weiß wie Schnee und schwarz wie Ebenholz. Ich war schmerzlich berührt, daß man nach einer durchwachten Nacht immer noch so frisch aussehen konnte. Da sie nur bulgarisch sprach, dauerte es eine Weile, bis ich mir einen Satz, der sowohl meinem beschränkten Vokabular als auch einer Klärung der Situation gerecht wurde, entworfen hatte. Als es soweit war, fragte ich: »Ist alles in Ordnung?«

»Was?« wollte sie wissen und zu Recht, denn diese Frage hätte sowohl ihr persönliches Befinden als auch die allgemeinen Zustände in Bulgarien betreffen können.

Ich versuchte also, mich präziser auszudrücken, und fragte, meine Worte mit Gesten unterstreichend, wo die Passagiere seien, wo der Bus, die Stewardessen, das Flugzeug und, da sie desinteressiert in ihrer Tasse zu rühren begann, wo das Frühstück sei, das ich so dringend nötig hatte. Als ich geendet hatte, zuckte sie, ohne eine Miene zu verziehen, die Schultern und antwortete, all das wisse sie nicht.

In diesem Moment stolperte in verschlafener Hast meine Reisegefährtin aus dem Fahrstuhl, sah sich mit wirrem Blick in der Halle um und rief: »Was ist denn nun wieder los?«

Ich übermittelte ihr Schneewittchens Antwort.

»Wenn das so weitergeht«, sagte sie und ließ sich etwas zu vertrauensvoll in einen harten Sessel fallen, »kommen wir heute auch nicht mehr nach Sofia.«

»Das ist anzunehmen«, sagte ich.

»Vielleicht sollte man die Männer wecken.«

»Die kommen auch so noch früh genug.«

Sie kamen im Laufe der nächsten halben Stunde, unrasiert und schlecht gelaunt.

»Ich habe kein Auge zugetan«, klagte der Syrier, »das Zimmer, das man mir schließlich gegeben hat, war unaufgeräumt, das Bett nicht mal frisch bezogen.«

»Den Eindruck hatte ich bei meinem auch«, sagte ich.

»Was erwarten Sie bei diesem Massenandrang?« fragte der Franzose, »um Sie einzuquartieren hat man erst einen Touristen und einen Studenten aus dem Bett werfen müssen, da blieb natürlich keine Zeit mehr, es frisch zu überziehen.«

»Das Hotel ist vollkommen leer«, sagte die Frau, »ich weiß nicht, warum man uns solche Märchen erzählt.«

»Die Bulgaren waren fünf Jahrhunderte unter türkischer Herrschaft«, sagte ich, »und da haben sie auch die Kunst des Märchenerzählens gelernt.«

»Wenn das nicht auch ein Märchen ist, geht jeden Tag ein Flugzeug, ein Expreß- und ein Schnellzug nach Sofia«, sagte der Intellektuelle, der einen Fahrplan entdeckt hatte, »außer am Sonntag.«

»Heute ist Sonntag«, sagte der Syrier verdrossen.

»Am Sonntag geht nur ein Schnellzug.«

»Und natürlich unser Flugzeug«, sagte der Franzose, »falls die Besatzung nicht damit ausgerissen ist.«

Mir war inzwischen alles egal. Die Welt konnte untergehen, die Bulgaren von neuem von den Türken erobert werden, Bai Ganjo mit seiner Zigarre auf dem Mond landen, das einzige, was mich noch interessierte, war, etwas Warmes in den Magen zu bekommen. Ich ging zu Schneewittchen an den Empfang, zeigte auf die jetzt leere Tasse und fragte, ob es in dem ganzen großen für einige hundert Personen ausgestatteten Hotel nicht noch eine zweite Tasse Kaffee oder Tee gäbe. Sie sagte, es gäbe im ersten Stock eine Cafeteria, aber sie wüßte nicht, ob die offen wäre.

Die Cafeteria war natürlich geschlossen, aber die Tür zum Speisesaal stand offen, und ich trat ein. Es war ein immenser Saal mit langen Tischen und zahllosen Stühlen. Irgendwo in weiter Ferne standen drei mit Putzzeug bewaffnete Frauen und schwatzten miteinander.

Ich machte mich auf den Weg zu ihnen, und als ich die halbe Strecke hinter mich gebracht hatte, rief ich mit der Stimme eines fröhlichen Wanderers: »Guten Morgen!«

»Guten Morgen«, antworteten die Frauen. Sie waren dick, hatten freundliche, breite Gesichter und die gellenden Stimmen von Papageien, die, stolz auf ihre Sprachkenntnisse, jeden damit überraschen wollen.

Ich mochte diese Art einfacher bulgarischer Frauen, die aus Speck und Herz bestanden, die gern feierten und ungern arbeiteten, die eine Woche von weißen Bohnen lebten, um einen Gast festlich bewirten zu können.

»Entschuldigen Sie«, sagte ich, »aber könnte ich wohl ein kleines Frühstück bekommen?«

Sie lachten mich wohlwollend an. Ein Ausländer, der ihre Sprache wie auch immer sprach, war etwas so Absonderliches, daß man darüber entweder nur in Gelächter ausbrechen oder in Hochachtung erstarren konnte. Ich, mit meiner merkwürdigen Mischung aus Jargon und Fehlern, forderte zu Recht Belustigung heraus und dann, da sie mir eine negative Antwort geben mußten, Bedauern. »Es ist noch zu früh, Kükchen«, kreischte die eine, »niemand ist in der Küche«, die Zweite; »komm in einer halben Stunde«, die Dritte.

Daß sie mich mit so familiären Worten wie »Kükchen« und »du« anredeten, freute mich, und ich hätte mich viel lieber zu ihnen als zu meinen Reisegenossen gesetzt.

»Also dann komme ich in einer halben Stunde wieder«, sagte ich gefügig.

»Gut, Kükchen, gut ...«

Die frohe Botschaft, daß wir in einer halben Stunde ein Frühstück bekämen, fand nicht den gebührenden Anklang.

»Wir hätten auch schon vor einer halben Stunde auf dem Flugplatz sein sollen«, sagte der Franzose, schüttelte eine seiner Zeitungen auf und machte sich an die Lektüre eines Textes, den er gewiß schon dreimal gelesen hatte.

»Diese Reise«, sagte der Syrier bekümmert, »hat mich um zehn Jahre älter gemacht.«

»Ist das im Moment Ihre Hauptsorge?« fragte ich.

»Das ist immer meine Hauptsorge«, erwiderte er, »es gibt nichts Schlimmeres, als alt zu werden und zu sterben.«

Da ich Gespräche solcher Art auf leeren Magen nicht vertragen konnte, ging ich ein bißchen vor die Tür. Es war ein kalter, klarer Morgen, ideales Flugwetter, wenn mich nicht alles täuschte. Ich schaute mich um, sah aber nichts, was mich hätte verführen können, meine nächsten Sommerferien hier zu verbringen. Rund um das Hotel Geröll- und Schotterhügel, in der Ferne ein Eckchen Meer und eine Ansammlung hoher, häßlicher Appartementhäuser. Wahrscheinlich war es mal schön hier gewesen, so wie damals in Warna, wo uns die Schildkröten über den Weg gelaufen kamen und wir auf Eseln durch eine wilde, grüne Landschaft geritten waren. Ich fühlte eine trübe Stimmung in mir aufsteigen – bestimmt der leere Magen –, ging ins Hotel zurück und geradewegs durch die Halle in den ersten Stock. Es fehlten noch fünf Minuten bis zu der halben Stunde, aber ich konnte mich ja schon an einen der zehn Meter langen Tische setzen und warten.

Zu den drei Frauen, die mit ihren Putzutensilien ein paar Schritte vorgerückt waren, hatte sich eine vierte gesellt. Sie war vom selben Schlag wie die anderen, aber an ihrem schwarzen, zu knapp geratenen Kleid erkannte ich, daß sie was Besonderes war – vermutlich die Aufseherin des Speisesaales.

»So«, sagte ich, »da bin ich wieder«, und lächelte gewinnend.

»Die Frau möchte frühstücken«, sagte die, die mich »Kükchen« genannt hatte, zu der im schwarzen Kleid.

Die zog ein bedenkliches Gesicht und nickte, was mich nicht täuschen konnte, denn ich kannte die Unsitte der Bulgaren zu nicken, wenn sie »nein«, und den Kopf zu schütteln, wenn sie »ja« meinten.

»Das geht nicht«, erklärte die Aufseherin, »es ist noch zu früh, und niemand ist in der Küche.«

»Es ist aber schon nach acht.«

»Heut' ist Sonntag, drugarka.«

Das schwarze Kleid verpflichtete sie offensichtlich dazu, mich Genossin zu nennen.

Der Syrier und der Franzose waren mir gefolgt, und um mich mit meinem groß angekündigten Frühstück nicht zu blamieren, verlegte ich mich aufs Bitten.

»Nur ein Täßchen Kaffee oder Tee, liebe Frau, wir kommen aus Paris und haben seit zwölf Stunden nichts mehr zu essen und zu trinken bekommen.«

Das hörte sich an, als seien wir aus der Zivilisation geradewegs in die Wildnis deportiert worden, und ich fürchtete, daß die Genossin Aufseherin es auch so auffassen könne. Aber da hatte ich ihre leicht verletzbare sozialistische Ader über- und ihre slawische Seele und Gastfreundlichkeit unterschätzt.

»Setzt euch«, sagte sie, »ich werde euch ein Frühstück machen.« Es dauerte dann allerdings lange, bis es auf dem Tisch stand, denn die Aufseherin war weder flink noch hatte sie ein gutes Gedächtnis. Sie konnte sich einfach nicht merken, wer Tee und wer Kaffee haben wollte, und ihre Vergeßlichkeit wurde auch noch durch den Umstand erschwert, daß immer wenn sie mit einer Bestellung zurückkehrte, ein weiterer Gast am Tisch saß.

Aber endlich schaffte sie es doch, und jeder erhielt ein Kännchen heißes Wasser mit dem dazugehörigen Teebeutel oder Nescafé, ein paar Scheiben Brot und einen säuberlich angerichteten Teller mit bulgarischer Salami, Käse, Butter und Marmelade. So versorgt und besänftigt, kamen wir uns ein Stück näher, und ich erfuhr, daß der zeitungsbesessene Franzose Antoine hieß, der Syrier Ingenieur war, der intellektuelle junge Mann aus Algerien kam und in Sofia studierte und der kleine Treuherzige Grieche war, der, um so rasch wie möglich zu einer lebenswichtigen Besprechung nach Athen zu kommen, den schnellsten und damit fatalen Flug, nämlich den über Sofia, genommen hatte. Nur über das Paar und sein Verhältnis zueinander erfuhr ich weiterhin nichts.

Wir waren gerade wieder dabei, uns die Frage nach dem weiteren Verlauf unserer Reise zu stellen, als die dicke, fröhliche Stewardeß in den Speisesaal stürmte und verkündete: So, jetzt sei es soweit! In Sofia schneie es nach wie vor und darum fiele der Flug aus. Zum Glück ginge aber ein Zug um zehn Uhr, und den würden wir nehmen.

Einen Moment lang herrschte Schweigen, dann fragte Antoine, der Franzose: »Und wann kommen wir in Sofia an?«

»Um sechs Uhr abends.«

»Um sechs Uhr abends!« rief ich, »das heißt, wir sind acht Stunden unterwegs.«

»Ja, ja«, bestätigte die Stewardeß, »es ist ein Schnellzug.«

Ich rief Ludmila an und fragte, ob es in Sofia schneie. Sie sagte, im Moment schneie es nicht, aber wahrscheinlich würde es wieder anfangen. Ich fragte dann noch, was in Bulgarien das Wort »Schnellzug« bedeute. Sie sagte, ein Schnellzug sei ein Zug, der in jedem Loch hält. Ich bedankte mich für die Auskünfte und sagte, daß ich um sechs Uhr abends in Sofia ankäme – falls höhere Gewalt es nicht verhindern sollte. Im Bus war es genauso kalt wie in der Nacht zuvor, und ich hatte das Gefühl, an Ort und Stelle Rauhreif anzusetzen. Wir holperten über ungepflasterte Wege durch eine unwirtliche Gegend, dann durch die häßliche Hochhaussiedlung, die ich aus der Ferne gesehen hatte, dann durch die tristen Gassen von Burgas, vorbei an kleinen Häuschen und struppigen Vorgärten. Schließlich hielten wir auf einem ausgestorbenen Platz, bei dem es sich um das Zentrum handelte, vor einem grauen, kahlen Kasten, der sich Hotel nannte.

»Einen Moment«, sagte die Stewardeß, »ich hole nur die anderen Passagiere.«

Wir saßen da mit hochgezogenen Schultern und rotgefrorenen Nasen und starrten bedrückt aus den Fenstern.

»Möchte wissen«, wunderte sich Antoine, »was diese armen Japaner verbrochen haben, daß man sie da eingesperrt hat.«

»Und ich möchte wissen«, sagte ich, »warum man sie den Bulgaren und nicht uns zugeteilt hat. Schließlich sind sie doch auch Ausländer.«

»Ja, aber ungefährliche«, sagte der Syrier, »kein Mensch versteht sie, und sie verstehen keinen Menschen.«

Wir schwiegen und schauten hinaus. Ein alter Mann ging mit schlurfenden Schritten über den Platz, eine Frau im Morgenrock öffnete ein Fenster. Dann war nichts mehr zu sehen außer den grauen, verschlossenen Gesichtern der Häuser.

»Eine lebhafte Stadt«, sagte Antoine schließlich.

»In der Wüste passiert mehr«, bemerkte der Syrier.

Aus dem Hotel kamen die Nonne und die Athletengruppe.

»Die Japaner fehlen«, sagte ich.

»Sie werden erfroren sein«, sagte der algerische Student.

»Oder ausgebrochen«, sagte der Syrier.

Antoine nickte: »Irgendwann wird man auf der Strecke zwischen Burgas und Sofia drei einsame Japaner finden und sich wundern, woher die kommen.«

Die Bulgaren bestiegen den Bus: vorneweg die Nonne, ihre dicken schwarzen Röcke raffend und freundlich lächelnd, hinterher die junge stämmige Frau, der große und der kleine Schwergewichtler.

Sie schmetterten ein fröhliches »Bonjour«, und man sah ihnen an, daß sie gut geschlafen hatten und weder den Tag noch die Bahnfahrt fürchteten.

»Haben Sie das Schwarze Meer gesehen?« erkundigte sich die junge Frau.

»Ich habe ein Stück graues Meer gesehen«, sagte Antoine.

»Im Sommer müssen Sie kommen«, riet der große Schwergewichtler, »da ist es blau, und in Burgas ist was los.«

Da alles schwieg, fühlte ich mich verpflichtet zu sagen: »Ja, das kann ich mir vorstellen ... muß blau und schön sein.« Ich konnte mir vieles in diesem Moment vorstellen, aber nicht das.

Inzwischen zitterten wir vor Kälte, und der Syrier, wie immer um sein leibliches Wohl besorgt, fragte ungehalten: »Was ist mit den Japanern? Wenn es ihnen so gut in Burgas gefällt, können wir ja ohne sie fahren.«

»Die Japaner«, erklärte der Schwergewichtler, »wechseln Geld.«

»Denken doch wirklich an alles, die Burschen«, bemerkte Antoine. Geld wechseln mußte an einem

Sonntagmorgen in Burgas eine schwierige Transaktion sein, denn es dauerte weitere fünf Minuten, bis sie, im Schlepptau der Stewardeß, erschienen, uns lächelnd ein schwer verständliches »Good molning« wünschten und nebeneinander auf der hintersten Bank Platz nahmen. Hätte der eine sich die Augen, der zweite die Ohren und der dritte den Mund zugehalten, sie hätten den drei weisen Äffchen verteufelt ähnlich gesehen.

»Heide!« sagte die Stewardeß, ein oft benutzter bulgarischer Ausdruck, der so viel wie »los« bedeutete. Der Bus fuhr ein paar Meter weiter und hielt dann endgültig vor einem flachen, höchst bescheidenen Gebäude, dem Bahnhof von Burgas.

Wir stiegen aus, der Fahrer warf die Koffer mit viel Schwung und wenig Sorgfalt auf die Straße, und ich dankte Gott, daß es höfliche Männer wie Antoine und starke Männer wie den Schwergewichtler gab, die sich meines Gepäcks annahmen. Die Bahnhofshalle war nach zwei Seiten hin offen, und wir standen wie eine Herde geschorener Schafe in eisigem Durchzug. Ich sah mich bereits mit Lungenentzündung auf Ludmilas zerfledderter Schlafcouch oder, noch schlimmer, in einem ihrer Krankenhausbetten, zehn Personen in einem Raum, nicht mitgerechnet die Familien der Patienten, die sich dort häuslich niederzulassen pflegten.

Die Stewardeß, die einer Ente gleich eine kälteundurchlässige Fettschicht zu haben schien, denn sie war heiter und in keiner Eile, gab jedem von uns eine rosa Fahrkarte, dann eine grüne – erster Klasse Zuschlag, wie sie betonte –, dann eine Pappschachtel mit Proviant, die ich zurückwies, erstens, weil ich nur zwei Hände hatte, und zweitens, weil ich mir wenig davon versprach. So ausgestattet, warteten wir weiter, entweder, weil das nun mal dazugehörte, oder weil der Zug noch nicht da war, oder weil man uns abhärten wollte.

»Ich fliege noch heute abend nach Paris zurück«, drohte der Syrier.

»Mit was?« fragte Antoine.

»Wenn es kein Flugzeug gibt, nehme ich die Bahn.«

»Wir sind noch nicht in Sofia«, sagte ich, »wir sind noch nicht mal im Zug.«

In diesem Moment rannte die Stewardeß los: »Heide!« rief sie, »wir müssen uns beeilen, der Zug wartet nicht auf uns!«

Der Zug war noch eine richtige Eisenbahn. Er mußte aus den dreißiger Jahren stammen und war deutsches Fabrikat. Vielleicht war es der ausrangierte Orient-Expreß, mit dem ich im Frühjahr 1939 von Berlin nach Sofia gefahren war. Die Coupés litten unter starken Abnutzungserscheinungen, und von den himbeerroten Velourspolstern war nicht mehr viel übrig geblieben. Der Velours war abgewetzt, die Federung platt gesessen, und das Himbeerrot hatte eine graue Patina. Die Tür- und Fensterscheiben waren seit Jahrzehnten nicht mehr geputzt worden, und die Vorhänge, die von den Stangen zu fallen drohten, waren zu dicken Stricken zusammengedreht.

Wir wurden säuberlich und nach bulgarischen Regeln in die Coupés verteilt: die Bulgaren zusammen, die Japaner zusammen, die Franzosen zusammen und die drei, die keine ethnische Einheit bildeten – der

Syrier, der Algerier und der Grieche – zusammen. Eigentlich hätte ich dieser Gruppe zugeteilt werden müssen, aber irgendwie schien ich mehr in das westeuropäische Bild zu passen, und so hatte man mich zu den Franzosen gesetzt.

Nachdem ich mit Antoines Hilfe mein Gepäck über den Köpfen des Paares verstaut hatte und hoffte, daß dieses beim ersten Anrucken des Zuges geköpft würde, ließ ich mich auf dem mittleren Sitz, der meine Platznummer trug, nieder. Ehrlich gesagt wäre mir bei der heterogenen Gruppe viel wohler gewesen, und als dem unattraktiven Paar bereits in den ersten Minuten die Augen zufielen und Antoine seine Zeitungen griffbereit neben sich legte, verließ ich das Abteil, um mir den Zug und die Reisenden näher zu betrachten.

Es gab zu meiner Beruhigung einen Speisewagen, der aber noch geschlossen war, ein Klo, in das ich wohlweislich nicht hineinschaute, und sehr wenig Reisende, was mir von Vorteil zu sein schien. Allein in einem Coupé entdeckte ich den Syrier.

»Nanu«, sagte ich, »was machen Sie denn hier?«

»Warum soll ich mit zwei Menschen in einem Coupé sitzen, wenn ich eins für mich alleine haben kann? Kommen Sie herein.«

»Sie wollten doch ein Coupé für sich alleine haben.«

»Nur wenn es sich um Leute handelt, die ich mir nicht ausgesucht habe.«

Ich setzte mich neben ihn.

»Gestern um zehn Uhr abends sollten wir in Sofia ankommen«, sagte er, »und jetzt ist es zehn Uhr morgens und wir sind noch lange nicht da. So müde war ich in meinem ganzen Leben noch nicht.«

»Ich bin auch nicht gerade frisch.«

Wir ließen beide gleichzeitig die Köpfe zurück und dann schnell wieder nach vorne fallen. Etwas Hartes hatte sich in unsere Schädel gebohrt. Ich drehte mich um, und der Syrier, der offenbar nicht mehr die Kraft aufbrachte, das gleiche zu tun, fragte: »Was ist denn das?«

»Ein Stab«, sagte ich.

»Ein Stab? Was für ein Stab?«

»Ein etwa 50 Zentimeter langer, mit rotem Stoff überzogener Stab, der an der Rückenlehne befestigt ist. Noch was?«

»Und wozu ist der da?«

»Nun hören Sie mal!«

Ich wußte nicht, was mich nervöser machte, der Mann mit seinen Fragen oder der Stab, der sich weder rausreißen noch wegschieben ließ.

»Verstehe ich nicht«, sagte der Syrier, der sich doch noch aufgerafft und umgedreht hatte.

»Vielleicht ein Anti-Komfort-Mittel«, knurrte ich.

Ich stand auf und machte es mir auf der gegenüberliegenden Bank bequem. »Ein Glück, daß der Zug leer ist und man sich hinlegen kann«, sagte ich.

Mein arabischer Freund schaute auf die Uhr: »Es ist zehn. Bin gespannt, mit wieviel Verspätung wir abfahren.«

Im selben Moment setzte sich der Zug in Bewegung, und ich lachte über sein verblüfftes Gesicht. »Der Zug ist pünktlich, der Zug ist leer, der Zug ist geheizt – was wollen Sie eigentlich noch?«

»Endlich ankommen.«

»Sind Sie immer so unbescheiden und ungeduldig?«

Er sagte voller Abscheu: »Ich hasse Reisen . . . modernes Reisen! Ich hasse die Technik! Im Flugzeug sterbe ich vor Angst, in Autos und auf Schiffen wird mir schlecht.«

»Bleibt nur noch die Postkutsche.«

»Ja, mit der würde ich gerne fahren. Oder reiten. Als ich drei Jahre war, hat mich mein Vater aufs Pferd gesetzt, und ich bin losgeritten. Querfeldein. Wir haben in einem kleinen Dorf zwischen den Bergen und der Wüste gelebt. Keine Straßen, keine Autos, kein Krach, kein Benzingestank. Nur Natur und Himmel . . . Pferde und Kamele . . . sind Sie schon einmal auf einem Kamel geritten?«

Ich schüttelte den Kopf.

»Oh, das ist herrlich! Auf einem Kamel bei Nacht durch die Wüste reiten . . . die Stille, die Sterne . . . das ist das wahre Leben!«

Er zündete sich eine Zigarette an und blickte dem Rauch nach wie einer sich auflösenden Fata Morgana.

»Mit der Technik haben wir alles zerstört«, fuhr er fort, »wir haben nicht aufgebaut, wir haben zerstört. Der Mensch ist nicht mehr ein Geschöpf Gottes, er ist ein Roboter, ein Sklave seiner Maschinen. Vielleicht bin ich ein Romantiker, aber . . .«

Die Tür zu unserem Coupé wurde zaghaft geöffnet und in ihrem Rahmen stand ein Flüchtling aus dem Lager der Bulgaren: die Nonne.

»Entschuldigen Sie . . .«, sagte sie auf französisch und machte Anstalten, wieder zu gehen.

»Bleiben Sie, Schwester«, rief der Romantiker, »hier ist Platz genug. Setzen Sie sich.«

Sie zögerte, schaute über die Schulter zurück, trat dann schnell ein und schloß die Tür hinter sich.

»Danke«, flüsterte sie, »vielen Dank . . .« und setzte sich auf den Fensterplatz.

Der Syrier sah sie mit schmelzendem Blick an: »Ich liebe die Religiösen«, sagte er zu mir auf englisch, »bei ihnen fühle ich mich sicher und geborgen.«

Gib dem Mann ein Kamel und eine Nonne und er ist glücklich, dachte ich, ein Lachen unterdrückend.

»Schauen Sie«, sagte er, »was für ein gutes, ruhiges Gesicht sie hat.«

Ich schaute. Sie hatte ein liebes, rundes Gesicht, ein Apfel, der, nie reif geworden, jetzt bereits am Vertrocknen war.

Die Nonne wurde unter unseren Blicken verlegen. Sie rückte den umgestülpten Blumentopf auf ihrem Kopf zurecht und band das Tuch darüber fester. Dann legte sie die Hände in den breiten Schoß und lächelte.

»Sprechen Sie französisch, Schwester?« erkundigte sich der Syrier.

»Ein wenig.«

»Waren Sie in Paris?«

»Nein, Roquefort.«

»Rochefort«, verbesserte ich voreilig.

»Nein, Roquefort. Kleine, kleine Stadt. Mein Bruder lebt in Roquefort, fünfzig Jahre.«

»Seit fünfzig Jahren! Und wie lange haben Sie ihn nicht gesehen?«

»Fünfundzwanzig Jahre.«

»Du lieber Himmel«, sagte der Syrier, »können Sie sich das vorstellen?«

»Ja«, sagte ich.

»Mein Bruder Geburtstag«, erklärte die Nonne, »achtzig Jahre.«

»Wenn sie ihn noch mal sehen will«, sagte ich auf englisch, »muß er mindestens hundertundzwanzig werden.«

Der Syrier machte ein bekümmertes Gesicht, dann sagte er hoffnungsvoll: »In Bulgarien werden die Menschen sehr alt.«

Ich lachte.

»Frankreich schön«, sagte die Nonne, »sehr, sehr schön . . . aber teuer . . . uuhu!« Sie schüttelte die Hand und erging sich des längeren in Lebensmittel und Textilpreisen. Wir warteten höflich, bis sie damit geendet hatte, dann fragte der Syrier: »Leben Sie in einem Kloster, Schwester?«

»Kleines Kloster . . . zwanzig Schwestern.«

»Gibt es noch viele religiöse Menschen in Bulgarien?«

Sie schaute flink von ihm zu mir zur Tür des Coupés, kicherte und sagte: »Nein, wenig Religiöse, viele Kommunisten.« Er ließ mich mit einem Blick wissen, daß an dieser Welt eben nichts mehr zu retten sei.

»Sie aus Paris?« fragte die Nonne.

»Nein, aus Damaskus.«

»Ah . . .«

Er erriet ihre Gedanken und beeilte sich zu sagen: »Ich bin katholisch, meine ganze Familie ist katholisch und fromm.«

»Bravo!« sagte die Nonne, und das beflügelte ihn: »Mein Onkel . . .«, er korrigierte sich, »fast ein Onkel, ist Patriarch vom ganzen Nahen und Fernen Osten.«

Die Nonne war beeindruckt, ich aber fand, der Nahe Osten hätte auch genügt. Der Zug, der sich langsam durch eine öde Landschaft geschleppt hatte, hielt.

»Schon eine Panne!« rief der Syrier empört.

»Nein, eine Station«, sagte ich.

»Wieso eine Station?«

Ich deutete stumm auf ein paar Häuser und einen Bahnsteig.

»Sie glauben, das ist ein Ort, an dem ein Schnellzug hält?«

»Das ist Wirbiza«, sagte die Nonne.

»Bitteschön!« sagte ich.

Er stöhnte.

»Außerdem hat man die Heizung abgestellt«, sagte ich.

»Ich hab' mich das gar nicht zu denken getraut, und Sie sprechen es auch noch aus«, warf er mir vor.

»Tun Sie so, als hätten Sie sich verhört«, sagte ich, wickelte mich in meinen Pelz, drückte mich in die Ecke und schloß die Augen.

Ich werde jetzt schlafen, suggerierte ich mir, ich bin müde genug, um bis nach Sofia schlafen zu können. Man schläft gut in Zügen und noch besser im Schutz einer Nonne.

Eine halbe Stunde und fünf Stationen später sprang ich auf: »Schweinerei«, sagte ich.

Das Coupé hatte sich in einen Eiskasten verwandelt, und selbst mein Pelzmantel konnte die Kälte nicht mehr abhalten. Die Nonne schnarchte, der Syrier hatte sich Mantel und Handschuhe angezogen, und seine blonden Bartstoppeln schienen in der letzten halben Stunde dunkler und dichter geworden zu sein.

»Ich gehe«, sagte ich.

»Zu Fuß nach Sofia?« fragte er und lachte.

Bei ihm fing der Humor an, wenn er bei mir aufhörte.

»Ich gehe in den Speisewagen.«

»Sie glauben doch nicht etwa, daß es in diesem Zug einen Speisewagen gibt.«

»Es gibt einen, ich habe ihn gesehen.«

»Sie werden ihn geträumt haben.«

Ich nahm meine Handtasche, dabei fiel mir ein, daß ich kein bulgarisches Geld hatte.

»Haben Sie Lewa?« fragte ich.«

»Nicht einmal das.«

Der Mann war wirklich zu nichts nutze.

Ich ging den Gang hinunter, kam zum Franzosenabteil, öffnete die Tür und schaute hinein. Alles war noch an seinem Platz, sogar meine Koffer. Antoine sah mich über den Rand seiner Zeitung an: »Sie sehen aus, als würden Sie an der nächsten Station aussteigen«, sagte er grinsend.

»Ich gehe in den Speisewagen.«

»Sind Sie immer so unternehmungslustig?«

»Nur wenn es darum geht, mein Leben zu retten. Der Speisewagen ist vielleicht geheizt. Hätte ich jetzt noch einen Lew . . .«

Er griff in die Tasche und zog einen sehr kleinen, zerknitterten Schein hervor: »Viel mehr besitze ich leider auch nicht, aber wenn der ausreicht, Ihr Leben zu retten . . .«

»Sie sind ein guter Mensch«, sagte ich, »vielen Dank.«

Ich ging weiter. Vor der Tür zur Toilette blieb ich unentschlossen stehen, und zwar so lange, bis sie durch einen besonders harten Ruck des Zuges von selbst aufging und mir das Bild bot, das ich befürchtet hatte. Ich überdachte die Möglichkeit, die mir blieb, wenn ich das Klo nicht benutzte, und da die noch unerfreulicher war als der Gedanke, es zu benutzen, brachte ich die Prozedur so schnell wie möglich hinter mich. Der Speisewagen war im nächsten Waggon, ein Speisewagen, wie man ihn aus alten Zeiten kennt: links kleine Zweiertische, rechts größere Vierertische, weiß, jedenfalls fast weiß, gedeckt. Eine anheimelnde Atmosphäre, um so mehr, als mir warme, zwiebelgeschwängerte Luft entgegenwehte.

Ich blieb, wegen meiner mageren pekuniären Mittel besorgt, am Eingang stehen und sondierte die Lage. Drei, vier Tische waren besetzt, ausschließlich von Männern, die sich hier bei Getränken und Gesprächen die Zeit vertrieben. Rechts neben mir, im Vorraum zur Küche, wusch ein kleiner, kompakter Mann mit kahlem Kopf und hellblauem T-Shirt Geschirr, musterte mich pfiffig und zwinkerte mir zu. Ein Kellner, das Idealbild eines bulgarischen Mannes – groß und kräftig, potent und autoritär –, kam mit hüftbetontem Schritt den Gang hinunter auf mich zu, blieb vor mir stehen, sah von oben auf mich herab und fragte: »Was willst du?«

»Eine Tasse Tee«, sagte ich eingeschüchtert.

»Dann setz dich.«

Ich ging zu einem der kleinen Zweiertische. Die Männer, drei in Uniform, die anderen in Zivil, verstummten, starrten mit undurchdringlichen Gesichtern in meine Richtung, schätzten mich ab und setzten ihre Gespräche fort. Der Kellner baute sich vor mir auf. Er hatte Muskeln unter dem blankgewetzten, dunkelblauen Anzug, schwarze Augen, schwarze Haare und blutrote Lippen.

»Also einen Tee willst du.«

»Wieviel kostet der?«

»Zwanzig Stotinki.«

Er hatte die Hand auf den Tisch gestützt und sah mir voll ins Gesicht. Wir hielten stumme Zwiesprache. Er: Einen Pelz trägst du, Ringe hast du an den Fingern, nach teurem Parfüm riechst du und fragst, wieviel ein Tee kostet! Ich: Worauf bildest du dir eigentlich was ein, du dummer arroganter Kerl?

»Einen Tee, bitte«, sagte ich.

Er lächelte verächtlich und ging.

An dem größeren, nur durch den schmalen Gang getrennten Tisch saß ein junger Neger. Vor ihm stand ein voller Teller, aber er aß nicht, sondern blickte zum Fenster hinaus. Er sah traurig und verloren aus. Ich schaute von seinem Teller mit der graubraunen Soße in die kahle, frostige Landschaft, stellte mir seine Heimat vor – paradiesisch natürlich, üppig und bunt – und dachte: Du lieber Gott, der arme Kerl! An dem Tisch hinter ihm saßen zwei Bulgaren, die sich im Gegensatz zu ihm außerordentlich wohl zu fühlen schienen. Sie waren in ein lautes, lebhaftes Gespräch verwickelt, lachten oft oder steckten die Köpfe zusammen, um sich etwas Vertrauliches zuzuflüstern.

Zwischen ihnen stand ein Teller mit schwarzen Oliven, roten Pfefferschoten und sauren Gurken, neben ihnen halbvolle Wassergläser und Coca-Cola-Flaschen. Ich wunderte mich erstens, daß es in Bulgarien Coca-Cola, das westlichste aller westlichen Getränke, gab, und zweitens, daß man es hierzulande mit Wasser verdünnte. Ich nahm Zigaretten aus meiner Tasche und legte sie, in Erwartung des Tees, auf den Tisch. Der Kellner, ohne den Tee, kam, tippte auf die Schachtel und erklärte, daß Rauchen im Speisewagen verboten sei. Der Neger hatte sich vom Fenster abgewandt und in kleinen, manierlichen Bissen zu essen begonnen. Er hatte ein sanftes, häßliches Gesicht, und das Braun seiner Haut war nicht ebenmäßig, sondern wie bei einer Giraffe heller und dunkler gefleckt. Jetzt tat er mir noch mehr leid, und als sich unsere Blicke trafen, lächelte ich ihm zu. Er lächelte scheu zurück. Der Kellner kam mit Schwung aus der Küche. In der erhobenen Hand trug er eine Tasse, die er hart vor mir absetzte. Das Wasser schwappte über und ich rettete schnell das spärliche Zuckertütchen, das auf der Untertasse lag.

»Entschuldige«, sagte er zu meiner Überraschung.

Der Neger bestellte eine Limonade, und die Bulgaren, die bereits alles ausgetrunken und aufgegessen hatten, riefen: »He, mein Junge, noch mal dasselbe!« Man sah dem Kellner an, daß er seinen Beruf zum Kotzen fand. Zu seinem Unglück erschienen auch noch der Syrier und Antoine, denen die Neugier auf den Speisewagen und der Gedanke, vielleicht etwas zu versäumen, keine Ruhe gelassen hatte.

Sie setzten sich an den Tisch des Negers und überlegten laut, ob sie etwas essen oder etwas trinken sollten und was es wohl zu essen oder trinken gäbe und ob Antoines Geld nur für einen oder für beide reiche. Als sie soweit gekommen waren, fiel ihnen ein, daß sie ja eigentlich einen Blick in die Speisekarte werfen könnten. Der Kellner, der in sicherer Entfernung an einem Tisch gelehnt und sie erbittert beobachtet hatte, wurde herbeigewinkt und mit Gesten um die Karte gebeten. Er verschwand auf längere Zeit und kehrte schließlich mit einem Blatt Papier zurück, das er von oben auf ihren Tisch flattern ließ.

»Ich habe das Gefühl«, bemerkte Antoine, »er mag uns nicht.«

Die Karte war in kyrillischer Schrift, und ich bot mich dummerweise an, sie zu entziffern. Das dauerte gute zehn Minuten, denn nachdem ich entziffert hatte, mußte ich übersetzen, und nachdem ich übersetzt hatte, mußte ich sie beraten. Ich riet ihnen zu einem Schnitzel, weil mir das am unverfänglichsten schien. Antoine kramte seine gesamte Barschaft aus der Tasche, zählte sie, kam auf sieben Lewa und fünfundsiebzig Stotinki und meinte, man könne es riskieren. Der Kellner, der die Szene mit allen Anzeichen des Abscheus beobachtet hatte, wurde ein zweites Mal herbeigerufen, und die Schnitzel wurden bestellt. Er warf den Kopf in den Nacken, schnalzte mit der Zunge und sagte: »Njama.«

Ich übersetzte: »Gibt es nicht.«

»Fragen Sie ihn, warum es dann auf der Karte steht«, beauftragte mich Antoine.

Ich weigerte mich.

»Dann fragen Sie ihn wenigstens, was es gibt.«

Ich fragte.

»Teleschko petscheno«, sagte der Kellner mit hochgezogener Oberlippe.

»Geschmortes Kalbfleisch«, sagte ich.

»Wenn es geschmortes Kalbfleisch gibt, warum gibt es dann kein Schnitzel?« wollte der Syrier wissen.

»Der Kellner wirft uns gleich raus«, sagte ich.

»Aber vielleicht gibt es noch was anderes«, sagte Antoine.

»Gibt es noch was anderes?« fragte ich und bot meinen ganzen Charme in einem Lächeln auf.

»Teleschko petscheno«, sagte der Kellner.

»Ich habe das Gefühl, er kann uns nicht ausstehen«, sagte Antoine und schaute interessiert zu ihm auf.

»Zweimal Teleschko petscheno, bitte«, sagte ich, »und noch einen Tee.«

»Ich möchte auch etwas trinken«, sagte der Syrier, »oder ist das vielleicht zu viel verlangt?«

»Natürlich ist das zu viel verlangt«, sagte Antoine, »warten Sie erst mal, bis er sich wieder erholt hat.«

»Noch was?« fragte der Kellner.

»Was gibt es zu trinken?« erkundigte ich mich.

»Bier, Limonade, Coca-Cola, Wodka.«

»Ist das bulgarisches Bier?« fragte der Syrier.

»O Gott!« sagte ich.

Antoine zündete sich eine Zigarette an.

»Rauchen verboten«, sagte der Kellner.

»Rauchen verboten«, sagte ich.

»Ausgerechnet im Speisewagen!« rief der Syrier.

Antoine stand auf.

»Wo gehen Sie denn jetzt hin?« fragte ich.

»Raus, um zu rauchen.«

»Also was ist?« fragte der Kellner.

»Zwei Bier, bitte«, sagte ich in meiner Verzweiflung.

Der Kellner entfernte sich. Als er am Tisch der zwei gut aufgelegten, immer noch Wasser mit Coca-Cola trinkenden Bulgaren vorbeiging, rief er ihnen etwas zu, was ein donnerndes Gelächter zur Folge hatte.

»Ein frecher Kerl, dieser Kellner«, empörte sich der Syrier, »ich werde ihm bei der nächsten Gelegenheit mal sagen, wer ich bin.«

»Wieso«, fragte ich, »wer sind Sie denn?«

»Ich bin ein Mitglied der syrisch-bulgarischen Freundschafts-Liga.«

»Interessant . . .«, sagte ich.

Er schien mir in dieser Funktion erstaunlich wenig Sympathie für seine bulgarischen Freunde zu haben.

Es wurde dann sehr gemütlich im Speisewagen. Wenn man nicht allein in einem Zimmer schlafen, in einem geheizten Coupé sitzen, aufs Klo gehen, seinen Hunger stillen oder seinen Durst löschen wollte, wenn man, mit anderen Worten, keine ungebührlichen Ansprüche stellte, ging alles reibungslos. Das unter so großen Komplikationen bestellte Essen und Trinken kam schneller als erwartet, und wenn man sich an die ungesunde Blässe der Soße, des Bieres und Tees gewöhnt und sich mit gutem Willen hineingegessen und getrunken hatte, lohnte es einem der Magen mit freundlicher Wärme. Um mich ganz der Illusion eines gepflegten 12 o'clock teas hingeben zu können, holte ich aus meiner Reisetasche die eiserne Reserve, eine hübsch bemalte Büchse mit Keksen. Diese zog die Blicke des gesamten Speisewagens auf sich, und selbst der kleine kompakte Geschirrwäscher, der von Zeit zu Zeit um die Ecke lugte, wurde unwiderstehlich davon angezogen. Er trat, ein Tuch über der Schulter, eine Zigarette hinter dem Ohr, an meinen Tisch und fragte: »Was hast du denn in diesem feinen Büchschen?«

»Kekse.«

»Woher kommen die denn?«

»Aus Paris.«

»Aus Paris! Bravo! Gib einen, damit ich koste.«

Ich öffnete die Büchse und hielt sie ihm hin. Er nahm eins der runden gewöhnlichen Mürbeteigplätzchen, betrachtete es von allen Seiten, biß hinein, kaute, schluckte und schrie: »Ah, das schmeckt! Das nenn' ich ein gutes Kekschen mit frischem Butterchen gemacht!«

Ich hätte ihm am liebsten das ganze feine Büchschen mit den ganzen guten Kekschen gegeben, fürchtete aber, daß ich damit sein bulgarisches Ehrgefühl verletzen und den Eindruck westlicher Großtuerei erwecken könnte.

»Nehmen Sie noch zwei, drei«, sagte ich darum nur.

Er nahm zwei, strahlte, bedankte sich und ging an seinen Abwasch zurück.

»Sind die Kekse wirklich so gut?« fragte der Syrier mit dem lauernden Gesicht eines kleinen Jungen, der bei seiner Lieblingsspeise übergangen worden ist.

Ich lachte. Im Grunde war er von derselben entwaffnenden Kindlichkeit wie der Geschirrwäscher.

»Hier«, sagte ich und bot erst ihm, dann dem anderen an.

Jeder nahm, denn der Irrtum, daß einmalig ist, was aus dem Westen kommt, war von den Bulgaren auf sie übergesprungen.

Inzwischen war auch der jüngste der drei Japaner im Speisewagen aufgetaucht und hatte sich an meinen Tisch gesetzt. Wir bildeten jetzt eine kleine Enklave, in der von dunkelbraun über gelb bis weiß so ziemlich alle Rassen vertreten waren. Die Bulgaren, reinrassige Slawen und stolz darauf, schauten des öfteren zu uns hinüber, und man sah ihnen an, daß sie uns für eine höchst unbekömmliche Mischung aus Kannibalen und Degeneraten hielten.

Fast alle Tische waren jetzt besetzt, die meisten von Männern mittleren Alters, Funktionäre wahrscheinlich auf einer Dienstreise, zwei Tische von ernsten jungen Paaren, möglicherweise auf der Hochzeitsreise, und einer von Offizieren in häßlichen gelbgrünen Uniformen mit roten Rangpickeln auf den Schulterklappen. Die roten Pickel waren die einzigen leuchtenden Farbkleckse in einem merkwürdig unbunten Gesamtbild, dessen vorherrschender Ton ein stumpfes Graubraun war. Rot, überlegte ich, war vielleicht eine unkomplizierte Farbe, es konnte natürlich auch sein, daß man in ihrer Herstellung bereits eine gewisse Fertigkeit besaß. Wie auch immer, die triste Farblosigkeit war rein äußerlich und nicht etwa Ausdruck einer allgemeinen Niedergeschlagenheit. Im Gegenteil. Die Stimmung war laut und lebhaft, und der Konsum an Wasser und Coca-Cola gewaltig.

»Seltsam«, sagte ich, »daß die Menschen hier Coca-Cola mit Wasser verdünnen.«

»Sie verdünnen Wodka mit Coca-Cola«, sagte der Neger auf englisch.

»Wodka? Halbe Wassergläser voll, eins hinter dem andern und am hellichten Tag! Das ist doch nicht wahr?«

Der Syrier lachte sein bizarres Lachen, bei dem er Mund und Augen aufriß, so als sei er zu Tode erschrocken.

»Natürlich ist es wahr«, sagte er, »der junge Mann lebt seit zwei Jahren in Bulgarien, er kennt die Sitten.«

Der Neger nickte, lächelte und sah sehr traurig aus.

»Und was machen Sie hier seit zwei Jahren?« erkundigte ich mich.

»Ich studiere.«

»Der junge Mann ist ein zukünftiger Kollege von mir«, teilte der Syrier mit.

Ich hatte es geahnt. In Bulgarien studierte man entweder Bau oder Medizin, eine dritte Möglichkeit schien es nicht zu geben.

»Woher kommen Sie?« wollte Antoine wissen.

»Aus Nigeria.«

»Und wie fühlen Sie sich in Bulgarien?«

»Wie fühlt man sich in einem Land, in dem man nicht gerne gesehen wird? Wir werden freundlich eingeladen, hier zu studieren, und wenn wir dann kommen, hört die Freundlichkeit auf.«

»Sind viele von Ihnen hier?«

»Ziemlich viele . . . Farbige und Araber. Die Araber mag man auch nicht. ›Arabki dawat shurapki‹, heißt es – Araber geben Strümpfe.«

»Wie bitte?« fragte der Syrier und bekleckerte sich mit der blassen Soße.

»Die Araber, die ein Mädchen kennenlernen wollen«, erklärte der Student aus Nigeria, »sagen: ›Arabki dawat shurapki.‹« Antoine lachte laut, ich, die ich die einzige zu sein schien, die über die Nationalität des Syriers Bescheid wußte, begann ziellos in meiner Tasche zu kramen.

»Eine Frau, die mit einem Araber geht, ist in den Augen der Bulgaren eine Hure«, sagte der junge Mann, »mit einem Farbigen geht noch nicht mal eine Hure. Das ist der Unterschied.«

»Die Bulgaren waren schon immer ein borniertes Volk«, sagte ich tröstend.

»Jedes Volk ist borniert«, sagte Antoine.

»Richtig«, gab ich zu.

Der Japaner hatte mit schiefgeneigtem Kopf der Unterhaltung gelauscht und nichts verstanden. Darum lächelte er besonders willig. Ich lächelte willig zurück, und das veranlaßte ihn, mir auf englisch mitzuteilen, daß er auch französisch spräche.

Da sein Englisch schon schwer genug zu verstehen war, hoffte ich, daß er mir wenigstens sein Französisch ersparen würde, aber da kannte ich den Ehrgeiz der Japaner schlecht. Er sagte also etwas, das japanisch klang, wohl aber doch entfernt französisch sein mußte, denn Antoine übersetzte: »Er hat vier Monate in Paris gelebt und da die Sprache gelernt.«

»Wie haben Sie denn das verstanden?«

»Man muß eben Phantasie haben.«

»Dann hat er vielleicht etwas ganz anderes gesagt.«

»Kann natürlich auch sein.«

Antoine grinste, und der Japaner, der auf eine Fortsetzung der beschwerlichen Konversation Wert zu legen schien, sah mich erwartungsvoll an.

»Sind Sie auch Ingenieur?« fragte ich.

Er nickte eifrig: ja, er sei Ingenieur und arbeite für eine Gesellschaft, eine große Gesellschaft, die Schiffe baue.

»Schiffe?« fragte Antoine und schüttelte verwundert den Kopf, »die Japaner bauen Schiffe für die Bulgaren?«

»Die Japaner bauen alles für jeden«, sagte ich.

»Und wozu brauchen die Bulgaren Schiffe?«

»Um auf dem Schwarzen Meer herumzufahren.«

»Glauben Sie?«

»Gott, was weiß man!«

Wir lachten, und der Japaner, der wieder einmal nicht wußte, worum es ging, lachte mit.

»Warum fahren Sie nach Sofia?« fragte Antoine, »wenn Sie Schiffe bauen, hätten Sie doch gleich in Burgas am Meer bleiben können.«

»Hi, hi, hi«, lachte der Japaner.

»Merkwürdige Welt«, sagte Antoine.

Der Syrier, der diesen Satz aufgeschnappt hatte, meinte düster: »Eine kaputte Welt.«

Dann wandte er sich wieder dem praktischen Teil dieser kaputten Welt zu und ließ sich im Flüsterton von dem Nigerianer unterrichten, wo der Schwarze Markt in Sofia floriere, vielleicht auch, wo man à la »Arabki dawat shurapki« Mädchen kaufen könne.

Der Zug hielt.

»Ich wußte gar nicht, daß es so viele Ortschaften in Bulgarien gibt«, sagte ich und schaute zum Fenster hinaus.

Es war ein kleiner Ort mit den üblichen drei- bis vierstöckigen Häusern, die aussahen, als seien sie noch nicht fertig, und der unvermeidlichen Fabrik, die, so wie früher die Kirche, in jedem Städtchen zu finden war. Auf dem Bahnsteig herrschte mehr Betrieb, als man dem kleinen Ort zugetraut hätte.

»Sehr beunruhigend«, sagte Antoine, der, den Kopf gereckt, ebenfalls zum Fenster hinaussah.

»Was?« fragte der Syrier nervös.

»Mir ist aufgefallen, daß an allen Stationen zahllose Leute einsteigen und keiner aussteigt.«

»Ach was«, sagte der Syrier, »dann müßte der Zug ja schon voll sein.«

»Ist er wahrscheinlich auch, voll wie eine Sardinenbüchse.«

Ich begann seine Worte erst ernst zu nehmen, als mehr und mehr Menschen in den Speisewagen eindrangen, wie auf einem Laufsteg bis an sein Ende liefen und, da kein Platz mehr frei war, wieder zurückkamen und verschwanden. »Gehen wir lieber«, sagte Antoine, »denn abgesehen von unseren Koffern sind auch unsere Plätze weg.«

Der Syrier sah ihn verstört an, aber in diesem Moment gingen zwei junge Frauen an uns vorbei und zogen seinen Blick von Antoine fort auf ihre großen, festen Hinterteile. Sein Mund öffnete sich ein wenig, und in seine Augen kam der leere Ausdruck eines Hypnotisierten.

»Ja, mein Lieber«, sagte Antoine, »je mehr wir uns Sofia nähern, desto besser wird es.«

Der Syrier schreckte aus seiner Trance auf und kicherte wie ein Pennäler, den man bei einer unanständigen Tat ertappt hat. Die zwei Frauen machten kehrt, und es wäre wohl auch einiges an ihrer Vorderseite zu sehen gewesen, wenn nicht drei Soldaten in derben, braunen Uniformen aus der entgegengesetzten Richtung gekommen wären und die Sicht verdeckt hätten. Hinter ihnen kamen zwei Zigeunerinnen, die alle fehlenden Farben auf sich vereint hatten: hennarot die Haare, golden die Zähne, violett die Lippen, silbern die Ohrringe und die Kleider ein verwirrender Reichtum an grellen Blumen, Tupfen, Streifen und Flecken.

»Geht hier zu wie auf der Bühne«, sagte Antoine, als alle wieder abgezogen waren und eine kurze Pause eintrat.

»Zigeuner stehlen wie die Raben«, sagte der Syrier und sah sich unruhig im Speisewagen um, »wo steckt eigentlich der Kellner?«

»Der ist wahrscheinlich ausgestiegen«, sagte ich.

»Um so besser«, sagte Antoine, »denn so wie ich die Sache sehe, kann ich die Rechnung nicht bezahlen.«

Er legte sieben Lewa, fünfundsiebzig Stotinki auf den Tisch, und im selben Moment war der Kellner in seiner ganzen Arroganz und Frechheit da.

»Acht Lewa«, sagte er, und als ich in die Tasche griff und Antoine mein restliches Wechselgeld gab, murmelte er etwas vor sich hin, was ich zum Glück nicht verstand.

»Ich glaube, wir sollten jetzt schleunigst gehen«, sagte ich, »fünf Ausländer und fünf Stotinki Trinkgeld, das wird er uns mit dem bösen Blick heimzahlen.«

Es war zweifellos der böse Blick, den er uns nachschickte, als wir den Speisewagen verließen, doch als wir an der Küche vorbeikamen, streckte der kleine Geschirrwäscher seinen kahlen Kopf aus der Tür, lächelte warm und sagte: »Alles Beste, Freunde.«

Und so gleicht sich alles wieder aus, dachte ich.

Das Ausmaß einer Katastrophe läßt sich erst abschätzen, wenn man mitten drin steckt.

Als ich die Schiebetür vom einen Abteil zum nächsten geöffnet hatte und wegen Mangel an Platz nicht mehr hinter mir schließen konnte, wußte ich, daß jetzt der beschwerliche Teil der Reise begonnen hatte.

Zuerst verharrte ich an Ort und Stelle. Es blieb mir auch gar nichts anderes übrig, es sei denn, ich machte Gebrauch von Ellenbogen und Schultern, trampelte auf Füße, puffte in Weichteile, schlug mit meiner Keksdose um mich, stieg über Gegenstände und Kinder. Und auch dann war es noch zweifelhaft, ob sich die Menschenmasse so weit teilen ließ, daß ich mich hindurchzwängen konnte. Andererseits schien es mir unratsam, die nächsten fünf Stunden eingekeilt stehen zu bleiben, nicht einmal umkippen zu können, wenn Beine oder Kopf ihren Dienst versagen sollten. Antoine und der Syrier, die mir voraus den Speisewagen verlassen hatten, waren spurlos verschwunden, und ich fragte mich, wo um Himmels willen sie stekken konnten. Vielleicht waren sie aus dem Zug gesprungen, vielleicht war es ihnen aber auch gelungen, sich mit männlicher Kraft und Rücksichtslosigkeit einen Weg zu bahnen. In diesem Fall, fand ich, hätten sie mich ruhig ins Schlepptau nehmen können, anstatt mich gestrandet und hilflos hier stehen zu lassen.

Die Menschen um mich herum sahen weder entrüstet noch verzweifelt aus. Man unterhielt sich, aß etwas, rauchte; kleine Kinder schliefen in den Armen ihrer Eltern, Alte dösten auf Koffern, ein paar Leute lasen, das Buch hoch über die Köpfe ihrer Reisegefährten haltend. Dann ging eine Bewegung durch die Menschenmenge, und Kopf und Schultern eines jungen Mannes tauchten, näherkommend, wie bei einem Schwimmer auf hoher See, mal hier, mal da, auf. Direkt vor mir ging der Schwimmer an Land, wobei er mich sacht, aber entschlossen ein paar Zentimeter zur Seite schob.

Es ging also, wenn man die richtige Technik des Schlängelns, Drückens und Kriechens beherrschte und außerdem eine lange Erfahrung im Umgang mit den Massen hatte. Die nun hatte ich keineswegs. Mein Verhältnis zu den Massen war gestört, mein Vertrauen zu ihnen gering, meine Angst vor ihnen gewaltig. Ich weiß also nicht, woher ich dennoch den Mut nahm, mich ihnen auszuliefern.

Mein Durchstoß war ein äußerst langsamer, denn meine großbürgerliche Erziehung hatte dafür gesorgt, auch in der Masse das Individuum zu berücksichtigen, jeden Schritt, so man es Schritt nennen konnte, mit Entschuldigungen einzuleiten und mit Dank abzuschließen und lieber stehen zu bleiben, als einem Mitmenschen auf den Fuß zu treten.

Im allgemeinen hilft das überhaupt nicht. Die Leute schimpfen trotzdem, Frauen stoßen spitze Schreie aus, wenn man nur ihren großen Zeh berührt, und Männer sehen einen an, als wünschten sie nichts lieber, als daß man tot umfiele.

Hier war das anders. Niemand murrte auch nur, jeder tat sein Bestes, alle einziehbaren Körperteile einzuziehen und sich so dünn wie möglich zu machen, und eine ältere, einfache Frau, die merkte, daß mir die erforderliche Durchsetzungskraft fehlte, rief: »Nun macht doch der Genossin Platz, sie kommt ja überhaupt nicht weiter!«

Auf diese Weise erreichte ich physisch erschöpft, aber moralisch gestärkt mein Coupé.

Es war nicht nur bis auf den letzten, es war über den letzten Platz hinaus besetzt. Anstatt sechs Personen saßen acht drin, wenn auch die zwei überzähligen Kinder waren. Was mich am meisten erbitterte, war der Anblick des Syriers, der breit und geborgen zwischen seiner Nonne und einer ebenfalls schwarz gekleideten älteren Frau saß und aussah, als könne er kein Wässerlein trüben. Auf der Bank ihm gegenüber saßen eine Mutter mit Sohn, ein Offizier und eine Großmutter mit Enkelin. Alle sahen mich groß, stumm und beunruhigt an.

»Was sagen Sie dazu?« rief der Syrier und machte keinerlei Anstalten aufzustehen.

»Ich frage mich, auf welchen Schoß ich mich setzen soll.«

Die zwei älteren Frauen erhoben sich gleichzeitig. Ich erkannte auf den ersten Blick, daß sie von der Sorte waren, die ich mochte: einfach, stark und gut.

»Bleib sitzen«, sagte die schwarz Gekleidete, »du hast das Kind.«

»Du kannst das Kind nehmen, und ich gehe raus.«

»Wir können uns abwechseln, wenn du unbedingt willst. Jetzt gehe ich, nachher du.« Sie öffnete die Tür.

»Vielen Dank«, sagte ich auf den Platz deutend.

»Es war Ihr Platz«, sagte sie freundlich.

Ich setzte mich neben den Syrier.

»Vielleicht hätte der Herr Offizier aufstehen können«, sagte ich leise.

»Andere Länder, andere Sitten«, bemerkte er unbekümmert, »hier stehen die Frauen auf, im Westen steht niemand mehr auf, nicht mal ein Kind vor einem Greis. Keine Achtung mehr vor dem Alter, keine Achtung mehr vor was auch immer.«

Er seufzte und bot mir eine Zigarette an.

»Ich traue mich nicht«, sagte ich mit einem Blick auf die Leute mir gegenüber.

Am Fenster saß die Mutter mit Sohn, eine Frau Ende dreißig mit merkwürdig langgezogenem Gesicht, das von den flachen, farblosen Augen bis zu dem strichdünnen Mund nur darauf angelegt zu sein schien, ein äußerst unangenehmes Naturell zu offenbaren. Der etwa achtjährige Junge, in den auf klein umgearbeiteten Hosen eines Erwachsenen, hatte die Züge seiner Mutter geerbt und offensichtlich auch ihr Wesen. Beide waren über ein Buch gebeugt, aus dem die Frau mit leiser, monotoner Stimme vorlas, während das Kind alle paar Sekunden die Augen hob, um mich mit einer Mischung aus Feindseligkeit und Neugier zu fixieren. Neben diesem unsympathischen Paar saß der Offizier in einer Pose der Ermattung –

den Rumpf nach vorne gebeugt, die Arme auf die Knie gestützt, den Kopf gesenkt, so daß man nur den breiten, kurzgeschorenen Schädel sah. Dann kam die Großmutter, eine Frau um die sechzig, der Körper dick, aber nicht mürbe, das Gesicht derb, aber warm, unter dem Kopftuch graues Haar mit einer hennarot gefärbten Strähne. Auf ihrem Schoß, tief in die weichen Polster von Bauch und Brust geschmiegt, saß das kleine Mädchen, ein farbloses Kind in viele Schichten Strickzeug verpackt, aus denen sie dem Temperaturanstieg entsprechend Stück für Stück herausgepellt wurde.

»Also ich rauche«, erklärte der Syrier und zündete sich eine Zigarette an.

Mutter und Sohn sahen auf, die Mutter mit stummer, innerer Empörung, der Sohn mit Spannung, die er hinter einem Ausdruck altkluger Mißbilligung zu verbergen suchte.

»Darf man hier rauchen?« fragte ich.

»Rauchen Sie, rauchen Sie«, sagten Nonne und Großmutter, und auch der Offizier, der kurz den Kopf hob und ein rundes, gutmütiges Gesicht zeigte, meinte, er hätte nichts dagegen. Allein die Frau mit dem unangenehmen Naturell ließ uns wissen, daß Zigarettenrauch schädlich sei, besonders für Kinder.

»Vieles in dieser Welt ist schädlich«, sagte die Großmutter, »und wir können unsere Kinder nicht davor bewahren.«

»So ist es«, sagte die Nonne, und es kam wie ein Amen aus tiefstem Herzen.

Der Offizier ließ sich wortlos in seine Pose der Ermattung zurückfallen, und die Mutter, bevor sie sich wieder ihrer halblauten Lektüre zuwandte, strafte uns mit einem letzten weißglühenden Blick.

»Eine entsetzliche Person«, sagte der Syrier mit einer Grimasse des Ekels, »hat ein Gesicht wie ein Eiszapfen und liest wie ein Roboter. Nicht die Spur von Gefühl in dem ganzen Weib, und das Kind ist genauso ein Monstrum wie die Mutter.«

»Pst«, machte ich, »ich bitte Sie!«

Aber des Syriers Haßausbrüche gegen die gefühllose Seite der Welt waren genauso wenig zu bremsen wie seine Begeisterung für die vergangene Romantik.

»Die versteht doch keine Sprache«, sagte er, »die ist doch dumm wie eine Kuh, und das Kind ist zurückgeblieben. Kein Wunder bei so einer Mutter! Von der hat er bestimmt noch nie einen warmen Blick gekriegt oder ein menschliches Wort gehört.«

Ich schaute verstohlen zu den beiden hinüber. Die Mutter sah aus, als sei sie wie eine Schaufensterpuppe aus einem harten Material zusammengesetzt. Nichts anderes bewegte sich an ihr als die Lippen, durch die sie Salven spitzer, vokalloser Worte abließ wie ein Teekessel Dampf. Der Junge, der aussah wie ein Frettchen – das einzige Tier, das mich jemals gebissen hat –, hatte ihr zwar eines seiner großen roten Ohren zugeneigt, dafür aber beide Augen auf uns, die bösen Fremden, geheftet.

»Glotzt wie ein Idiot«, murmelte der Syrier.

»Schlafen Sie doch etwas«, beschwor ich ihn, »oder schauen Sie sich die Frau mit dem kleinen Mädchen an.«

»Ja, die gefällt mir, die hat Herz, das sieht man gleich. Und der Offizier ist auch nett. Sauber und ordentlich. Sicher ein anständiger Mensch und ein tapferer . . .«

»Snek!« rief da die Nonne aufgeregt und preßte ihren kurzen, dicken Zeigefinger gegen die Scheibe, »ähää, snek!«

»Was ist nun schon wieder los?« wollte der Syrier wissen.

»Schnee«, sagte ich, »soweit ich feststellen kann, nur ein paar schmutzige Flecken.«

Der Junge wollte ans Fenster treten, aber die Mutter zog ihn mit einem unsanften Ruck zu sich zurück. Daraufhin rutschte das kleine Mädchen vom Schoß seiner Großmutter und tat, was dem Jungen verboten war: »So viel schöner, weißer Schnee!« log es mit einem schadenfrohen Blick auf das gepeinigte Frettchen.

»Ein sehr harter Winter dieses Jahr«, seufzte die Nonne.

»Ja, man hat schon genug davon«, sagte die Großmutter, »in Küstendil, wo meine Schwester lebt, liegt der Schnee so hoch!«

Sie deutete eine Höhe von mindestens zwei Metern an.

Die Nonne wiegte bedenklich den Kopf: »Ende Februar sieht man sonst immer schon das erste Grün.«

Die Mutter begann wieder vorzulesen, ein wenig schneller noch und ein wenig lauter. Der Offizier, dem die Gesellschaft plappernder und vorlesender Weiber lästig zu werden begann, rieb sich die Stirn, und der Syrier, der den Unmut seines Geschlechtsgenossen von ganzem Herzen teilte, holte plötzlich sein Proviantpaket aus dem Gepäcknetz und bot es ihm mit einem brüderlichen Lächeln an.

»Nein, danke«, sagte der Offizier, der wohlgenährt war und von der Gabe offensichtlich verwirrt, »vielen Dank.«

»Vielleicht möchten Sie etwas essen, Schwester?« fragte der Syrier, der sein Paket jetzt unbedingt los sein wollte. Aber weder die Nonne noch die Großmutter nahmen es ihm ab, und als er es höflichkeitshalber, jedoch mit allen Anzeichen des Widerwillens, der unmütterlichen Mutter hinhielt, wies sie es mit eisigem Gesicht zurück.

»Ich hasse diese Frau«, sagte der Syrier, »ich bringe sie um, wenn wir nicht bald in Sofia sind.«

»Dann fangen Sie schon mal an zu überlegen, auf welche Art Sie sie umbringen. Wir sind nämlich erst in vier Stunden in Sofia.«

»Du lieber Gott!«

»Was ist? Ich finde es hier sehr gemütlich und spannend. Immer ist was los. Reisen im Westen langweilen mich zu Tode. Alles klappt, alles ist steril, alles ist richtig organisiert und vorausgeplant: die bequemen Kleider, die man zu dieser Gelegenheit anzieht, der leichte Unterhaltungsroman, den man liest, die erfrischenden Bonbons, die man lutscht, das blasierte Gesicht, das man macht. Die Menschen reisen wie sie leben. Total uninteressant. Wenn man sie ansieht, kriegt man das große Gähnen, während hier ...«

Die Tür wurde mit Schwung aufgerissen, und ein kurzer, knorriger Mann mit einem Bauchladen streckte den Kopf in das Coupé und brüllte: »Wasser,

Limonade, Pukanki, frisches Brot ... Ihr wollt nichts? Na, dann später!«

Er knallte die Tür wieder zu.

»Möchte wissen, wie der mit seinem Bauchladen da durchkommt«, sagte ich.

»Wenn er sich so durchdrängt wie er schreit, ganz leicht«, meinte der Syrier.

Ich sah in den Gang hinaus, der nach wie vor gesteckt voll war. An unserer Scheibe klebte ein Männerrücken im Schafspelz und die voluminöse, breitgedrückte Vorderseite einer Frau.

»Wie im Aquarium«, sagte ich.

Der Syrier folgte meinem Blick: »Ja«, sagte er, »Riesenschildkröten.«

Die Großmutter hatte eine Häkelarbeit aus der Tasche genommen, und die Enkelin, die nicht mehr auf ihrem Schoß sitzen konnte und sich langweilte, quengelte und zappelte.

»Pst, Lentsche, ruhig«, sagte die Frau und strich dem Kind liebevoll über den Kopf, »du bist doch Babas kleine Seele, Babas großer Schatz.«

»Ich will raus.«

»Du kannst nicht raus, Engelchen, du siehst doch, draußen ist kein Platz.«

»Ich will aber raus.«

Der Offizier, zwischen der vorlesenden Mutter und dem greinenden kleinen Mädchen, hatte endgültig genug. Er stand auf, stieg mit höflichen Entschuldigungen über unsere Beine und verschwand. Gleich darauf kehrte die schwarz gekleidete Frau in unser Coupé zurück und nahm neben der Großmutter Platz.

»Was häkelst du da?« fragte sie interessiert.

»Kragen und Manschetten für ein dunkelblaues Kleid . . . siehst du, so!« Sie legte den hellen Streifen um ihren dicken Oberarm und schaute prüfend darauf hinab.

»Der Kragen ist schon fertig«, erklärte sie, »ein großer, runder, der macht das alte Kleid etwas freundlicher.«

»Schön«, sagte die andere, »aber ein sehr schweres Muster.« Das fand ich auch. Das Muster war so verschnörkelt und die Maschen so winzig, daß ich mich fragte, wie sie sich da nicht ständig verhäkelte.

»Wenn du wüßtest«, sagte die Großmutter und beantwortete damit meine bange Frage, »wie viele Kilometer ich schon gestrickt und gehäkelt habe. Zehn Jahre bin ich jeden Tag mit dem Zug zur Arbeit gefahren – eine Stunde hin, eine Stunde zurück –, und immer hab' ich gestrickt oder gehäkelt. Ich kann nicht so dasitzen ohne Beschäftigung, und wenn's keine Wolle gab und kein Garn, dann hab' ich die alten Sachen wieder aufgetrennt und was Neues draus gemacht.«

»Ja, das versteh' ich«, sagte die schwarz Gekleidete, »ich muß auch immer was arbeiten, aber ich stricke lieber. Hier . . .« Sie öffnete eine dickbauchige Tragtüte, die sie von allem Anfang an in der Hand gehalten und nicht ein einziges Mal losgelassen hatte, »alles Wolle!«

Die Großmutter beugte sich über die Tüte, tauchte beide Hände hinein und wunderte sich: »Wo hast du denn die bekommen?«

»In Warna. Hab' gar nicht gewußt, daß man Wolle austeilt, und komm' zufällig und gerade zur richtigen

Zeit an dem Geschäft vorbei. So ein Glück hab' ich schon lange nicht mehr gehabt.«

»Ja, man muß Glück haben und zur richtigen Zeit kommen. Ich hab' mal eine ganze Sendung Häkelnadeln verpaßt, nur weil auf dem Weg zum Geschäft der Strom ausfiel und die Straßenbahn steckenblieb. Als ich endlich hinkam, war's zu spät. Ich hab' dann ein halbes Jahr . . . was ist denn, Herzchen? Was willst du denn?«

Das kleine Mädchen war vom passiven Greinen zum Angriff übergegangen und zerrte die Großmutter am Arm.

»Ich will, daß du mir vorliest.«

»Nein. Lentsche, Baba häkelt jetzt, und das Buch ist ganz oben in der Tasche. Hör ein bißchen da zu.« Sie deutete mit dem Kinn auf den unermüdlich lesenden Roboter: »Nicht wahr, Jungchen, die Kleine darf mit dir zuhören.«

Die Kinder sahen sich mißtrauisch an, und nachdem sie festgestellt hatten, daß sie sich nicht mochten, schob der Junge die Unterlippe über die Oberlippe und das Mädchen zog die Nase kraus.

»Ich will da nicht zuhören«, rief sie, »es ist eine ganz dumme, langweilige Geschichte.«

Der Junge drehte ihr abrupt den Rücken zu und tat, als lausche er begierig seiner Mutter.

»Eine ganz dumme, langweilige Geschichte!« wiederholte das Mädchen.

»Möchte wissen, was sie da liest«, sagte ich, neugierig geworden.

»Eine Heldengeschichte über den Astronauten Gagarin«, sagte der Syrier.

»Woher wissen Sie das?«

»Weil ich den Namen jetzt bestimmt schon hundertmal gehört habe.«

»Haben Sie so gute Ohren?«

»Nein, aber das Monstrum hat eine so durchdringende Stimme, besonders wenn sie Gagarin sagt.«

Bei der nächsten Station – es waren nie lange Abstände zwischen ihnen – stand ich auf, trat ans Fenster und starrte mit einem Interesse, das dem dürftigen Bahnhof nicht würdig war, hinaus.

»Brauchen Sie frische Luft?« sagte die menschenfreundliche Nonne und war drauf und dran, das Fenster zu öffnen.

»Nein, danke«, wehrte ich ab, »ich möchte nur etwas stehen und hinaussehen.«

Die Mutter, nach einem kurzen, warnenden Blick – sie schien nicht nur Zigarettenrauch für schädlich zu halten, sondern auch frische Luft – las weiter, und in der Tat, es handelte sich um den Astronauten Gagarin. Da die Sprache des Autors meinem bulgarischen Vokabular angepaßt war, hatte ich keine Schwierigkeiten, den Gefühlen und Gedanken des Helden zu folgen. Die nun waren auf höchstem patriotischen Niveau, und da er in seiner Kapsel nicht viel zu tun zu haben schien, konnte er sich ihnen ganz hingeben. Ich warf einen heimlichen Blick über die Schulter und begegnete den blassen Augen des Jungen, dessen ganze Feindseligkeit sich in den kleinen, stechenden Pupillen zusammengezogen hatte.

»Und dann«, las die Mutter, »dachte Juri Gagarin auch an das kleine Dörflein, in dem er geboren und dessen Stolz er geworden war, an seine lieben

Eltern, die in Gedanken mit ihm die Erde umkreisten ...«

»Der Junge hat seine Augen und Ohren überall, nur nicht bei der Geschichte«, sagte die Nonne.

Ich ging an meinen Platz zurück und zündete mir eine Zigarette an: »Sie haben recht«, sagte ich, »Gagarin umkreist die Erde, nur dauert das in dem Buch viel länger als es in Wirklichkeit gedauert hat, weil er so viel denkt und fühlt.«

»Ich hasse diese Person«, sagte der Syrier, »ich werde sie umbringen.«

»Tun Sie es endlich!«

Er schloß die Augen: »Erst muß ich mich etwas ausruhen.«

»Mehr und mehr Schnee«, rief die Nonne, »und in Frankreich war es schon so warm und schön!«

Die zwei älteren Frauen sahen interessiert auf: »Sie waren in Frankreich, Schwester?« fragte die eine. »Wo? In Paris?«

Es war bestimmt die einzige Stadt in Frankreich, von der sie gehört hatte.

Die Nonne berichtete, daß sie diesmal nicht in Paris gewesen sei, aber vor fünfundzwanzig Jahren sei sie einmal dort gewesen, auf ein paar Stunden, um sich die herrliche Kirche Notre-Dame anzusehen. Oh, die sei etwas unvorstellbar Prächtiges gewesen. Und sie schilderte sie in der Art, in der ein Kind König Drosselbarts Märchenschloß beschrieben hätte. Die beiden Frauen hörten ihr mit dreifacher Achtung zu: der, die man einer Gottgeweihten, der, die man einer Kirche und der, die man einer westlichen Stadt entgegenbringt. Als sie damit geendet hatte, ging man zu profaneren Themen über: Kaufhäuser, Wohnungen, Preise, Gehälter, Lebensmittel und Sitten. Die Frauen waren wißbegierig, und die Nonne hatte viel zu bieten. Sie kannte sich im Westen aus und verheimlichte nicht, daß er ihr gefiel.

»Schön ist's dort«, sagte sie zum Abschluß.

»Hier ist es auch schön«, sagte mit schneidender Stimme die Mutter und klappte Gagarin zu.

Die schwarz gekleidete Frau legte den Kopf zurück und schloß die Augen. Die Großmutter begann mit einer gewissen Hektik zu häkeln. Die Nonne faltete die Hände im Schoß und blickte zum Fenster hinaus. Alle drei schwiegen. Die Mutter stand auf und zerrte eine große, schwarze Plastiktasche aus dem Gepäcknetz. Sie hatte einen quadratischen Hintern und einen kleinen, dünnbehaarten Kopf. Der Junge starrte mich frettchenhaft an. Ich zog ihm eine Fratze. Das verblüffte ihn so, daß er sich an seiner eigenen Spucke verschluckte und zu husten begann.

»Halt die Hand vor den Mund, Georgi«, befahl die Mutter, die, über die Tasche gebeugt, eine mit Wasser gefüllte Whiskyflasche daraus hervorholte, einen Becher, eine braune Tüte und eine Serviette. Als sie die ganze Ausrüstung beisammen hatte, schälte sie zwei dicke, zusammengeklappte Scheiben Brot aus der Tüte, umwickelte sie zur Hälfte wieder mit dem Papier, drückte sie dem Jungen in die Hand und stopfte ihm die Serviette in den Kragen. Darauf begann sie von neuem zu lesen, nicht Gagarin diesmal und darum leise.

»Das tut sie alles nur, um uns mit ihrer Kultur, ihrer Hygiene und Ordnungsliebe zu beeindrucken«, sagte der Syrier, »zu Hause nimmt sie bestimmt nie ein Buch oder eine Serviette zur Hand.«

»Ich dachte, Sie schlafen.«

»Schlafen! Ich weiß gar nicht mehr, was das ist.«

Der Junge Georgi saß steif da, biß kleine Stücke von dem Brot und kaute lustlos. Seit ich ihm die Fratze gezogen hatte, wagte er nur noch mit einem Auge zu mir hinüberzuschielen.

Die Tür flog auf, und der kleine Mann mit dem Bauchladen brüllte: »Wasser, Limonade, Pukanki, frisches Brot . . .«

»Genößchen«, sagte die Großmutter von ihrer Häkelarbeit aufschauend, »ein bißchen leiser, ich bitte dich, ein bißchen sanfter.«

»Sanfter!« schrie das Genößchen, »sanfter bin ich nur im Bett!«

Die beiden Frauen krümmten sich vor Lachen, aber die Nonne, zu keusch, und die Mutter, zu vornehm, um an derben Witzen Gefallen zu finden, verzogen keine Miene.

»Also was ist? Wollt ihr verdursten und verhungern? Mein Brot ist weiß und weich wie ein Seelchen.«

»Wenn's dein Seelchen ist, dann wird man sich die Zähne daran ausbeißen«, rief die Großmutter und versetzte ihm einen kleinen Stoß, »nun geh schon, du Schreihals, da will noch jemand zu uns rein.«

Es war der Offizier, der zu uns herein wollte. Zögernd trat er ein und beunruhigte die schwarz gekleidete Frau, die fürchtete, er wolle seinen Platz wieder haben. Aber es war nicht der Platz, sondern das Proviantpaket, auf das er mit verlegenem Lächeln zeigte.

»Nehmen Sie es doch«, sagte der Syrier mit einer Herzlichkeit, die offenbar nur Männern und Nonnen vorbehalten war, »es gehört Ihnen.«

Der Offizier nahm es, dankte und verschwand so eilig, als habe er einen Diebstahl begangen.

»Sich dazu durchzuringen, hat ihn eineinhalb Stunden gekostet«, sagte ich lachend, »der Stolz der bulgarischen Männer ist in der Geschichte der Menschheit unerreicht.«

»Besser zu viel Stolz als zu wenig«, sagte der Syrier ernst.

Der Junge hatte das Brot bis zur Hälfte aufgegessen und kämpfte jetzt mit dem Papier, das er einerseits nicht zu entfernen wagte, andererseits nicht gerne mitkauen wollte. Ein paar Krümel fielen auf den braunen Rock der Mutter. Obgleich sie in ihr Buch vertieft zu sein schien, bemerkte sie es prompt, fegte die Krümel mit ärgerlichem Kopfschütteln zu Boden, nahm ihrem Sohn das Brot aus der Hand, schälte das Papier ein Stück weiter nach unten und ließ ihn abbeißen.

»Kein Wunder, daß der Junge zurückgeblieben ist«, sagte ich, »sie behandelt ihn wie einen Zweijährigen.«

»Ich würde sagen, sie behandelt ihn wie einen Hund«, entgegnete der Syrier. Er sah auf die Uhr: »Noch fast drei Stunden«, stöhnte er.

»Ist es Wahrheit, ist es Lüge . . .«, las die Großmutter mit geheimnisvoller Miene und Stimme, »wer kann das sagen?«

Das kleine Mädchen hatte endlich seinen Kopf durchgesetzt und die Großmutter das Buch aus der Tasche geholt. Es war ein Märchenbuch mit einem kleinen Araberjungen in Turban und Pluderhosen, einer Mondsichel und einem Minarett auf dem Einband. Der kleine Araberjunge hieß Djumba-Kumba, und jede Geschichte begann mit den Worten: »Ist es Wahrheit, ist es Lüge?«

»Punkt, Punkt, Punkt, Strich, Strich, Punkt, Strich, Strich . . .«, las die Mutter mit undurchdringlichem Gesicht und ausdrucksloser, gegen die Großmutter erhobener Stimme. Der Junge hatte sein Brot aufgegessen, ein Glas Wasser hinterher getrunken und die Mutter mit ein paar Fragen so nervös gemacht, daß sie es vorzog, ihm wieder vorzulesen.

»Punkt, Punkt, Strich . . .«

Gagarin war vom Denken zur Tat geschritten und funkte eine dringende Botschaft zur Erde hinab.

»In dieser Nacht . . .«, las die Großmutter mit emporgehobenem Zeigefinger, »holte Djuma-Kumba . . .«

»Djumba-Kumba!« jubelte das kleine Mädchen, das auf dem Sitz kniend über die Schulter seiner Großmutter hing, »Djumba-Kumba!«

Der Junge, der starr neben seiner Mutter saß und ununterbrochen schnelle, neidvolle Blicke zu den beiden hinübergleiten ließ, rückte verstohlen ein Stückchen näher an sie heran.

»Also, hör zu, Lentsche . . . In dieser Nacht holte Djumba-Kumba sein kleines weißes Pferdchen aus dem Stall und ritt nach Bagdad . . .«

»Gleich zwei auf einmal«, sagte der Syrier, »das ist nicht auszuhalten!«

»Das ist hochinteressant«, sagte ich, »und liegt sogar ganz auf Ihrer Linie: kleiner Araberjunge mit weißem Pferdchen auf dem Weg nach Bagdad gegen großen Astronauten in Weltraumkapsel auf dem Weg um die Erde, in anderen Worten: Technik und Fortschritt gegen Romantik und – wie Sie sagen würden – wahres Leben. Der Junge ist gerade dabei, ins wahre Leben zurückzukehren. Zuerst waren es nur die Augen, dann der ganze Kopf, jetzt ist es schon der Körper . . . da, sehen Sie! Zentimeter für Zentimeter.«

»Da haben Sie den Beweis«, triumphierte der Syrier, »laß dem Menschen die freie Wahl und er wird immer das Einfache, Echte und Gute wählen.«

»Unsinn«, sagte ich.

Gagarin setzte zur dramatischen Landung an, und Djumba-Kumba ritt durch die idyllische Vollmondnacht. Der kleine Araber und der kleine Bulgare erreichten ihr Ziel zur selben Zeit. Als Djumba-Kumba durchs Tor ritt, rückte Georgi die letzten fünf Zentimeter an Lentsche heran und die Großmutter lächelte ihm zu und begann eine neue Geschichte: »Ist es Wahrheit, ist es Lüge . . .?«

»Die Romantik hat gesiegt«, verkündete ich.

Die Mutter, die jetzt erst merkte, daß ihr Sohn ins feindliche Lager übergelaufen war, klappte wortlos die Deckel über Gagarin zusammen und griff nach ihrem eigenen Buch. Die Kinder saßen eng zusammen, und zum erstenmal wurde das Gesicht des Jungen lebendig, wechselte mit den Erlebnissen Djumba-Kumbas den Ausdruck, war erstaunt, gespannt, verträumt, entzückt. Und als dem kleinen Araber ein besonders schlauer Streich gelungen war, sprang er auf, klatschte in die Hände und lachte: »Bravo, Djumba-Kumba, bravo!«

»Gott sei Lob und Dank«, sagte ich, »er kann lachen, er kann sich freuen!«

»Georgi«, befahl die Mutter, »mach bitte keinen Lärm, du störst die Leute.«

»Madame«, sagte ich kalt, »uns stört er nicht.«

Sie warf mir einen kurzen, stummen Blick zu und sah aus wie eine Schlange, die sich steil aufrichtet, bevor sie einem den Giftzahn ins Fleisch schlägt.

Der Junge, der, dem Bannkreis seiner Mutter entwischt, ihr keinerlei Beachtung mehr schenkte, hatte sich wieder gesetzt und die Hand auf das Knie seiner neuen kleinen Freundin gestützt. Die Köpfe der Kinder und der Großmutter stießen über dem Märchenbuch zusammen.

»Ist es Wahrheit, ist es Lüge ... wer kann das sagen?«

Ich hatte mir einen Weg durch den Gang zum Speisewagen gebahnt und hoffte, daß dort vielleicht einer meiner Reisegenossen saß und mich zu einem Tee einlud. Aber der einzige, den ich halbwegs kannte, war der Offizier. Er saß an einem mit vielen Gläsern und Coca-Cola-Flaschen bedeckten Tisch, in einer Runde kräftiger, fröhlicher Männer und winkte mir so strahlend zu, daß ich vermuten mußte, er habe einen über den Durst getrunken. Der allgemein lebhaften Stimmung nach zu schließen, war er darin nicht der einzige. Ich trat in den schmalen Schlauch zurück, der den Speisewagen mit dem nächsten Abteil verband, lehnte mich an die Wand und schaute zum Fenster hinaus. Ein schwerer, tiefer Himmel, eine flache, kahle Landschaft, stumpfes Licht. Eine dünne Schicht schmutzigen Schnees bedeckte die Erde, die aussah, als hätte sie niemals Getreide, Früchte, Gemüse hergegeben.

Wo, fragte ich mich, waren die herrlichen Wälder, die Hügel und Flüsse, wo die Dörfer meiner Kindheit, diese primitiven kleinen Dörfer, die ich so sehr geliebt hatte: ebenerdige, bucklige Häuschen aus gelbem Lehm, ein Dorfplatz mit einem Brunnen, an dem man Wasser holte, Wäsche wusch und schwatzte, Bäuerinnen in der buntgestickten Tracht des Landes, Schafherden, Mais- und Sonnenblumenfelder. Die Wälder, Flüsse und Hügel waren wohl noch da – irgendwo auf einer anderen Strecke –, aber die Dörfer, meine Dörfer, die waren ein für allemal verschwunden. Statt ihrer sah man jetzt immer wieder dieselben trostlosen Orte und häßlichen Häuser, in die man nicht den Fuß zu setzen wünschte.

»Aus der Traum«, sagte ich leise zu mir selber.

Der arrogante Kellner tauchte plötzlich auf. Er war in einem Zustand der Auflösung, hustete geräuschvoll und spuckte das Hochgehustete dann gut gezielt und ebenso geräuschvoll in den Mülleimer, der nicht unweit von mir in der Ecke stand. Nachdem er sich so erleichtert hatte, sah er mich scharf an und fragte: »Woher kommst du?«

»Aus Paris«, sagte ich.

Er blieb unbeeindruckt, hustete noch einmal, spuckte und ging. Nachdem sich dieselbe dicke Familie – Vater, Mutter, Großmutter und zwei Kinder – zum dritten Mal an mir vorbeigedrängt hatte, ging auch ich und entdeckte mit Befriedigung, daß mein Umgang mit den Massen und meine Technik im Durchbruch schon viel besser geworden waren. Noch ein paar Stunden in diesem Zug und es würde mir fast mühelos gelingen, ihn vom einen Ende zum anderen zu durchqueren. Ich hielt mich an der Seite der Coupés und stellte fest, daß alle noch da waren: die drei Japaner, die drei Franzosen, der Algerier und der Grieche. Auch der Schwergewichtler war noch da und voll unerwarteter Freude, mich wiederzusehen. Er stand von seinem Platz auf und öffnete mir die Tür: »Treten Sie ein, Madame«, sagte er mit Grandezza, »feiern Sie mit uns das Ende dieser Reise.«

Der Schwergewichtler mit seinem enormen Körper und seinem jovialen, runden Gesicht war ein Mann von Welt. Er sprach gut englisch, französisch und deutsch und war, wie er sagte, weitgereist. Er stellte mir seinen Freund Slavko Zwetkoff vor, den er zufällig im Zug getroffen hatte. Außer den beiden Männern saßen noch die athletische Frau mit den langen schwarzen Locken und den stark getuschten Wimpern im Coupé und eine junge blonde Mutter mit ihrer etwa sechsjährigen, sehr hübschen Tochter. Sie las dem Kind aus einem Buch vor, und ich fragte mich, ob das Vorlesen in Bulgarien zu einer Mode geworden war, einer Manie oder einem Gesetz.

Der Schwergewichtsmeister hielt eine halbleere Whiskyflasche hoch: »Trinken Sie einen«, sagte er mit dröhnendem Baß, der sich offenbar nicht auf eine normale Lautstärke hinunterschrauben ließ.

»Ich fürchte, dann bin ich sofort betrunken. Ich habe nämlich nichts im Magen.«

»Um so besser! Alkohol nährt. Wir haben uns heute auch damit ernährt, nicht wahr, Slavko?«

Slavko, ein nett aussehender, bescheidener Mann in grauem Anzug und dunkelblauem Rollkragenpullover, bestätigte es.

»Haben Sie vielleicht schon die halbe Flasche ausgetrunken?« fragte ich.

»Ja, die halbe Flasche und die hier!« Er hielt eine zweite leere Ginflasche hoch.

»Du lieber Himmel!« sagte ich.

Er lachte ein donnerndes Schaljapin-Lachen: »Wenn man zufällig einen alten Freund im Zug trifft, muß man feiern.« Es schien ihm weder an Alkohol zu mangeln, noch an Anlässen zu feiern.

»Also Whisky haben wir«, sagte er, »aber kein Glas.«

Die junge Frau legte das Buch beiseite und schraubte von einer Thermosflasche den Becher ab. Sie war mit ihrer zierlichen Figur und dem schmalen Gesicht eine Ausnahme unter den schwerknochigen, fleischigen Bulgarinnen, und als sie den Becher mit einem Tuch ausputzte, fielen mir ihre schönen Hände auf.

»Das ist Marina«, sagte der Schwergewichtler, »sie ist Tänzerin und ihre Tochter Anna Sängerin ... nicht wahr, Annitschka«, fuhr er auf bulgarisch fort, »du bist eine große Sängerin.«

Die Kleine bejahte ernst.

»Und was ist Ihr Name?« fragte ich.

»Mein Name ist Wladimir«, sagte er, goß mit Schwung den halben Becher voll und reichte ihn mir: »Auf Ihre Gesundheit«, sagte er auf deutsch, »und auf einen schönen Aufenthalt in unserem schönen Bulgarien.«

Wir hoben feierlich die Gläser und tranken.

»Wo haben Sie all die Sprachen gelernt?« fragte ich dann.

»Auf meinen Reisen.« Er sprach jetzt englisch: »Ich war in England, Frankreich, Deutschland, Italien, in Südamerika, Afrika, den arabischen Ländern ... und das schon mehrere Male und auf mehrere Monate.«

Der Mann war ein Mitglied der Partei, das stand außer Frage, aber was war er sonst noch?

»Reisen Sie so gerne?« fragte ich vorsichtig.

»Ja, aber am liebsten komme ich nach Hause zurück in mein Land, zu meinen Leuten. In Bulgarien bin ich ein glücklicher Mensch.«

Darauf ließ sich nicht viel sagen.

»Geht es Ihnen auch so?« fragte er.

»Ich habe kein Land.«

Ich trank einen Schluck: noch einen dritten, dachte ich, und ich bin blau.

Wladimir sah mich unverhohlen an. Er hatte zwar ein rundes, joviales Gesicht, aber seine schmalen Augen über den hochgerundeten Backen hatten einen scharfen, geschulten Blick.

»Ich habe gehört, daß Sie bulgarisch sprechen«, sagte er. Auch seine Ohren schienen scharf und geschult zu sein.

»Ich habe mal bulgarisch gesprochen ... vor vielen Jahren.«

»Wann war das?«

»Während des Krieges.«

»Sie waren in Bulgarien während des Krieges?«

»Ja, alles in allem acht Jahre.«

»Bravo! Und woher sind Sie gekommen?«

»Aus Deutschland.«

Jetzt gab es für ihn zwei Möglichkeiten: entweder ich war eine Familienangehörige der deutschen Besatzung gewesen oder eine Verfolgte des Naziregimes. Ich wartete gespannt, wie weit sein scharfer, geschulter Blick reichte.

»Ich verstehe«, sagte er, »Sie waren ein Opfer des Faschismus.«

»Bravo«, sagte jetzt ich.

»Nastrawje«, dröhnte er und hob mir sein Glas entgegen.

»Nastrawje«, sagte auch der stille Slavko, der etwas englisch sprach und verstanden hatte.

»Nastrawje«, sagte ich.

Wir stießen an.

Das Kind begann plötzlich mit heller, energischer Stimme zu singen. Seine Mutter lehnte sich mit einem Ausdruck der Ergebenheit auf ihrem Sitz zurück: »Seit sie in die Schule geht, hört sie nicht mehr auf zu singen«, seufzte sie und schloß die Augen.

Die beiden Freunde blickten mit wohlwollendem Lächeln auf die hübsche Kleine, die gerade aufgerichtet dastand und mit einem Posaunenengelsgesicht von Freiheit, Kampf und Sieg sang.

»Verstehen Sie, was sie da singt?« fragte mich Wladimir.

»Ein patriotisches Lied«, sagte ich.

»Ja, ein Partisanenlied.«

Er hob den Zeigefinger, und immer wenn das Wort Freiheit erklang, hob er ihn noch ein Stück höher.

Ich lächelte, und Wladimirs geschulter Blick entdeckte Ironie in meinem Lächeln.

»Was halten Sie von der Freiheit?« fragte er.

»Sehr viel.«

Die Antwort befriedigte ihn nicht.

»Glauben Sie an die Freiheit?«

»Nein.«

»Warum?«

»Weil es sie nicht gibt. Weder hier noch da, noch sonstwo. Es gibt verschiedene Grade von Freiheit, das ist alles.«

Slavko schaute lächelnd zu Boden, das Kind sang aus vollem Halse.

»Sie gefallen mir«, sagte Wladimir, »Sie sagen, was Sie denken.«

»Sehen Sie«, sagte ich, »diesen Grad an Freiheit habe ich wenigstens, andere haben ihn nicht.«

Ich fragte mich, ob ich zu weit gegangen war, trank einen Schluck und schaute vorsichtig auf.

Das Gesicht des Schwergewichtsmeisters war unverändert jovial. »Wir in Bulgarien haben die Freiheit«, sagte er, »wir können zum Beispiel auf unseren eigenen Straßen gehen ... frei.«

Er brach in donnerndes Gelächter aus und schlug dem immer noch still vor sich hin lächelnden Slavko auf die Schulter. Ich war so perplex, daß ich ihn töricht anstarrte. Das Kind stimmte ein neues Lied an. Es sang mit derselben energischen Stimme, aber mit andächtigem Blick. Ich hätte gerne gewußt, ob die Kinder den Blick zusammen mit dem Lied gelernt hatten oder ob er eine individuelle Erfindung war.

»Ein berühmtes sozialistisches Lied«, klärte mich der Schwergewichtler auf und tat, als schwinge er den Taktstock dazu. Das Lied hatte viele Strophen und immer denselben kämpferischen Refrain, den Slavko mitsang.

»Jetzt ist es aber wirklich genug, Anna«, sagte die Mutter und zog das Kind auf ihren Schoß.

Anna ließ sich nicht aufhalten und sang noch die letzten zwei Strophen. Slavko klatschte Beifall, und Wladimir brüllte: »Bravo Annitschka, bravo mein Küken!«

»Ich kann auch ein bulgarisches Lied«, sagte ich dank des unverdünnten Whiskys auf nüchternen Magen, »es heißt: ›Bulgarien, Bulgarien, du bist ein glücklich' Land‹.«

Sie sahen mich alle vier an und lachten stumm in sich hinein. Ich überlegte, ob es sich bei dem Lied vielleicht um ein faschistisches handelte. Zum Teufel! Bei patriotischen Liedern wußte man nie, in welche Epoche sie fielen.

»Ich kenne es von früher«, sagte ich, »aber es paßt ja auch sehr gut auf heute, nicht wahr?«

»Nastrawje«, rief mein Freund Wladimir und hob sein Glas: »Auf unser Bulgarien!«

»Auf unser Bulgarien!« sagte ich.

Wir stießen an.

Draußen dämmerte und schneite es. Der erste Vorort von Sofia tauchte auf, und in dem Zartgrau des Lichts, dem Weiß des Schnees, kam er mir schön vor.

War es der Whisky, war es die Reise, war es Wahrheit, war es Lüge . . . wer kann das sagen?

Aber in diesem Moment fühlte ich, daß ich Bulgarien liebte.

Der Boiler

Ludmilas Küche war unser Hauptquartier. Hier spielte sich unser privates und gesellschaftliches Leben ab – Mahlzeiten, Trinkgelage, Kräche, Zusammenbrüche und hin und wieder eine stille Stunde, in der man sich aussprach oder ausweinte. An die eine Seite der Küche schloß sich, nur durch einen fadenscheinigen Vorhang getrennt, Ludmilas Schlafzimmer, das etwa so groß wie eine Schiffskajüte war und mit Bett und Schrank ausgestattet. Auf der anderen Seite der Küche befand sich das Klo, in das eine Dusche eingebaut war, so daß man es gleichzeitig als Bad benutzen konnte. Es gab auch noch eine Abstellkammer mit einer nicht funktionierenden, verrosteten Waschmaschine und einen Balkon, der, da ein dort stehender Abfalleimer immer voll oder verschwunden war, als eine Art Müllhalde diente. In der Küche standen ein kleiner Herd mit einer braun verkrusteten Platte, ein Frigidaire, der an schüttelfrostartigen Anfällen litt, ein Spültisch, in dem sich zu jeder Tages- und Nachtzeit schmutziges Geschirr türmte, ein Tisch, der mit Speiseresten, Flaschen, Frisier- und Schminkutensilien, Medikamenten und Kleidungsstücken bedeckt war, ein rosa gestrichenes Geschirregal, drei Stühle und zwei Hocker.

Der herrschaftliche Teil der Wohnung bestand aus zwei sehr großen, hellen, ineinandergehenden Räumen, die verrieten, daß Ludmila aus einer großbürgerlichen Familie stammte. Es fehlten weder das Buffet, der mächtige Bücherschrank und die Glasvitrine mit wertvollen Servicen noch der Kamin, die Perserteppiche und die goldgerahmten Gemälde. In einer Ecke stand ein schmales Bett mit grünsamtenem Überwurf, das nicht dorthin gehörte, denn Ludmila vermietete ihre zwei Luxuszimmer mit weiterer Klo-Dusche-Kombination an Touristen.

Da ich sie jetzt gemietet hatte, hätten wir uns ganz offiziell an dem großen, ovalen Eßtisch oder in den Sesseln vor dem Kamin niederlassen können. Doch, obgleich ich Unordnung und Schmutz verabscheute, stand mir Ludmilas chaotische Küche bei weitem näher als der auf Hochglanz polierte Trakt ihrer vergangenen großbürgerlichen Existenz.

Kaum hatte ich mich also von meinem Klappbett erhoben und unter einem dünnen Strahl kalten Wassers geduscht, begab ich mich in die Küche, in der es entweder nach bratenden Zwiebeln oder einer scharfen Lauge roch, je nachdem wer von meinen beiden Freundinnen zuerst aufgestanden war. Meistens war es die hausfrauliche Liliana, die mich gemeinsam mit Ludmila am Bahnhof empfangen und dann gleich ihr Lager, in Form einer Matratze, neben meinem Bett aufgeschlagen hatte.

»Wenn man sich fünfundzwanzig Jahre nicht gesehen hat«, hatte sie erklärt, »dann ist jede Minute, die man zusammen ist, kostbar, nicht wahr, Ludmila?«

Ludmila hatte mit aufgerissenen, grünen Katzenaugen zur Decke empor gestarrt, so als erwarte sie ein Machtwort vom lieben Gott. Als keins kam, hatte sie mich angestarrt, aber auch ich hatte geschwiegen und in mich hineingekichert. Sie war in einem bösen Zwiespalt gewesen: einerseits verbot ihr die Eifersucht, mich mit jemand zu teilen, andererseits verlangte das höchste bulgarische Gebot, das der Gastfreundschaft, daß sie Liliana aufnahm.

»Und was sagt deine Familie, wenn du hier bleibst?« hatte sie schließlich mit einem Hoffnungsschimmer gefragt.

»Die versteht das vollkommen.«

Liliana war geblieben und uns wie ein Schatten auf Schritt und Tritt gefolgt. Genauso wie damals, als wir noch Kinder, dann junge Mädchen waren. Sie war mit ihren langen, schwarzen Zöpfen und adretten Faltenröckchen immer das fünfte Rad am Wagen gewesen, die Vernünftige, Fleißige, Bescheidene, die zu Ludmila, der besten und faulsten, und mir, der schlechtesten und faulsten Schülerin bewundernd aufgesehen und unsere Verrücktheiten für Genie gehalten hatte.

Sie tat es immer noch. Denn während Ludmila und ich ein turbulentes Leben geführt hatten, war sie nur Ehefrau und Mutter und in diesen Funktionen auch noch glücklich geworden.

Als ich an diesem Morgen die Küche betrat, roch es nach gebratenen Pfefferschoten und einer infamen Schmierseife. Ludmila, in einem Pyjama, der jegliche Farbe und Form verloren, möglicherweise auch nie gehabt hatte, saß am Tisch und aß, Liliana, in einer großgeblümten Kittelschürze, mit blank geputzten soliden Schuhen, schrubbte sich durch eine Pyramide klebrigen Geschirrs.

»Ich weiß nicht«, sagte ich zu ihr, »warum du das nicht endlich aufgibst . . .«, und dann zu Ludmila: »Ich verstehe nicht, wie du auf nüchternen Magen Pfefferschoten essen kannst.«

»Es ist ein Stück Schweinebauch drin«, sagte sie.

»Um so schlimmer!«

»Ich hab' dir schon deinen Tee gemacht«, sagte Liliana, »und die Marmelade da habe ich gestern von zu Hause geholt . . . Erdbeeren . . . ich habe sie selber eingekocht.«

»Du bist ein Engel.«

»Magst du Engel?« fragte mich Ludmila.

»Sehr«, antwortete ich und setzte mich zu ihr an den Tisch.

»Ich nicht, ich finde sie langweilig.«

»Es gibt solche und solche«, sagte ich mit einem drohenden Blick.

Sie lachte. Das Haar hing ihr in ungleich geschnittenen Strähnen bis zur Brust. Es war rot gefärbt, ein violett schimmerndes Rot, wie es der Westen nicht zu produzieren vermochte.

»Ich würde mir mal die Haare kämmen und hochstecken«, sagte ich.

»Ja«, stimmte Liliana ein, »es wird Zeit, Herr Pritschkoff kommt bald.«

»Wer?« wollte ich wissen.

»Herr Pritschkoff«, sagte Ludmila, »mein Privatlehrer.«

Sie reckte den Kopf, zog die Brauen in die Höhe und spitzte geziert die Lippen: »Sehe ich blasiert aus?« fragte sie.

»Du siehst aus wie eine Schauspielerin der Stummfilm-Ära, die sich zu Recht vor dem Schweinebauch auf ihrem Teller ekelt.«

»Nicht wie eine reiche Dame, die sich die Zeit mit englischen Privatstunden vertreibt?«

»Ludmila, du bist hoffnungslos unmodern. Wir leben im Zeitalter des ›understatements‹. Das Gesicht bleibt leer, auch wenn man gerade eine Million geerbt hat.«

»Das kann hier nicht passieren«, sagte Liliana.

»Schreib mir das auf«, sagte Ludmila.

»Was?«

»Das mit dem unter-ich-weiß-nicht-was. Ich muß meinen Lehrer fragen, ob er das Wort kennt.« Sie schob mir einen Bleistiftstummel zu.

»Ich hab' kein Papier.«

»Schreib's auf den Boiler, der ist sowieso zu nichts anderem mehr zu gebrauchen.«

Der Boiler, ein ungewöhnlich großes Monstrum, war an der Wand über dem Tisch angebracht. Ich schrieb »understatement« drauf.

»Scheißboiler«, sagte Ludmila, »jugoslawisches Fabrikat. Nieder mit den Jugoslawen!«

Liliana setzte sich zu uns an den Tisch und goß mir und sich eine Tasse Tee ein.

»Trink ihn, bevor er kalt wird«, riet sie besorgt.

»Uuuhhh Lilianaaaa!« schrie Ludmila, »du mußt rund um die Uhr Mutter sein, nicht wahr? Bist du mal eine Stunde von deinen Kindern erlöst, müssen wir herhalten!«

Sie schob eine Gabel Pfefferschoten in den Mund, sprang auf und legte beide Arme von hinten um meinen Hals: »Bist du ihr Kind?« fragte sie kauend, »oder bist du meine Schwester?«

»Beides.«

»Gefällt es dir bei mir in meinen Prunkgemächern?«

»Sehr . . . aber noch besser in deiner Küche.«

»Das ist deine Verbundenheit mit dem großen, stolzen Proletariat.«

Sie riß den Arm hoch und ballte die Hand zur Faust.

»Setz dich, Ludmila, so kann ich nicht frühstükken.«

»Wieso nicht? Wegen meiner Umarmung oder wegen der Faust?«

Sie ließ mich los, setzte sich und fiel abrupt in Trübsinn: »Im Grunde bin ich doch nichts anderes als eine Durchgangsstation«, sagte sie, »sie kommen und gehen wieder . . . meine Männer, mein Sohn, Angelika, Liliana, Renaldo . . .«

»Wer ist Renaldo?«

»Ein junger Italiener, der mal bei mir gewohnt hat. Zuerst hat er im chambre privée residiert, und das fand er bene bene. Dann kamen neue Touristen, und ich mußte ihn in meiner Kammer einquartieren. Auch das fand er bene bene. Dann kam Stefan, mein jetziger Liebhaber, von einer Reise zurück, und ich baute Renaldo in der Küche ein Feldbett auf. Bene bene sagte er und war zufrieden. Dann wurde mir das Feldbett weggenommen und Renaldo mußte auf zwei zusammengeschobenen Sesseln schlafen.«

»Das fand er dann nicht mehr bene bene«, sagte ich.

»Doch, natürlich fand er das auch bene bene. Er war ein Schatz, so bescheiden und zivilisiert. Ihr könnt euch nicht vorstellen, was man mir sonst an merkwürdigen Käuzen schickt: Araber, die den ganzen Tag in ihren gestreiften Pyjamas durch die Wohnung schleichen, Türken, die unter keinen Umständen in einem Bett schlafen wollen und die Matratze auf den Boden zerren, Neger, Ostdeutsche und Chinesen . . . Ich brauche gar nicht in den Zoo zu gehen, ich hab' alles zu Hause.«

»Das ist doch sehr amüsant«, sagte ich.

»Sehr amüsant, wenn nicht die Arbeit und der Dreck wären und mein Beruf, von morgens acht bis abends sieben im Krankenhaus und Nachtwachen und Notdienste und . . .« Sie schnitt eine Grimasse, die den Tränen ebenso nahe war wie dem Lachen und sich schließlich nach einigem Hin- und Herschwanken wie eine sonnengeränderte Unwetterwolke verzog: »So ist das eben, meine Lieben. Wie spät ist es eigentlich?«

»Viertel vor zehn«, sagte Liliana, jede Silbe betonend.

»Du lieber Himmel!« Ludmila sprang auf, »ich muß mich anziehen, in fünfzehn Minuten kommt Mister Pritschkoff, und er ist immer sehr pünktlich.«

Herr Pritschkoff war in der Tat sehr pünktlich. Mit dem Glockenschlage zehn klingelte es. Liliana begann hastig das Frühstücksgeschirr zusammenzuräumen, und Ludmila, die vor einem Spiegelscherben ihr Haar hochgesteckt und sehr viel Schminke auf ihrem Gesicht verteilt hatte, riß die Pyjamahose herunter und streifte einen Strumpf über.

»Den kannst du nicht anziehen«, sagte ich, »der hat lauter Laufmaschen.«

»Glaubst du vielleicht, ich hätte einen Strumpf ohne Laufmaschen?«

Es klingelte zum zweitenmal, jetzt etwas nachdrücklicher. Liliana versteckte die Pyjamahose in einem Korb mit schmutziger Wäsche, und Ludmila, in einem mit Blumen und Flecken gemusterten Morgenrock, einen Strumpf am Bein, einen Kamm in der Hand, lief zur Tür.

»Bin gespannt, wen sie jetzt wieder anschleppt«, sagte Liliana und warf in der Eile ein Kännchen Milch um.

»Muß das sein?« fragte ich und hielt ihr vorwurfsvoll mein triefendes Päckchen Zigaretten hin.

»Entschuldige, Herzchen, aber diese Unordnung ... und außerdem rauchst du sowieso zu viel.«

Herr Pritschkoff betrat die Küche. Er war, das sah ich auf den ersten Blick, eine gestrandete Existenz, ein Ableger der Bourgeoisie. Außerdem gehörte er zu jener unglückseligen Zwischen-Tür-und-Angel-Generation, die während des faschistischen Regimes noch zu jung zu eigener Stellungnahme und bei Anbruch des kommunistischen Regimes schon zu alt zur Anpassung gewesen war. Groß, gepflegt, sympathisch, mit tadellosen Manieren, tadellos gebügelter brauner Hose und einem Tweedjackett, das die Verbindung mit dem Westen ahnen ließ, war er das, was man eine stattliche Erscheinung nennt.

»Herr Pritschkoff«, stellte Ludmila vor, »meine beste Freundin, Frau Schrobsdorff, eine Schriftstellerin aus dem Westen, meine Schulkameradin Frau Georgiewa.«

»Es freut mich sehr«, sagte Herr Pritschkoff und begrüßte uns mit artiger Verbeugung und festem Händedruck.

»Setzen Sie sich«, rief Ludmila, »ich bin sofort fertig ... Angelina, sei so gut und unterhalte ihn so lange ... Herr Pritschkoff, meine Freundin spricht fließend englisch ... Liliana, da läuft Milch vom Tisch!« Und nachdem sie so alles geregelt hatte, verschwand sie hinter dem Vorhang.

Herr Pritschkoff, nach einem beunruhigten Blick auf den chaotischen Tisch, lächelte höflich und nahm Platz.

Liliana eilte mit einem schmutzigen Lappen herbei.

»So ein Schweinestall«, murmelte sie auf deutsch, »man muß sich ja schämen ...« Und dann, indem sie den Lappen über die Milchlache warf: »Bitte, entschuldigen Sie, Herr Pritschkoff, heute geht alles drunter und drüber ... es ist mir wirklich sehr peinlich.«

»Aber das macht doch nichts«, sagte Herr Pritschkoff taktvoll, »was meinen Sie, wie es bei uns manchmal zugeht!«

Er schob ein angebissenes Stück Brot beiseite und legte eine Tüte mit Tomaten, die er bis dahin auf den Knien gehalten hatte, vor sich auf den Tisch. Dann zog er einen Bleistift aus der Tasche und legte ihn daneben.

»Die Tüte«, erklärte er mir auf englisch, »benutze ich als Tafel.«

»Darunter werden aber die Tomaten leiden«, gab ich zu bedenken.

»Nein, nein, ich schreibe nur hier, am unteren Rand.«

»Vielleicht könnten Sie auch den Boiler benutzen.«

»Den Boiler?«

»Ja, ich habe Ludmila heute früh schon eine englische Stunde gegeben.« Ich deutete auf das Wort »understatement«.

Herr Pritschkoff betrachtete es nachdenklich mit schief geneigtem Kopf, dann die Tropfen, die am Boiler hinunterrannen, dann die Pfütze, die sich auf dem Boden gebildet hatte.

»Der Boiler ist undicht«, bemerkte er.

»Undicht!« schrie Ludmila hinter dem Vorhang, »er ist genauso kaputt wie ich, der einzige Unterschied: ich bin ein bulgarisches Produkt und er ein jugoslawisches.«

Herr Pritschkoff lächelte fein, ich lachte laut.

»Trinken Sie eine Tasse Kaffee, Herr Pritschkoff?« fragte Liliana, die wie ein aufgescheuchtes Huhn in der Küche herumlief.

»Vielen Dank, Frau Georgiewa, aber ich möchte Ihnen nicht noch extra Arbeit machen.«

»Arbeit! Was macht so eine Tasse Kaffee für Arbeit!«

Sie stellte einen Wasserkessel auf den Herd und suchte in dem Haufen schmutzigen Geschirrs nach einer Tasse. Es klirrte beängstigend.

Ich versuchte eine Konversation mit Herrn Pritschkoff in Gang zu bringen: »Sie geben hauptberuflich englische Stunden?« fragte ich ihn.

»Vormittags gebe ich Privatstunden, nachmittags Kurse . . . ja, man könnte es hauptberuflich nennen.«

Ludmila kam in die Küche. Sie war immer noch in dem schrecklichen Morgenrock.

»Ich bin gleich fertig«, rief sie.

»Das sieht man«, bemerkte ich.

Sie legte mir die Hand auf die Schulter und sagte auf deutsch: »Ich bin so froh, daß du ihn mir abnimmst.«

»Ludmila, ich brauche die Stunde aber nicht.«

»I am ready in one minute«, sagte sie mit katastrophalem Akzent, und dann zu Liliana: »Sage mal, hast du meinen zweiten Strumpf gesehen?«

»Wahrscheinlich habe ich ihn zusammen mit deiner Pyjamahose in den Wäschekorb gestopft. Warte, ich schau mal nach.«

Um Herrn Pritschkoff von dem Geschehen in der Küche abzulenken, fragte ich: »Sie waren sicher auf dem amerikanischen College hier in Sofia.«

»Ja, einige Jahre. Ursprünglich wollte ich dann studieren, aber . . .«, er hob in einer sparsamen Geste ein wenig die Arme, »ich durfte nicht . . . meine Eltern . . . na ja, Sie wissen ja . . . So habe ich dann aus der englischen Sprache einen Beruf machen müssen. Zuerst war das fast unmöglich, kein Mensch wollte Englisch lernen. Aber in letzter Zeit hat sich das sehr geändert. Viele junge Menschen wollen plötzlich Englisch lernen.«

»Wie mein Beispiel beweist«, rief Ludmila, »ich werde jung und English speaking den Westen erobern.«

»Lernst du darum Englisch?«

»Wozu denn sonst? Vielleicht um mich mit meinen Freunden hier zu unterhalten? Ha!«

»Du hast also vor, in den Westen zu kommen?«

»Nicht für immer, wenn du das meinst. Bulgarien ist mein Land, was immer auch geschieht. Ich liebe es.«

»Eine Patriotin!« sagte Liliana, die immer noch im Wäschekorb wühlte.

»Ich bin hier geboren!« Ludmila stellte sich in Pose: die Beine ein wenig gespreizt, die Hände auf den Hüften, den Kopf zurückgeworfen: »Ich bin hier aufgewachsen, ich bin hier alt geworden . . . fast alt.«

»Hier ist dein Strumpf«, sagte Liliana und warf ihn ihr zu. Mit dem Strumpf in den Händen erlosch ihr Pathos: »Ich bilde mir nicht ein, daß der Westen auf mich wartet«, sagte sie.

»Und wenn er auf dich warten würde?« erkundigte ich mich.

»Stell mir hier keine Gewissensfragen«, sagte sie und verschwand hinter dem Vorhang.

»Ich war noch nie im Westen«, erklärte Herr Pritschkoff mit melancholischem Gesicht. »Ein Onkel von mir lebt in Frankfurt, aber es ist nichts zu machen. Siebenmal hat er mir eine Einladung geschickt, siebenmal wurde mir die Ausreise verweigert.« Wieder hob er ein wenig die Arme.

Wie immer bei diesem Thema, fühlte ich mich unbehaglich und irgendwie schuldig: schuldig, daß ich im Westen lebte, schuldig, daß ich herumreisen konnte, schuldig, weil meine Strümpfe keine Laufmaschen hatten, schuldig, weil ich meine Zigarette nur halb aufgeraucht ausdrückte.

»Nehmen Sie einen Löffel Nescafé, Herr Pritschkoff, oder zwei?« fragte Liliana zu meiner Erleichterung.

»Einer genügt, Frau Georgiewa, vielen Dank.«

Gerade als sich Liliana mit einer vollen Tasse dem Tisch näherte und Herr Pritschkoff bereits erwartungsfroh die Hände ausstreckte, klingelten gleichzeitig die Türglocke und das Telefon. Liliana zuckte zusammen, der Kaffee schwappte über, und die Tasse landete in meinen Händen.

»Was soll ich damit?«

»Die Untertasse sauber machen ... Ludmila, es läutet.«

Sie lief zum Telefon, Ludmila schoß an mir vorbei zur Tür, ich ging zum Spültisch: »Tut mir leid, Herr Pritschkoff«, sagte ich, »Sie sind in ein Irrenhaus geraten.«

»Das macht nichts«, entgegnete er ernst.

Liliana kam in die Küche zurück: »Das war Zeza«, erklärte sie, »sie wollte dich sprechen, aber ich hab' gesagt, du seist nicht da.«

»Das war nicht nett von dir.«

»Wozu brauchst du Zeza? Was mußtest du sie überhaupt erst anrufen!« Sie schüttelte vorwurfsvoll den Kopf, nahm mir die Tasse wieder aus der Hand und brachte sie dem Lehrer: »So, hier ist der Kaffee und hier Milch ... Zucker gibt es ja im Moment nicht, aber meine Freundin hat einen sehr guten Süßstoff.«

»Vielen Dank, Frau Georgiewa, ich habe mir den Zucker abgewöhnt, man ist dadurch unabhängig von den ...«

Es war in diesem Moment, daß Ludmila jubelnd und einen wuchtigen Mann hinter sich herziehend in die Küche einbrach: »Das«, rief sie mit der dramatischen Geste eines Schaustellers, »das, meine Damen und Herren, ist Meister Treitscho.«

»Guten Tag«, sagten wir und betrachteten den neuen Gast, der in einem ölverschmierten Overall breitbeinig dastand und mit selbstgefälligem Grinsen Ludmilas Ovationen entgegennahm.

»Guten Tag«, wiederholte Ludmila verächtlich, »was heißt hier Guten Tag! Hurra müßtet ihr schreien. Ihr wißt wohl gar nicht, wen ihr vor euch habt! Einen der bedeutendsten Männer Bulgariens, auf den ich seit Wochen warte so wie ich noch nie auf einen Liebhaber gewartet habe. Meister Treitscho, jetzt hört und staunt, hat mir einen neuen Boiler gebracht.«

»Bravo«, rief ich, »bravo, Meister Treitscho!«

Ludmila brach in schluchzendes Gelächter aus, und Meister Treitscho zog die Wollmütze vom Kugelkopf und verbeugte sich nach allen Seiten.

»Und wo ist der Boiler?« fragte Liliana sachlich.

»Draußen vor der Tür. Ein russischer Boiler, ein Prachtboiler! Es lebe die Sowjetunion, nieder mit den Jugoslawen!« Sie drohte dem tropfenden Boiler mit der Faust: »Kein Wunder, daß wir uns so schlecht mit den Jugoslawen stehen, nicht wahr, Meister Treitscho?«

»Mal stehen wir uns gut mit ihnen, mal schlecht ... immer was Neues, alles verändert sich, das Wetter, die Menschen, die Preise ...«

Er kratzte sich am Hals und blinzelte Ludmila verschmitzt zu.

»He«, rief Ludmila, »solche Ouvertüren liebe ich gar nicht. Zwölf Lewa hast du verlangt, und dabei bleibt's. Es mag sich ja vieles geändert haben, Meister Treitscho, aber die Preise nicht.«

Der Mann lachte, kniff ein Auge zu und sagte: »Dr. Gontscharowa, ich mach' dir ein großzügiges Angebot. Wenn du erlaubst, daß wir uns alle ein bißchen näherkommen, dann brauchst du keinen Lew zu zahlen.«

Liliana, die schon wieder am Spültisch stand, drehte sich kurz um und sagte auf deutsch: »Der Mann geht zu weit.«

»Liliana Georgiewa«, fuhr Ludmila sie an, »bitte, geh mir mit deinen Höhere-Tochter-Allüren nicht auf die Nerven. Wo sind wir denn, in Monte Carlo?«

»Wieso ausgerechnet in Monte Carlo?« wollte ich wissen.

»Weil da die reichen, vornehmen Leute leben, das solltest du eigentlich wissen.«

»Was redet ihr da?« fragte Meister Treitscho, der einen Hammer aus seiner Arbeitstasche genommen und sich schweren Schrittes dem Boiler genähert hatte.

»Wir reden über dich, Meister Treitscho«, sagte Ludmila, »du gefällst uns kolossal. Ein prachtvolles Mannsbild wie dich, so urwüchsig, so kräftig, gibt es nur in Bulgarien.«

»Kräftig bin ich«, gab Meister Treitscho geschmeichelt zu, »das liegt in unserer Familie. Mein Vater ist neunundneunzig Jahre alt geworden und seine Schwester, meine Tante, einhundertundzwölf. Ich habe zehn Geschwister und die sind noch nie krank gewesen.«

»Dafür ist's deine Frau um so mehr«, sagte Ludmila vorwurfsvoll.

»Was kann ich dafür, Dr. Gontscharowa? Sie hat eben nicht unser gesundes Blut.«

»Sie hat nicht eure gesunden Nerven, du Bulle. Immerhin ist sie meine Patientin, und da weiß ich besser als du, was ihr fehlt.«

»Und was fehlt ihr?«

»Das hab' ich dir doch eben gesagt: gesunde Nerven fehlen ihr. Kein Wunder, wenn man dich so ansieht. Weißt nicht wohin mit deiner Kraft, was?«

»Aber Dr. Gontscharowa«, grinste der Mann, »ich hab' meine Frau behandelt wie ein rohes Ei.«

»Was weiß ich, wie du rohe Eier behandelst. Wahrscheinlich machst du Spiegel- oder Rühreier draus. Los, Meister Treitscho, jetzt laß deine Kraft mal an meinem Boiler aus. Nimm ihn runter! Ich will eine anti-jugoslawische Parole draufschreiben und ihn auf den Bukluk* werfen.«

»Anstatt Parolen solltest du lieber ein paar englische Sätze schreiben«, sagte ich auf deutsch, »oder brauchst du einen neuen Nervenpatienten?«

»Wieso? Ist mein Lehrer etwa nervös?«

»Es scheint so. Er trommelt mit den Fingern auf den Tisch.«

Ludmila, mit schiefgeneigtem Kopf und kokettem Lächeln, tänzelte auf den Lehrer zu: »Sind Sie nervös, Mister Pritschkoff?« fragte sie.

»Aber nein«, sagte Herr Pritschkoff und trommelte weiter, »ganz und gar nicht.«

»Hast du's gehört«, rief Ludmila, »er ist ganz und gar nicht nervös. Aber zur Vorbeugung trinken wir jetzt alle mal einen Whisky.«

* Bukluk – Abfall

»Oho!« brüllte Meister Treitscho, »da ist ja Wasser im Boiler, heißes Wasser!«

»Jawohl, du Schlaukopf, was soll denn sonst drin sein?«

»Ich kann den Boiler doch nicht runternehmen, wenn heißes Wasser drin ist!«

»Jesos Christos! Dann laß es doch raus!«

Ludmila nahm Gläser und eine Flasche Whisky vom Regal. »Die eiserne Reserve für feierliche Anlässe«, verkündete sie, »Angelika, schenk du bitte mal ein, ich muß dem großen Meister zeigen, wie man das Wasser aus dem Boiler läßt.«

»Herr Pritschkoff«, sagte ich in weiser Vorausahnung, »vielleicht setzen Sie sich einen Stuhl weiter, ich fürchte ...«

Das, was ich fürchtete, trat schneller ein als gedacht: Ein Strahl kochend heißes Wasser ergoß sich in einen undichten Eimer, und Herr Pritschkoff hatte gerade noch Zeit, zur Seite zu springen.

»Herrje, das schöne heiße Wasser!« rief Liliana. »Was für eine Vergeudung!«

»Du tust, als liefe ein Faß edlen Weins aus«, sagte Ludmila.

»Na, wenn ich bedenke, was man mit dem schönen, heißen Wasser alles anfangen könnte! Angelika, soll ich dir einen Eimer ins Bad tragen?«

»Nein, danke, ich hab' mich heute früh schon kalt geduscht.«

»Das macht doch nichts ... oder willst du, Ludmila?«

»Ich hab' jetzt keine Zeit, aber frag doch mal Herrn Pritschkoff oder Meister Treitscho.«

»Ach, du kannst nur dumme Witze machen«, klagte Liliana, die mit dem vollen Eimer vor dem Spülbecken stand und sich nicht entschließen konnte, die Kostbarkeit wegzuschütten. »Wären doch bloß meine Kinder da, Swetlana würde das schöne heiße Wasser bestimmt ausnutzen!«

»Liliana«, schrie Ludmila, »wir können jetzt nicht auf deine Kinder warten. Der Eimer ist undicht und die Schüssel gleich voll. Gieß endlich das Wasser weg, oder willst du uns vielleicht kochen wie die Krebse?«

Die drohende Gefahr brachte Liliana zur Vernunft. Sie goß Eimer für Eimer Wasser in den Ausguß, und ihre Miene wurde immer gramvoller.

»Mach dir nichts draus«, tröstete Ludmila, »in einer Stunde haben wir einen neuen russischen Boiler und von da an ständig heißes Wasser.«

»So, jetzt ist er leer«, verkündete Meister Treitscho, indem er den Boiler abklopfte wie ein Arzt seinen Patienten, »jetzt könnte ich eigentlich mit der Arbeit beginnen.«

»Und was hindert dich daran?« fragte Ludmila.

»Mein Durst«, sagte der Mann und schaute auffordernd zum Tisch hinüber.

»Ah, ich verstehe«, lachte Ludmila, »komm, Meister Treitscho, bevor du dich überarbeitest, machen wir lieber eine Pause und stärken uns mit einem Whisky.«

Wir hoben unsere Gläser und stießen an: »Auf den neuen Boiler!« rief Ludmila, »auf daß er eine Quelle heißen Wassers bleibt! Ach, diese Boiler haben mich zugrunde gerichtet. Alle drei Jahre einen neuen und einer schlechter als der andere. Was ist das für ein Leben! Nastrawje, Genosse!«

Wir tranken. Meister Treitscho, der einen gewaltigen Schluck hinuntergekippt hatte, verharrte einen Moment mit zurückgebogenem Kopf und verblüfftem Gesicht, dann schüttelte er sich und zog eine angewiderte Grimasse.

»Eh, Dr. Gontscharowa, hast du uns etwa Medizin anstatt Schnaps gegeben?«

»Der Banause versteht überhaupt nichts! Medizin! Das ist ein teurer amerikanischer Schnaps, das Getränk der vornehmen westlichen Welt.«

»Einen komischen Geschmack hat diese vornehme westliche Welt! Teufel noch mal, ein Sliwowitz oder Rakia ist mir lieber. Wie nennt man das Zeug hier?«

»Wieskie«, sagte Ludmila.

»Whisky«, verbesserte Herr Pritschkoff, der endlich einmal Gelegenheit hatte, sich als Lehrer zu beweisen. Er spitzte die Lippen und zog sie dann weit auseinander: »Whisky.«

»Uuiskiee«, wiederholte Meister Treitscho.

Herr Pritschkoff schüttelte entmutigt den Kopf.

»I laave you, Mister Treitscho«, sagte Ludmila.

»Was heißt das?«

»Das heißt: as te obitscham, Meister Treitscho ... ich liebe dich.«

»Darauf fall' ich nicht rein, Dr. Gontscharowa. Zwölf Lewa war ausgemacht und dabei bleibt's.«

Wir lachten, rauchten, tranken. Herr Pritschkoff vergaß die Englisch-Stunde, Meister Treitscho den Boiler und Liliana, deren blasses, großäugiges Madonnengesicht sich gerötet hatte, das Geschirr. Die

Flasche leerte sich, die Küche füllte sich mit Rauchschwaden, und in der Tür erschien ein neuer Gast.

»Da ist ja Koljo«, rief Ludmila begeistert, »Koljo Tapizera!«

»Möcht' nur wissen, wie der hier reingekommen ist«, sagte Liliana beunruhigt, »Ludmila, hast du etwa vergessen, die Wohnungstür zuzumachen?«

»Aber nein«, lachte Ludmila, »Koljo gehört doch zur Familie. Er hat einen Schlüssel und kann kommen und gehen, wann er will.«

»Ach so«, sagte Liliana konsterniert. Sie betrachtete Koljo mit kritischem Blick und wachsender Verwirrung. Es war offensichtlich, daß sie mit dem finsteren Gedanken kämpfte, dieser kleine, vierschrötige Mann mit dem ungehobelten Bauerngesicht und dem schmuddeligen Arbeiteranzug könne Ludmilas Liebhaber sein.

»He, Koljo«, rief Ludmila, »was stehst du denn da wie ein angriffslustiger Ziegenbock? Wir sind eine fröhliche Gesellschaft. Komm rein und trink mit uns!«

Der Mann nahm uns schlichtweg nicht zur Kenntnis. Er hatte kleine, wachsame Augen, eine fleischige Nase und einen harten, verschlossenen Mund.

»Ich bin gekommen, um zu arbeiten«, sagte er.

»Das sind die anderen auch.«

Ludmila hielt ihm ein Glas hin. Er nahm es, leerte es in einem Zug und wischte sich mit dem Handrükken über den Mund.

»Bravo, Koljo Tapizera! Ein Mann, ein Wort, ein Zug!«

Ein Grinsen kroch über das Gesicht des Mannes, und jetzt musterte er uns der Reihe nach: »Wen hast du denn hier alles versammelt, Miltsche?« fragte er.

»Lauter bedeutende Persönlichkeiten: meine Freundin Angelina, Schriftstellerin aus dem Westen, meine Freundin Liliana, Professor der Zahnheilkunde, Mister Pritschkoff, Lehrer der englischen Sprache, und Meister Treitscho, Fachmann für Boiler.«

Der Mann fixierte Liliana und mich lange und mißtrauisch, schließlich sagte er: »Äch, Miltsche, lüg mich doch nicht an.«

»Das sagt er mir, die ich noch nie in meinem Leben gelogen habe«, beschwerte sich Ludmila.

»Du willst mir doch nicht weismachen, daß die, die Dunkelbraune da, aus dem Westen kommt und Bücher schreibt und das Kükchen hier, diese halbe Portion, Zähne ziehen kann!«

»Die Zähne zieht ihr Mann, aber sie hält den Patienten die Hand, und das ist viel wichtiger.«

»Ich war noch nie bei einem Zahnarzt, und wenn das heute so ist, daß einem eine Frau die Hand hält, dann zieh' ich mir meine Zähne lieber allein.« Er schüttelte verächtlich den Kopf, dann stapfte er entschlossen durch die Küche, öffnete die Tür, die zu Ludmilas sogenanntem Badezimmer führte, und verschwand wortlos. Ludmila lachte, bis ihr die Wimperntusche in schwarzen Bächlein über die Wangen lief: »Ist dieser Koljo nicht herrlich!« rief sie, »starrköpfig wie ein Esel! Ein einmaliges Exemplar!«

»Ein komischer Kauz«, brummte Liliana und dann, immer noch von Zweifeln zerfressen, rüstete sie sich zu der kritischen Frage: »Wer ist das nun eigentlich?«

»Koljo Tapizera ist mein Haus- und Hoftapezierer. Alles was in meinem chambre privée steht und gepolstert ist, verdanke ich ihm. Jetzt brauche ich zwei kleine schwarze Sessel. Ich brauche immer was Neues. Das Alte wird mir so schnell langweilig, und dann rufe ich Koljo Tapizera, und er macht aus Grün Rot und aus Rot gestreift . . . es ist phantastisch, was er alles kann.«

»Und er hat einen Wohnungsschlüssel?« fragte Liliana immer noch besorgt.

»Ja, du alte Gouvernante, er hat einen Wohnungsschlüssel. Er arbeitet nämlich in einer Kooperative und kommt dann, wenn er gerade Zeit hat. Bin ich nicht zu Hause, kann er trotzdem in die Wohnung. Das ist doch sehr praktisch.«

»Sehr praktisch«, sagte Liliana, »arbeitet er auch manchmal nachts?«

»Das kann man wohl sagen! Er geht ungern nach Hause. Er ist seit einem Jahr von seiner Frau geschieden, aber weil er kein eigenes Zimmer kriegt, muß er immer noch mit ihr und den drei Kindern zusammenleben. Das macht ihn verrückt und darum bleibt er oft hier und schläft auf einem Klappbett in der Küche.«

Ludmila begann von neuem zu lachen: »Du hast wohl Angst vor ihm, Lilianitschka. Keine Sorge, er tut dir nichts. Er macht zwar einen etwas wilden Eindruck, aber er hat ein goldenes Herz und einen tadellosen Charakter.«

Die Tür flog auf, und Koljo, im Unterhemd, eine Mütze aus Zeitungspapier auf dem Kopf, stand auf der Schwelle: »Komm mal her, Miltsche, ich find' die Nägel nicht.«

Ludmila lief zu ihm, und Liliana schüttelte mißbilligend den Kopf: »Bulgarien wie es leibt und lebt«, sagte sie, und Herr Pritschkoff nickte.

»Wenigstens lebt es«, sagte ich, »im Westen ist alles schon dreiviertel tot.«

Die beiden sahen mich stumm und verwundert an.

»Alles Krampf«, sagte ich, »falsche Töne, Selbstbespiegelung, Beziehungslosigkeit. Gräßlich!«

»Aber im Westen«, wandte Herr Pritschkoff ein, »kann man doch alles haben und alles machen.«

»Vorausgesetzt, man hat das Geld dazu, die Zeit, die Kraft.«

»Und für den Durchschnittsmenschen ist das Leben dort vielleicht nicht leichter und besser als hier?« fragte Liliana und deutete mit weit ausholender Gebärde auf die ramponierten Gegenstände in der Küche.

»Materiell gesehen natürlich, menschlich nicht. Es gibt nirgends so viele kaputte, deprimierte und unglückliche Menschen wie im Westen.«

»Dann geht es ihnen zu gut«, schrie Liliana, von der ich noch nie ein lautes Wort gehört hatte.

»So ist es wohl.«

»Dann sollen sie doch mal hierher kommen und zu fünft in zwei Zimmern hausen und nach jedem Dreck Schlange stehen und in überfüllten Zügen und Trambahnen fahren und unter diesen Umständen auch noch arbeiten, den Haushalt machen, die Kinder versorgen und die Schnauze halten.«

»Richtig, Liliana, ich bin ganz deiner Ansicht und wollte dir ja auch nur . . .«

»Sollen sie bloß kommen, deine armen Unglücklichen! Wenn sie so mit dem täglichen Leben kämpfen müssen wie wir hier, dann haben sie keine Zeit, unglücklich zu sein.«

»Was regt sie sich denn so auf?« fragte Ludmila, die mit Handwerkszeug bepackt die Küche betrat, »hat ihr Meister Treitscho etwa wieder ein unsittliches Angebot gemacht?« Sie ließ die Sachen zu Boden poltern und wischte sich die schmutzigen Hände am Morgenrock ab.

»Sie regt sich über die Menschen im Westen auf.«

»Warum in die Ferne schweifen, sieh, das Schlechte liegt so nah«, sagte Ludmila.

Sie nahm den Spielgelscherben vom Tisch und schaute hinein: »Ich seh' ja aus wie ein Leopard«, sagte sie, »lauter schwarze Flecken im Gesicht von dieser verdammten Wimperntusche . . . warum sagt mir das niemand?«

»Weil es dir gut steht«, erklärte ich, »schwarze Flecken passen doch zu grünen Augen.«

»Ach, Angelina!« Sie sah mich an, eine Klage um den leicht geöffneten Mund, ein Lachen in den Augen, »für dich bin ich nur ein Clown . . . Komm, gib mir mal eins von deinen schönen, weichen Papiertüchern.«

Ich zog ein Tempotaschentuch aus meiner Tasche und gab es ihr.

»Schaut mal«, rief sie und hielt es hoch, »sind die nicht wunderschön?«

»Solche hat uns mein Onkel auch mal geschickt«, sagte Herr Pritschkoff, »in verschiedenen Farben.«

Wieder regte sich in mir das Schuldgefühl, und ich trank einen hastigen Schluck Whisky. Wie konnte ich von Menschen, die sich bewundernd um ein Papiertuch scharten, ein Verständnis für diejenigen erwarten, die ihrer Meinung nach alles hatten und trotzdem unglücklich waren.

»Nun hört schon auf«, sagte ich, »so aufregend ist der alberne Fetzen bestimmt nicht.«

»Du hast dir wahrscheinlich noch nie die Nase in ein Stück Zeitung geputzt«, sagte Ludmila.

»Die Nase?« sagte Herr Pritschkoff, »bei uns hängt die Zeitung im Klo.«

Man schrie und bog sich vor Lachen.

»Heee!« rief Koljo, der das Gerüst eines Stuhles hinter sich herziehend die Küche betrat, »worüber lacht ihr wie die Verrückten?«

»Über das Leben«, schluchzte Ludmila und verschmierte ihre schwarzen Tränen mit dem Tempotuch, »was gibt es Komischeres als das Leben?«

»Äch«, sagte Koljo mit verächtlicher Miene und wegwerfender Handbewegung, »das ist nur komisch, wenn man so betrunken ist wie ihr. Wenn man so nüchtern ist wie ich, macht das Leben keinen Spaß und das Arbeiten schon gar nicht.«

Er starrte auf die fast leere Flasche wie ein Stier aufs rote Tuch.

»Drückt er sich nicht diskret aus?« fragte Ludmila, den Rest des Whiskys in eine Tasse gießend, »ist er nicht einmalig? Hier, Koljo, trink, damit du lachen kannst und der Stuhl heute noch fertig wird.«

Koljo kippte den zweiten Whisky, rückte die Papiermütze zurecht und ließ sich im Schneidersitz auf dem Boden nieder.

»Er trinkt Whisky wie ein Baron Champagner«, sagte Ludmila.

»Er schmeckt schlecht«, brummte Koljo, »aber er heizt an . . . Wenn ich jetzt noch eine Zigarette hätte . . .«

Ich stand auf und gab ihm meine Zigaretten. Er sah argwöhnisch zu mir auf.

»Aus dem Westen, hast du gesagt, kommt die Frau?« fragte er Ludmila.

»Ja.«

»Warum sitzt sie dann in der Küche und nicht in deinem Salon?«

»Weil sie das Proletariat liebt.«

»Eh, Miltsche, immer erzählst du mir Märchen!«

Er nahm eine Zigarette und gab mir das Päckchen zurück.

»Behalten Sie es«, sagte ich.

»Nein danke«, sagte er mit dem Versuch eines Lächelns, »von einer Frau nehme ich keine Geschenke.«

»Bravo, Koljo«, rief Ludmila, »stolz wie ein Spanier, starrköpfig wie ein Bulgare.«

Der Tapezierer ergriff den Hammer und begann mit dröhnenden Schlägen den Stuhl zu bearbeiten.

»Na, dann mal zu«, sagte Meister Treitscho, der hinter Koljo nicht zurückbleiben und uns beweisen wollte, daß auch er kräftig zuschlagen konnte. Er zog mir den Stuhl weg, auf den ich mich gerade wieder setzen wollte, stieg hinauf und machte sich mit lautstarkem Eifer am Boiler zu schaffen.

»Macht nicht so einen Krach«, schrie Ludmila, »mir platzt der Kopf.«

»Dr. Gontscharowa«, sagte Meister Treitscho ungerührt, »willst du einen neuen Boiler oder willst du keinen neuen Boiler?«

»Natürlich will ich einen neuen Boiler, aber nicht auf Kosten meines Kopfes.«

»Du hast zu viel getrunken«, sagte Liliana, die ihre Sisyphusarbeit am Spültisch wieder aufgenommen hatte, »leg dich ein bißchen in den Salon.«

»Liliana, ich bin nicht deine Tochter und ich lege mich nicht in den Salon! Ich beaufsichtige!«

Herr Pritschkoff, dem man ansah, daß er sich gerne in den Salon gelegt hätte, erhob sich und stand, unschlüssig an der Tomatentüte herumfingernd, da.

»Ludmila«, sagte ich auf deutsch, »ich glaube, dein Privatlehrer hält die Englisch-Stunde für beendet.«

»Kurz bevor der Boiler runterkommt, das könnte ihm so passen!«

Sie nahm Koljos schmutzige Jacke vom Boden und trat damit lächelnd auf den Lehrer zu: »Herr Pritschkoff, Sie sollten Ihr schönes Jackett ausziehen und das hier anziehen.«

»Selbstverständlich, Dr. Gontscharowa«, sagte er, auch noch in fassungslosem Zustand einwandfrei höflich.

»Der Boiler ist nämlich sehr schmutzig und Ihr Jackett sehr sauber.«

»Achtung«, brüllte in diesem Moment Meister Treitscho, »es ist soweit! Ich kann das Ding nicht alleine halten.«

Jetzt begriff Herr Pritschkoff, war im Nu in Koljos Jacke und eilte dem Meister zu Hilfe. Der Tapezierer sprang auf und hob wie ein Dirigent, der den Einsatz gibt, beide Arme: »Achtung«, brüllte auch er.

Es folgten dramatische Minuten. Der Boiler, höher als Herr Pritschkoff, breiter als Meister Treitscho, schwankte eine Weile bedrohlich hin und her, entglitt schließlich ihren Händen und donnerte zu Boden.

»Ist jemand verletzt?« kreischte Liliana.

»Ja«, sagte Ludmila trocken, »der Boiler.«

Der Boiler lag da wie ein an Land gezogener Walfisch, und wir standen schweigend darum herum.

Plötzlich ergriff Meister Treitscho einen Hammer und drosch, aus uns unbekannten Gründen, wild auf den Boiler ein.

»Ah«, rief er genießerisch, »da haben die Jugoslawen aber doch gute Arbeit geleistet, ist kaum auseinanderzukriegen, das Ungeheuer!«

»Kein Wunder, daß deine Frau nervenkrank ist«, sagte Ludmila und hielt sich die Ohren zu.

»Warum macht er das eigentlich?« fragte ich.

Wir sahen uns an und zuckten die Schultern.

Von Herrn Pritschkoff kam schließlich eine Erklärung: »Vielleicht will er wissen, wie ein Boiler von innen aussieht«, meinte er, und da fiel der Boiler auch schon auseinander und offenbarte uns einen höchst uninteressanten Hohlraum.

Meister Treitscho starrte hinein, schien enttäuscht, wischte sich den Schweiß von der Stirn und erklärte: »So, Genossen, das wäre geschafft.«

Zwei Stunden waren vergangen, vielleicht drei. Herr Pritschkoff hatte sich mit einem Handkuß empfohlen, Ludmila eine undefinierbare, aber gut schmeckende Suppe gekocht und Liliana Wäsche gewaschen. Jetzt, nach beendetem Mittagessen, hockte Koljo wieder auf dem Boden und hatte den Hammer mit einer Nadel von beachtlicher Größe vertauscht, Meister Treitscho thronte auf einer Leiter und zog die letzten Schrauben am neuen Boiler an, Liliana kürzte einen Rock ihrer Tochter, und Ludmila saß auf einem Schemel und ließ die Arme zwischen den Knien baumeln – ein Bild der Erschöpfung und des Jammers.

»Wozu das alles?« fragte sie, »wozu macht man sich verrückt mit einem neuen Boiler, einem neuen Sessel, einer neuen Klobrille, einem neuen Mann? Warum läßt man nicht alles auseinanderfallen, legt sich ins Bett und stellt sich tot?«

Liliana schaute besorgt von ihrer Näherei auf. Sie hatte noch immer dasselbe herzförmige Gesichtchen, das sie vor fünfundzwanzig Jahren gehabt hatte, und dieselben pechschwarzen Haare. Ihr kleiner Mund formte einen mütterlichen Satz, und ich sagte schnell, bevor sie ihn aussprechen konnte: »Keine Angst, Liliana, sie gibt nicht auf.«

»Woher weißt du das so genau?« schrie Ludmila mich an, »ich bin todmüde, ich bin alt, ich bin allein!«

»Und Stefan?«

»War ein Mann schon jemals eine Hilfe? Er ist da, wenn man ihn nicht braucht, und nicht da, wenn man ihn braucht. Viermal hab' ich's versucht und viermal war es dasselbe – nein, jedesmal schlimmer.«

»Liegt das nicht auch ein bißchen an dir?« fragte Liliana und biß den Faden ab.

»An mir! Natürlich an mir! Alles liegt an mir! Wenn der Boiler kaputtgeht, liegt es an mir, wenn einer meiner Patienten mit neunzig stirbt, liegt es an mir, wenn die Männer verrückt spielen, liegt es an mir, wenn . . .«

Es klingelte.

». . . wenn es dauernd klingelt, liegt es an mir! . . . Einen freien Tag habe ich in der Woche und ganz Sofia rennt mir die Bude ein. Wenn das jetzt schon meine Mutter ist, springe ich aus dem Fenster.«

Liliana stand auf, strich ihren Rock glatt und ging zur Tür. »Ja, Liliana!« sagte Ludmila und goß mir und sich einen Sliwowitz ein, »immer ordentlich, immer fleißig, immer zufrieden. Heiratet einen Mann und ist zufrieden mit ihm, kriegt zwei Kinder und ist zufrieden mit ihnen, strickt einen Pullover und ist zufrieden mit ihm . . . wenn das meine Mutter wäre, würde man sie schon längst gehört haben, also ist es jemand anderes.« Sie griff vorsichtshalber nach dem Spiegelscherben, starrte hinein, warf ihn auf den Tisch zurück und sagte: »Das hätte ich lieber nicht tun sollen.«

Liliana, gefolgt von einem großen, grimmigen, unrasierten Kerl, kam in die Küche.

»Er sagt, er ist vom Elektrizitätswerk«, flüsterte sie mit beunruhigtem Gesicht.

»Genau der hat mir heute noch gefehlt«, sagte Ludmila und trank einen Schluck: »Guten Tag, Genosse, du siehst aus, als könntest du auch einen gebrauchen.«

Der Mann hatte keinen Humor. Er baute sich vor Ludmila auf und erklärte mit eindrucksvollem Baß: »Wenn Sie heute immer noch nicht das Geld für die Elektrizitätsrechnung haben, Dr. Gontscharowa, dann schraube ich die Sicherungen raus.«

»Ich hab's nicht«, meinte Ludmila, »also schrauben Sie.«

»Wieviel macht's?« fragte Koljo Tapizera, ohne von seiner Arbeit aufzusehen.

»Drei Lewa, fünfzig Stotinki.«

Koljo zog das Geld aus seiner Hosentasche und hielt es dem Mann mit ausgestrecktem Arm und abgewandtem Kopf hin: »So, und jetzt verschwinde.«

Der Mann verschwand ohne ein Wort von seiner, ohne ein Wort von unserer Seite.

»Danke, Koljo, mein Retter«, sagte Ludmila, »so bald ich's habe, kriegst du's wieder.«

»Hat Zeit«, brummte Koljo.

»Seht ihr, das ist ein Mensch«, sagte Ludmila und sah Liliana und mich an, als seien wir keine, »er fragt nicht, er schwätzt nicht, er spielt sich nicht auf, er ist, was er ist: ein einfacher, guter Mann und mir tausendmal lieber als all die, die sich einbilden, was zu sein, weil sie studiert haben, weil sie eine hohe Stellung haben, weil sie einen Namen haben, einen Orden, ein Auto, ein schönes Gesicht. Was zählt das alles?« Sie steckte die Daumenspitze zwischen die Zähne und spuckte sie dann gleichsam wieder aus: »Nichts zählt das! Das einzige was bei einem Menschen zählt, ist das Herz.«

Sie schaute zu Meister Treitscho empor und er zu ihr hinunter. »Ja, Meister Treitscho«, sagte sie, »jetzt hast du Angst um dein Geld, nicht wahr? Mit Recht. Heute kriegst du es nicht, morgen auch nicht, du kriegst es, wenn ich es habe.«

»Ich habe keine Angst um mein Geld, Dr. Gontscharowa«, protestierte Meister Treitscho, »ich weiß, daß du nie pünktlich zahlst, aber zahlen tust du.«

»Noch ein Mensch«, sagte Ludmila, »wieviel Uhr ist es?«

»Kurz nach fünf«, sagte Liliana, den Kopf wieder über ihre Näharbeit gesenkt.

»Dann wird Stefan gleich hier sein und, wenn's der Teufel will, auch meine Mutter.«

»Ich freue mich schon sehr auf deine Mutter«, sagte ich.

»Du vielleicht, ich nicht, jedenfalls nicht im Moment.« Ludmila stand auf und begann mit ihrem sehr aufrechten, gemessenen Gang, der in merkwürdigem Kontrast zu ihren heftigen Arm- und Kopfbewegungen stand, in der Küche auf- und abzuschreiten: »Ich liebe meine Mutter, aber sie macht mich noch verrückter, als ich schon bin. Wenn sie in Sofia ist, kommt sie fast jeden Tag. Ich muß doch nach meiner Tochter sehen, sagt sie, ich muß doch verhindern, daß sie wieder eine Dummheit anstellt. Meine Tochter, sagt sie, ist nämlich dumm und außerdem hat sie zu viele Hormone. Sie läßt sich mit Männern ein, die tief unter ihr stehen, sie läßt sich scheiden und gibt ihr Kind auf! Dann schaut sie mich von Kopf bis Fuß an und seufzt: Ach, Miltsche, Miltsche, was ist aus dir geworden! Ich hab' dich zur Ärztin gemacht, und wie dankst du mir das? Du bist undankbar und denkst gar nicht daran, daß ich mein Leben für dich geopfert habe!«

Ludmila blieb wie festgenagelt stehen und schüttelte die Fäuste: »Wer hat mich zur Ärztin gemacht, wenn nicht ich selber! Und wer hat gewollt, daß sie ihr Leben für mich opfert? Ich nicht! Ewig muß ich ihr dankbar sein für etwas, das ich nicht gewollt habe!«

»Deine Mutter meint es doch nur gut«, beschwichtigte Liliana.

»Ich weiß, ich weiß, du bist auch so eine Mutter! Alle guten Mütter meinen es gut mit ihren Kindern und meine besonders!«

»Du solltest dich jetzt mal anziehen«, sagte ich, »und ein bißchen zurechtmachen.«

»Für wen? Für meine Mutter? Ha! Da kann ich mein bestes, saubersten, modischstes Kleid anziehen und sie wird sagen: wie siehst du denn aus, Miltsche, wo hast du denn das Kleid ausgegraben . . . ach, es ist einJammer, meine Tochter hat überhaupt keinen Geschmack!«

Trotzdem griff sie nach dem Spiegelscherben und begann mit zerstreuter Ungeduld Schminke nachzutragen: Schwarz auf die Wimpern, Grün auf die Lider, Orange auf die Wangen, Rot auf die Lippen.

»Hör auf«, sagte ich, »du siehst aus wie ein Tuschkasten!«

»Da ist sie«, sagte Liliana, »ich höre den Schlüssel.«

»Gleich wirst du noch viel mehr hören«, seufzte Ludmila, »sie redet, bevor sie noch die Tür hinter sich zugemacht hat, sie kann es einfach nicht erwarten.«

Tatsächlich begann die alte Dame bereits in der Diele zu sprechen, und ihre Stimme umfaßte sämtliche Stufen der Tonleiter: »Miltsche!« rief sie ganz hoch, »da bin ich! Ich bin gerade aus Weliko Tirnowo gekommen, gerade diese Minute . . .« Die Stimme fiel um einige Oktaven: »Der Bus war voll, oh, lelle mall*, man hat mir fast die Rippen eingedrückt . . .

* Lelle mall – Ausruf des Entsetzens

Miltsche!« Das war nun ein kräftiges Krähen: »Ich wollte dich gleich sehen, ich hatte solche Sehnsucht nach dir . . . !« Jetzt stand sie auf der Schwelle, eine kleine, gedrungene Frau, das Gesicht mit heiteren Fältchen plissiert, das Haar weiß und wirr, die Augen schwarz und behende, wie die eines Eichhörnchens.

»Ah, bravo«, rief sie, »ich sehe, dein Boiler wird repariert!« Ludmila, die auf sie zugegangen war, blieb stehen, warf die Arme hoch und zeterte: »Siehst du denn nicht, daß es ein neuer Boiler ist?«

»Wie soll ich das sehen? Ein Boiler sieht aus wie der andere.«

»Ja, und ein Mensch sieht aus wie der andere! Oh, Mamma, Mamma, wenn du nicht so eitel wärst und endlich mal die Brille tragen würdest, dann könntest du vielleicht ein paar Unterschiede feststellen. Hier . . . rate mal, wer das ist!«

Ludmila nahm ihre Mutter bei den Schultern und schob sie mir entgegen. Die alte Frau blinzelte zu mir empor, dann weiteten sich ihre Augen in freudigem Erkennen, sie schlug die Hände zusammen und rief: »Angelina . . . natürlich, das ist ja meine Angelina! Oh, was für eine Freude!«

Sie legte mir die Hand um den Hals, zog meinen Kopf zu sich herab und küßte mich kräftig auf beide Wangen: »Daß du wirklich gekommen bist, Angelina . . . Miltsche hat gesagt, du kommst, aber ich hab's nicht geglaubt. Ach, was für ein hübsches Mädchen du geworden bist!«

»Mädchen ist gut«, sagte Liliana, und wir begannen zu lachen. »Und die Liliana ist auch da . . . wie schön, daß wir alle mal wieder zusammen sind, der liebe Gott hat es gut mit uns gemeint!« Sie lief zu Liliana, küßte sie, lief zu mir zurück und nahm meine Hand: »Du warst immer so ein gutes Mädchen. Weißt du noch, als der Doktor, mein seliger Mann, gestorben war und du der Miltsche einen schwarzen Rock geliehen hast? Mir ist, als sei's gestern gewesen. Du kamst in die Wohnung mit dem schwarzen Rock und hast geweint ...«

Es sah aus, als würde sie selber gleich weinen, und darum legte ich den Arm um sie und sagte: »Den Rock hatte ich meiner Mutter geklaut, und sie hat ihn tagelang gesucht.«

»Ach, was wart ihr für Kinder! Einmal da warst du mit Miltsche im Konzert, und ihr seid und seid nicht nach Hause gekommen. Ich weiß bis heute nicht, wo ihr gesteckt habt.«

»Das kann ich dir genau sagen«, lachte Ludmila, »wir waren gar nicht im Konzert, sondern haben vor der amerikanischen Mission auf der Lauer gelegen.«

»Ehhh, diese Miltsche! Mein Leben lang hat sie mir Sorgen gemacht!«

»Jetzt fang, um Gottes willen, nicht damit an, Mamma. Komm, setz dich endlich!«

»Ich muß aber morgen schon wieder zu Tante Maria nach Weliko Tirnowo.«

»Bis morgen wirst du dich wohl noch einen Moment setzen können. Schau, was ich hier alles für dich habe: Kaffee, Sliwowitz, Zigaretten.«

»Das ist ein Angebot«, sagte Ludmilas Mutter, setzte sich an den Tisch und ließ sich bewirten.

»Heute abend gehe ich ins Kino«, verkündete sie, »›Kleopatra‹ mit Elisawetha Teilor. Ach, was für ein schöner Film! Ich hab' ihn mir schon zweimal angesehen . . . ganz Sofia läuft seit fünf Monaten in ›Kleopatra‹.«

»Also wenn du mich fragst«, schaltete sich Meister Treitscho ins Gespräch, »ich war noch nie in diesem Film und kann auch drauf verzichten.«

Die alte Frau Gontscharowa zog mit Genuß an ihrer Zigarette, blies den Rauch zu Meister Treitscho empor und entgegnete: »Was redest du von Dingen, von denen du nichts weißt. Sieh dir den Film erst an und dann sag, ob du drauf verzichten kannst.«

Sie tat Sliwowitz in ihren Kaffee und trank einen Schluck. »Wie alt bist du eigentlich?« wollte Meister Treitscho wissen. Die Frage war der alten Dame ebenso unangenehm wie das Tragen einer Brille. Anstatt eine Antwort zu geben, lenkte sie mit einer Gegenfrage ab: »Und du, wann bist du da oben eigentlich mit deinem Boiler fertig?«

»Wenn deine Tochter einen guten Boiler haben will, dann muß ich auch gute Arbeit leisten. Und wenn ich gute Arbeit leisten will, dann braucht es seine Zeit.«

»Heutzutage«, seufzte Frau Gontscharowa, »bekommt man auf jede Frage eine Parole . . . Sag, Miltsche, irr' ich mich, oder bewegt sich was da hinter dem Kühlschrank?«

»Ganz richtig, da bewegt sich Koljo Tapizera.«

Koljo, der bis dahin von Kühlschrank und Stuhl verdeckt mäuschenstill auf dem Boden gehockt war, hob grinsend den Kopf.

»Tatsächlich, es ist Koljo!« rief Frau Gontscharowa, »ach, ohne meine Brille seh' ich rein gar nichts!« Und dann mit gerührter Stimme: »Mein lieber, lieber Koljo, was für eine Freude und Beruhigung, dich zu sehen! Immer bist du hier, du guter, treuer Mann. Du bist der einzige, der auf meine Tochter aufpaßt, der einzige, dem ich von Herzen vertraue.«

Sie seufzte tief auf und griff nach einer neuen Zigarette. Ludmila zündete ein Streichholz an, hielt es ihrer Mutter an die Zigarette und sah sie über die Flamme mit dem starren, lauernden Blick einer Katze an, die vor dem Mauseloch Stellung bezogen hat.

»Danke, mein Kind«, sagte Frau Gontscharowa mit geheuchelter Unbefangenheit.

»Nun frag schon, was du fragen willst«, sagte Ludmila.

»Ich verstehe nicht, mein Kind.«

»Oh, Mutter, du glaubst, du seist undurchschaubar, und dabei lese ich jeden Gedanken in deinem Gesicht. Wolltest du dich nicht nach Stefan erkundigen?«

»Was geht mich Stefan an?«

»Das ist eine Frage, die du dir selber stellen solltest. Er geht dich nämlich wirklich nichts an.«

»Du bist ungezogen, Ludmila. Du vergißt, daß ich immer noch deine Mutter bin, daß ich dich liebe und nur dein Bestes will. Ich habe dir nie verschwiegen, was ich von Stefan halte. Er mag ein netter Mann sein, aber ich hab' dir immer gesagt, für dich, eine gebildete Frau ...«

»Mir hast du das wirklich schon oft genug gesagt, also sagst du es vielleicht jetzt ihm.« Ludmila deutete zur Tür.

Auf der Schwelle stand ein schwerer, quadratischer Mann, mit kurzen, stämmigen Beinen und breitem Oberkörper. Das Gesicht, auf eine primitive Art männlich attraktiv, offenbarte einem Zug für Zug seinen geradlinigen, vordergründigen Charakter. Da waren die schönen, seelenvollen Augen, die stark ausgeprägten, blaßvioletten Lippen, die massive Kinnpartie, die kindlich kleinen Ohren und die flache, stierähnliche Stirn.

»Guten Abend«, sagte er mit dem heiseren Baß eines Mannes und dem verschreckten Blick eines Kindes, und dann, indem er Ludmila zu sich heranwinkte, trat er einen Schritt zurück und verschwand hinter dem Türpfosten.

»Er wird doch hoffentlich nichts gehört haben«, flüsterte Frau Gontscharowa.

»Mamma«, sagte Ludmila, »ob du es laut sagst oder schweigst, er weiß genau, wie du über ihn denkst.«

Sie trat in die Diele hinaus und lehnte die Tür hinter sich an. Wir hörten ein gedämpftes, aber erregtes Gespräch, dann flog die Tür wieder auf, und Ludmila kam allein in die Küche zurück.

»Ist er wieder gegangen?« fragte Frau Gontscharowa zwischen Hoffnung und schlechtem Gewissen.

»Nein, Mamma, ich muß dich leider enttäuschen. Er ist im Gästebad. Er sagt . . .« Ludmila legte beide Hände flach auf die Brust und warf den Kopf zurück: ». . . Er sagt, er müsse eine gute Erscheinung abgeben. Eine gute Erscheinung!« rief sie zur Decke empor. »Herr im Himmel, schenk mir einen Mann, der keine gute Erscheinung abgeben will, sondern eine ist!«

Fünf Minuten später kam Stefan zurück. Er hatte sein schwarzes, drahtiges Haar mit einer nassen Bürste bearbeitet, eine Krawatte umgebunden und den obersten Knopf seines Jacketts geschlossen. Es war offensichtlich, daß diese kleinen Korrekturen sein Selbstbewußtsein gehoben hatten und er uns nun sicher und gentlemanlike gegenübertreten konnte. So eilte er dann auf flinken, auffallend kleinen Füßen von einem zum anderen, begrüßte uns Damen wie ein flotter Kavalier, wechselte mit den Männern ein paar joviale Worte – kurzum, er gab eine gute Erscheinung ab.

»Wie findest du ihn?« flüsterte mir Ludmila über die Schulter ins Ohr.

»Ich mag ihn«, sagte ich leise, »er ist eine Mischung aus unsicherem Kind und autoritärem Bock.«

Ludmila kicherte: »Du hast recht, er ist unerträglich, aber er ist ein richtiger Mann, nicht wahr?«

»Den Eindruck macht er.«

»Du verstehst mich, nicht wahr?«

Ich drehte mich zu ihr um. Um ihren Mund war ein spöttischer Zug, der sagte: Ich nehm' mich ja selber nicht ernst, in ihren Augen eine Bitte, die sagte: Nimm du mich aber ernst.

»Natürlich verstehe ich dich, Ludmila.«

Sie nickte befriedigt, dann stieß sie mich an: »Schau mal die Liliana!«

Liliana stand mitten in der Küche wie ein schreckgebanntes Huhn, das im Begriff ist loszuflattern. Ihre großen, wachsamen Augen verfolgten jede Bewegung Stefans, um ihr kleines Mündchen zuckte es unentschlossen: sollte sie die Lippen zu einem Lächeln schürzen, sollte sie die Mundwinkel zu einer abfälligen Grimasse hinunterziehen. Stefan war unter Ludmilas Niveau. Ein Mann mußte männlich sein, das verlangte jede Bulgarin, aber so kompakt männlich wie Stefan es war, das ging zu weit, verriet eine niedere Herkunft, einen Mangel an Klasse. Stefan, obgleich er es bis zum Ingenieur gebracht hatte und eine Krawatte trug, war und blieb ein Emporkömmling.

Ich goß Sliwowitz in zwei Gläser und reichte ihm eins: »Nastrawje, Stefan«, sagte ich.

Er strahlte. Er kam wie ein tapsiger Bär auf mich zu und legte seine schwere Hand behutsam auf meine Schulter: »Nastrawje, Angelina, willkommen in Bulgarien.«

»Seht euch den Stefan an«, rief Ludmila erleichtert, »jetzt bedauert er bestimmt, nach Algerien fahren zu müssen.«

»Was höre ich da«, krähte Ludmilas Mutter, »Stefan fährt nach Algerien? Ja wann denn, Stefan, und für wie lange?«

»In drei Tagen, Frau Gontscharowa, auf etwa einen Monat.«

Ich sah zu der alten Frau hinüber, erwartete ein Aufleuchten in ihren Augen, einen Ausruf ununterdrückbarer Freude, aber genau das Gegenteil war der Fall. Die Tatsache, daß sich Stefan der Gefahr einer weiten Reise aussetzte, daß er, wenn überhaupt, erst in einem Monat zurückkehrte, ließ ihre Abneigung gegen den Liebhaber ihrer Tochter in impulsive Zuneigung umschlagen. »Oh, Stefane!« rief sie mit wehmütiger Miene, »komm zu mir, mein Junge, setz dich neben mich. Ich kann dir nicht sagen, wie leid es mir tut, daß du wegfährst.«

»Mamma, Mamma, Mamma . . .«, stöhnte Ludmila, indem sie die Hände vors Gesicht schlug.

»Genauso ist es«, verteidigte sich Frau Gontscharowa, »ich habe den Fehler, mich zu schnell an Menschen zu gewöhnen, und wenn sie dann wegfahren, bin ich unglücklich und möchte, daß sie dableiben.«

»Genauso ist es«, wiederholte Ludmila, »und da soll sich noch jemand in dir auskennen.«

»Wer verlangt das?« lachte die alte Frau und klopfte Stefan, der sich neben sie gesetzt hatte, auf den Rücken: »Ja, Stefan«, fuhr sie versonnen fort, »Reisen ist was Schönes, nicht wahr? Auch ich bin früher viel gereist, mit dem Doktor, meinem seligen Mann. Wie oft sind wir nach Plovdiv gefahren.«

»Was Besseres hättet ihr euch wohl nicht aussuchen können«, sagte Ludmila.

»Damals, Miltsche, war es noch schön. Ein romantisches, altes Städtchen mit hübschen Restaurants, in denen man abends in heißen Sommernächten seinen Wein trank. Was für nette, feine Leute dort hin kamen, und heute? Überall nur noch Prostazi* . . . das ist Bulgarien.«

Ich sah erschrocken zu Stefan hinüber, aber er nickte und lächelte, als wäre er ganz ihrer Meinung.

»Was war Bulgarien früher für ein geselliges, fröhliches Land«, sagte sie. »Wir sind nach Plovdiv gefahren, der Doktor und ich, und haben große Bälle be-

* Prostazi – Proleten

sucht. Ja, es gab große Bälle in Plovdiv, und einmal, ich erinnere mich noch genau, trug ich eine wunderschöne Toilette, die ich mir extra aus Wien habe kommen lassen. Stellt euch vor: als ich den Festsaal betrat, hat man mich für die Prinzessin Ewdokia, die Schwester der Königin Joana, gehalten. Ach, es war schön damals, und ich war jung. Vielleicht war es auch nur schön, weil ich so jung war.«

»Mamma«, sagte Ludmila, »ich habe den Eindruck, daß du dich heute trotz deines Alters immer noch gut amüsierst. Du reist herum, machst Besuche, gehst ins Kino, rauchst, trinkst ...«

»Ich versuche das Beste aus dem Rest meines Lebens zu machen«, erklärte Frau Gontscharowa, »der Herr hat mir Gesundheit gegeben und einen klaren Kopf, das muß man ausnutzen. Wie vielen hat er es nicht gegeben!«

»Mir zum Beispiel«, sagte Ludmila, »vielleicht dachte er, ein klarer Kopf in der Familie genügt ... Was ist, Meister Treitscho, willst du die Wand einreißen?«

Meister Treitscho rüttelte an dem Boiler, bis der Putz rieselte: »Ich bin fertig«, meldete er, »das Ding sitzt jetzt so fest, daß Gott persönlich es nicht runterholen kann!«

»He, he«, rief Stefan, »vielleicht läßt du uns noch ein Stück Wand!«

»Er weiß mit seinen Kräften nicht wohin«, sagte Ludmila, »vorhin hat er auf den alten Boiler eingedroschen, daß ich dachte ...«

»Diese Angelegenheit«, schnitt Stefan ihr das Wort ab, »beschäftigt mich schon seit einiger Zeit.« Er erhob sich und ging gewichtigen Schrittes auf den gespaltenen Boiler zu: »Warum wurde er zertrümmert?«

Er musterte uns einen nach dem anderen wie ein Feldherr, dessen Truppe eigenmächtig gehandelt hatte und jetzt für die Katastrophe zur Verantwortung gezogen wurde. Sein gutmütiges Gesicht verfinsterte sich und sein Blick hob sich unheilschwanger zu Meister Treitscho empor, der immer noch auf der obersten Sprosse der Leiter kauerte und offenbar nicht mehr den Wunsch verspürte, herunterzukommen.

»Ich muß jetzt gehen«, sagte die alte Frau Gontscharowa und erhob sich mit auffälliger Hast, »ich versäume sonst ›Kleopatra‹. Außerdem bin ich unschuldig, ich war noch nicht da, als der Boiler zerschlagen wurde.«

»Dir gibt auch niemand die Schuld«, sagte Stefan, setzte den Fuß auf den vor ihm liegenden Boiler und verschränkte die Arme über der Brust.

»Also dann gehe ich jetzt ... Auf Wiedersehen, meine Kinder ... ich komme morgen früh noch einmal vorbei ... leb wohl, Stefan, und paß auf dich auf! Die Algerier sind Wilde.«

»Mir scheint«, sagte Stefan drohend, »Wilde gibt's überall. Man braucht sich nur diesen Boiler anzusehen, dann glaubt man, hier hätten die Türken gehaust. Komm endlich runter, Meister Treitscho, wie soll ich mich denn mit dir unterhalten, wenn du da oben hockst!«

Meister Treitscho begann die Leiter hinabzuklettern, und seine Stimme wurde mit jeder Sprosse, die er sich dem Boden näherte, eindringlicher: »Ich sage dir, Freund, an dem Boiler war nichts mehr dran. Er war alt und kaputt wie der letzte Zahn einer Greisin . . . ich bin Fachmann, ich verstehe was davon!«

»Ich möchte wissen«, sagte Stefan, und seine Stimme steckte tief in der Kehle, »warum du den Boiler zertrümmert hast. Ist das etwa die Arbeit eines Fachmanns?«

Meister Treitscho hatte jetzt wieder festen Boden unter den Füßen, und das gab ihm ein Gefühl der Sicherheit: »Warum verstehst du nicht«, rief er entrüstet, »daß der Boiler nichts mehr wert war! Keine Stotinka hätt' man dafür gegeben. Höchstens als Schrott hättest du ihn verkaufen können, und das kannst du immer noch.«

Stefan holte tief Luft, sein Gesicht lief rot an, und er brüllte: »Was ich mit dem Boiler gemacht hätte, wenn er noch ein Boiler gewesen wäre, ist allein meine Angelegenheit. Ich will hier keine Belehrungen, ich will endlich eine Antwort auf meine Frage: Warum hast du den Boiler zerschlagen?«

Koljo Tapizera, der bis dahin mit erwartungsvollen Augen über das Gerüst seines Stuhles gelugt hatte, erhob sich, trat nahe an die beiden heran und verfolgte das Drama mit Genuß; Liliana, ein schmutziges Küchenhandtuch an die Brust gepreßt, hatte sich bis auf die Schwelle der Tür zurückgezogen; Ludmila hatte angefangen, den Boden zu fegen.

»Also was ist?« wetterte Stefan.

»Was ist, was ist . . .«, brummte der Installateur verlegen, »ich hab' ihn auseinandergenommen, weil ich glaubte, da wären noch ein paar verwendbare Teile in dem Ding. Man kann doch so ein wertvolles Stück nicht einfach wegwerfen, wenn da noch ein paar gute Teile ...«

»Dann gibst du also zu, daß es ein wertvolles Stück war!«

»So hab' ich das nicht gemeint. Ich hab' gemeint ...«

»Ehhh, hör auf mit deinen Meinungen, die sind nicht mehr wert als die Meinungen eines Weibes ... Was grinst du, Koljo? Hättest du nicht aufpassen können?«

»Ich bin Fachmann für Polstermöbel und nicht Fachmann für Boiler«, protestierte Koljo tief verletzt, »was kann ich machen ...«

»Ja, richtig, was kannst du machen, wenn man hier alles kurz und klein schlägt! Und du, Ludmila, hättest natürlich auch nichts machen können! Herr im Himmel, gibt's denn hier nur Dummköpfe!«

Ludmila feuerte den Besen in die Ecke und schrie: »Woher soll ich, eine Frau, wissen, was man mit einem alten kaputten Boiler macht? Ärztin bin ich, Zimmervermieterin bin ich, Hausfrau bin ich, Geliebte bin ich, ja, verdammt noch mal, soll ich vielleicht auch noch Installateurin sein?«

»Du solltest ein denkender Mensch sein«, schrie Stefan zurück, »aber ich stelle fest, daß das von einer Frau zu viel verlangt ist.«

»Du solltest dir mal überlegen, du Ungeheuer, was wirklich zu viel von einer Frau verlangt ist. Bestimmt nicht das Denken, sondern all der übrige Kram, mit dem sie sich herumschlägt, um dem Mann so viel wie möglich abzunehmen. Warum tut sie das eigentlich, Herr im Himmel! Damit sie dann hört, daß sie kein denkender Mensch ist? Ja, richtig, wie könnte sie auch ein denkender Mensch sein, da sie doch nichts anderes ist als ein Arbeitsvieh!«

Ludmila, kreidebleich, lief zum Tisch und zupfte mit zitternden Fingern eine Zigarette aus dem Päckchen. Rote Haarsträhnen hingen ihr ins Gesicht, schwarze Tränen kullerten ihre Wangen hinab. Ich zündete ein Streichholz an und hielt es an ihre Zigarette. Liliana war mit einem Satz bei uns und legte den Arm um Ludmila.

Wir standen uns jetzt gegenüber, drei Männer, drei Frauen, zwei feindliche Parteien. Zwischen uns lag der zertrümmerte Boiler, gleichsam Symbol, längst nicht mehr Mittelpunkt. Ludmila trat nach ihm.

»Jetzt sag mir«, schrie sie zu Stefan hinüber, »was du heute den ganzen Tag getan hast!«

»Ich, wieso?«

»Sag mir, was du getan hast!«

»Ich habe Verträge geschlossen.«

»Verträge hat er geschlossen. Bravo, Stefan! Ich hoffe, es hat dich nicht zu sehr ermüdet! Hierzulande sind die Männer nämlich übermüdet, wenn sie Verträge geschlossen haben. Sie kommen nach Hause und wollen ihr Essen und ihre Ruhe. Oh, ich möchte auch einmal meinen Tag mit Verträgeschließen verbringen und dir, Stefan, alles andere überlassen!«

Die drei Männer, eben noch im Hochgefühl ihrer Überlegenheit, standen da wie Hähne, die man ihrer Kämme, Sporen und Schwanzfedern beraubt hatte. Dann fiel die Gruppe auseinander: Meister Treitscho bewegte sich rückwärts gehend zur Tür hinaus, Koljo Tapizera verschwand in der Abstellkammer, und Stefan ließ sich auf einen Stuhl fallen und starrte düster zu Boden.

Die Stille nach etlichen Stunden unentwegten Lärms und Geschreis war wie der Schock nach einer Explosion. Jetzt nur nicht bewegen, hatte ich das Gefühl, erst einmal feststellen, ob alles noch heil ist und auch das Hirn nicht gelitten hat. Mein Blick fiel auf den zerschmetterten Boiler, die Ursache der Explosion, und mir war, als sei er vom Himmel gefallen und wir ihm noch einmal lebendig entstiegen. Und plötzlich erklang in meinem Kopf, hell und blechern wie auf einem elektrischen Klavier gespielt eine mir bekannte Melodie. Ich summte sie leise mit und dann fielen mir die Worte ein und ich sang: »Ot tucka miena, Graf Zeppelina . . .« Es war das Lied, das wir als kleine Mädchen so oft gesungen hatten.

Eine Sekunde lang sahen mich Ludmila und Liliana an, als hätte mein Hirn tatsächlich gelitten, dann lief es wie kleine Wellen über ihre Gesichter, zuckte, hüpfte, kräuselte sich, und eine neue Explosion irren Gelächters erfüllte die Küche. Wir nahmen uns bei den Händen, tanzten im Kreis um den Boiler und sangen aus voller Kehle: »Hier fliegt vorüber, Graf Zeppelin/was für ein Wunder, schaut ihn euch an . . .« Und noch einmal sah ich uns, drei dünne kleine Mädchen in der strengen, schwarzen Uniform der Schule, am Anfang unseres Lebens, am Anfang des Krieges, am Ende einer sorglosen Zeit.

Der westliche Schock

Ludmila kam in einem der letzten Waggons eines ungewöhnlich langen Zuges an, und sie war unter den Letzten, die ausstiegen.

»Sie wird gar nicht im Zug sein«, sagte Bob, ein Freund, der mich zum Bahnhof begleitet hatte.

»Sie ist bestimmt im Zug, aber sie hat Angst auszusteigen.«

»Angst? Wovor?«

»Sie haben alle Angst vor dem Westen.«

Jetzt, da sich die Menge verlaufen hatte, begann ich langsam den spärlich beleuchteten Bahnsteig hinunter zu gehen, streifte mit flüchtigem Blick die paar Reisenden, die mir noch entgegenkamen, suchte dann wieder in der Ferne nach einer Gestalt, die Ludmila sein konnte. Bahnhöfe machen mich traurig. Sie erinnern mich an Krieg, Soldatentransporte, Flüchtlinge, Emigranten, Menschen, die sich weinend in den Armen liegen. Nie erinnern sie mich an freudige Ankunft, immer an traurigen Abschied.

Ich zog eine Zigarette aus dem Päckchen in meiner Manteltasche und zündete sie an. Über die Flamme des Feuerzeuges hinweg sah ich sie – sehr weit noch, klein und verloren.

»Da ist sie«, sagte ich zu Bob, »warte hier, damit wir nicht gleich zu zweit auf sie losstürzen.«

»Handelt es sich bei deiner Freundin um ein exotisches Tier, das man vorsichtig einfangen muß?« fragte Bob und lachte.

»Ja«, sagte ich, »genau.«

Ich begann zu laufen, zu winken und ihren Namen zu rufen.

Anstatt ihren Schritt zu beschleunigen, blieb sie stehen, starr, in jeder Hand ein Gepäckstück, und wartete, bis ich bei ihr war.

»Ludmila, da bist du ja endlich!« Ich legte beide Arme um ihre steifen Schultern und küßte sie.

»Ich dachte schon, du seist nicht gekommen«, sagte sie und klang trotz ihrer rauhen Stimme und dem harten, slawischen Akzent wie ein Kind, das nach Minuten des Schreckens die Mutter wiedergefunden hat.

»Und ich habe geglaubt, du würdest gar nicht aussteigen.«

»Ja, Angelina, das habe ich auch geglaubt.«

»Freust du dich denn gar nicht ein bißchen, in Paris zu sein?«

»Was soll ein altes bulgarisches Weib in Paris!«

Jetzt endlich lachte sie, setzte das Gepäck ab und breitete die Arme aus: »Da schau mich an, wie ich aussehe! Wie eine Bäuerin aus Buchowo!«

Sie trug ein Kleid, dessen grün-gelb-orange geblümter Stoff an billige Küchengardinen erinnerte, und darüber eine dicke lila Strickjacke. Ihr Katzengesicht mit der kurzen Nase und den hohen Backenknochen war bleich, und ich überlegte, ob das Schwarz um ihre Augen echt war oder das Resultat ihrer bizarren Schminkkünste.

»Ehrlich gesagt, Ludmila, ich habe dich schon besser gesehen.«

»Ah!« rief sie und warf die Arme um meinen Hals, »jetzt schämst du dich deiner Freundin aus Bulgarien, nicht wahr?« In ihrer Frage steckte mehr Ernst als Spaß, und darum ging ich mit einem Lachen darüber hinweg: »Man muß seine Freunde nehmen wie sie kommen ... also, gehen wir.«

Ich griff nach ihrem braunen, ausgebeulten Kunstlederkoffer, und dann, als sie ihn mir sofort wieder aus der Hand riß, sammelte ich eine weit auseinanderklaffende Reisetasche, eine Plastiktüte und einen schwarzen Regenschirm ein.

»Paß auf, daß dir nichts aus der Tasche rausfällt, der Reißverschluß ist kaputt ... Glaubst du, daß man ihn hier reparieren lassen kann?«

»Bestimmt.«

Bob stand geduldig an derselben Stelle, an der ich ihn verlassen hatte, und schaute uns mit erwartungsvollem Lächeln entgegen.

»Wer ist das«, fragte Ludmila, »kennst du ihn?«

»Ja, das ist Bob, ein sehr guter Freund von mir, ein Amerikaner, ein Schriftsteller, ein reizender Mann.«

Er kam die letzten Schritte auf uns zu und nahm Ludmilas Hand in seine beiden: »Good evening, Ludmila«, begrüßte er sie, »I am very happy you have decided to leave the train.«

»Yes, I decided«, sagte Ludmila, um eine korrekte Aussprache bemüht, »good evening.« Sie betrachtete ihn mit ihrem geraden, unverblümten Blick, der nicht verheimlichte, daß sie sich ein erstes grundlegendes Urteil bildete.

»Spricht er nur englisch?« fragte sie.

»Nein, auch französisch und ein bißchen deutsch, aber das versteht man nicht. Sprichst du eigentlich französisch?«

»Ja, ich spreche französisch, aber nicht heute abend. Ich bin zu müde.«

»Sie ist heute abend zu müde, um französisch zu sprechen«, übersetzte ich Bob.

»Sehr praktisch«, sagte er, »mir geht es genauso.«

Er nahm Ludmila den Koffer, mir die Reisetasche ab und ging uns voraus.

»Er ist sehr sympathisch«, teilte mir Ludmila ihr Urteil mit, »und sehr schön. Habt ihr ein Verhältnis!«

»Gott bewahre, wir haben eine platonische Freundschaft. Ich bin nicht sein Typ.«

»Hat er einen besonderen Typ?«

»Ja, ich werde ihn dir bei Gelegenheit zeigen.«

Wir hatten den Bahnsteig verlassen und die riesige, düstere Halle betreten. Sie war voll mit lärmenden französischen Rekruten, viele noch mit den Pickeln der Pubertät im bartlosen Gesicht, alle klein, mickrig und in tristes Graugrün gekleidet. Bob war stehengeblieben, und sein Auge, scharf und geschult wie das eines hungrigen Habichts, sondierte die uniformierte Menge, blieb an diesem oder jenem sekundenlang hängen und kehrte dann, sichtlich enttäuscht, zu uns zurück: »Sie zeichnen sich alle durch besondere Häßlichkeit aus«, konstatierte er.

»Was sind denn das für Soldaten?« fragte Ludmila.

»Das ist die französische Armee im Anmarsch auf Deutschland«, sagte ich.

Sie sah mich verwirrt an, und mir fiel ein, daß sie mit den Vorgängen des Westens nicht vertraut war und zwischen Spaß und Ernst nicht unterscheiden konnte.

»Das sind Rekruten, die in Deutschland ihren Militärdienst ableisten«, erklärte ich, »sie warten auf den Zug.«

»Ja«, sagte Ludmila, die jede Feststellung mit einem »ja« einleitete, »die Franzosen sind klein, aber klug.«

»Die hier sehen mir nicht ausgesprochen klug aus.«

»Trotzdem sind die Franzosen ein kluges Volk«, beharrte sie, »die Franzosen und die Juden . . . Der Bahnhof ist sehr schmutzig.« Sie sah sich mit kritischem Blick um: »Was ist das?«

»Was, wo?«

»Das da!« Sie deutete auf einen schmächtigen Jungen in schwarzer, silberbeschlagener Ledermontur und einem rot, grün und blau gefärbten Hahnenkamm auf seinem glatt rasierten Schädel.

»Das ist ein Punk«, sagte ich und dann, mich erinnernd, daß diese Gattung in Bulgarien noch nicht gezüchtet wurde, »die Punks sind eine Gruppe unterbelichteter Jugendlicher, die versuchen originell zu sein und die Leute zu schockieren. Über ihre nähere Weltanschauung bin ich nicht informiert, aber im allgemeinen sollen sie harmlos sein.«

»Sie sind sicher nicht normal.«

Ludmila starrte dem Jungen nach, bis er verschwunden war, dann sah sie mich an und brach in Lachen aus: »In Bulgarien würde man ihn sofort einsperren.«

»Was ist?« fragte Bob, sich nach uns umdrehend.

»Ludmila hat einen Punk gesehen und meint, in Bulgarien würde man ihn sofort einsperren.«

Er wartete, bis wir bei ihm waren, dann sagte er: »In Bulgarien würde man mich auch sofort einsperren.«

»Was hat er gesagt?« fragte Ludmila.

»Er redet Quatsch, das tut er manchmal.«

Ludmila warf mir einen schnellen, wachsamen Blick zu: »Ist er ein richtiger Amerikaner?« wollte sie wissen.

»Tschechischer Abstammung.«

»Ja, er hat etwas Slawisches in den Augen«, nickte Ludmila und schien sich heimischer zu fühlen.

Vor dem Bahnhof herrschte immer noch großer Verkehr, und ich nahm Ludmila am Arm, als wir den Platz überquerten.

»So, hier ist mein Auto.«

Ich sperrte den Kofferraum auf, und Bob verstaute das Gepäck.

»Was ist das für ein Auto?« fragte Ludmila.

»Ein Polo«, sagte ich, »ein Volkswagen.«

»Nein, die Volkswagen haben einen runden Rükken.«

»Nicht mehr.«

»Mein Sohn hat jetzt auch ein Auto ... kann nichts, tut nichts, aber ein Auto mußte ihm sein Vater kaufen!«

Ich hielt das gefährliche Thema über ihren Sohn für verfrüht.

»Du erzählst mir alles morgen, wenn du ausgeschlafen bist.«

»Ja, du hast recht.«

Sie machte Anstalten, ins Auto zu steigen und sich auf den Rücksitz zu setzen.

»Laß Bob nach hinten«, sagte ich, »du sitzt neben mir.«

»Er kann nicht dahinten sitzen, er hat viel zu lange Beine.«

»Lange Beine, kleiner Kopf«, sagte Bob, hielt Ludmila zurück und stieg ein.

»Ich bin todmüde«, sagte Ludmila, als sie neben mir saß, »ich habe zwei Nächte nicht geschlafen ... ich kann nicht mehr.«

»Heute nacht wirst du schlafen wie ein Murmeltier.«

Bob schob den Kopf zwischen uns und deklamierte in seinem drolligen Deutsch: »So schlafe nun, du Kleine!/Was weinest du?/Sanft im Mondenscheine/ Und süß die Ruh ...«

Ich sah zu Ludmila hinüber. Sie lachte nicht. Sie war plötzlich am Erlöschen wie eine Kerze, deren Docht im eigenen Wachs ertrinkt. Bei ihr gab es keine Zwischenstadien. Entweder sie barst vor Vitalität oder sie erstarrte in Apathie.

»In zwanzig Minuten sind wir zu Hause«, versuchte ich sie aufzumuntern, »und in einer halben Stunde bist du in einem schönen, breiten Bett.«

Ich beschloß, durch die Rue Saint Denis, eine der lebhaftesten Strich-Straßen von Paris, zu fahren. Es war der kürzeste Weg, und ich hoffte, an einem Sonntagabend um elf Uhr würde das Hauptgeschäft vorüber und die Straße frei sein. Doch als ich dort einbog, war ich sofort ein fest verhaktes Glied in einer kilometerlangen Autokette, die sich im Schrittempo und ohne die üblichen Zeichen gallischer Ungeduld vorwärtsschob. Keiner hupte, keiner schimpfte, keiner versuchte auf halsbrecherische Art und Weise aus der Schlange auszubrechen. Jeder war intensiv damit beschäftigt, die kaum bekleideten Mädchen in den Hauseingängen abzuschätzen und zu erwägen, ob es sich lohne, zu Fuß zurückzukehren. Es waren vorwiegend Männer, die in den Autos saßen und sich auf den Trottoirs stauten.

»Das hätte ich dir gleich sagen können«, bemerkte Bob, »an einem so schönen Abend herrscht immer Hochbetrieb.«

»Aber es ist doch schon nach elf, und morgen ist Montag. Ich verstehe wirklich nicht, was die alle hier treiben.«

Bob lachte schallend. Ich fluchte. Ludmila, die bis dahin teilnahmslos vor sich hinstarrte, begann um sich zu blicken: »Ja«, sagte sie, »das ist eine richtige Großstadt. So viel Verkehr habe ich noch nie gesehen.«

»Verkehr«, sagte ich, »ist das richtige Wort. Wir sind auf dem Strich.«

»Wo?«

Ich zeigte an ihr vorbei aus dem Fenster auf ein Mädchen in fleischfarbenem Trikot, schwarzen Stiefeln und schwarzem Hut. Ein kleines Männlein war ihr auf den Leib gerückt. Den Rücken der Straße zugewandt, den Mund fast an ihrem Ohr und die rechte Hand vielsagend in der Hosentasche, drückte seine Haltung sowohl Scham als Gier aus. Das Mädchen schaute mit unbeweglichem Gesicht über seine Schulter.

»Ach«, sagte Ludmila, »ist das eine Prostitutke?«

»Du hast es erraten.«

»Aber sie ist sehr interessant angezogen.« Sie ließ einen glucksenden Ton, den Anfang eines Lachens, hören: »Stiefel und Hut sind sehr sexisch.«

Ich fuhr einen Meter weiter.

»Da steht noch eine, glaube ich.«

»In fast jedem Hauseingang steht eine.«

»Ist das hier nicht verboten?«

»Wie du siehst, nein.«

»In Bulgarien verboten?« fragte Bob.

»Was denkt er! In Bulgarien stehen die Mädchen dreiviertel nackt auf der Straße? Vielleicht auf dem Roten Platz.« Jetzt brach sie in ihr tiefes, volles Lachen aus und drehte sich halb zu ihm um: »Mein Herr, wir sind ein gesundes, unverdorbenes Volk, und außerdem haben wir keine so schönen Stiefel, Hüte und Strumpfhosen. Hätten wir die, würde unsere ganze sozialistische Weltanschauung zusammenbrechen.«

»Was hat sie gesagt?«

»Bob, laß mich in Ruhe . . . dieser Idiot vor mir hängt zum Fenster raus anstatt weiterzufahren. Wenn er jetzt nicht . . . ah, na endlich!«

Ich fuhr zwei Meter weiter.

»Lieber Himmel!« rief Ludmila, »da steht eine Negerin, schau, Angelina, schau!«

»Ja und?«

»Gehen die weißen Männer hier mit Negerinnen ins Bett?« Sie sah mich mit angehaltenem Atem an.

»Eine schöne Negerin«, sagte Bob, »beautiful face.« Ludmila warf den Kopf zu ihm herum, dann zu mir zurück: »Ist das vielleicht sein besonderer Typ?« fragte sie leise.

»Bob, sie will wissen, ob das dein besonderer Typ ist.«

»Nein, aber der da, in der engen weißen Hose.«

»Was hat er gesagt?«

»Sie hat ihm zuviel Busen.«

»Beautiful ass«, sagte Bob zum Rückfenster hinaussehend.

»Ich steige gleich aus«, sagte ich, »ich halte das nervlich nicht mehr durch.«

»Ja«, stellte Ludmila fest, »Sodom und Gomorrha . . . sind das alles französische Männer auf der Straße?«

»Nein«, sagte Bob, »das sind Araber.«

»Alles Araber?«

»Nicht alle, aber viele«, sagte ich.

»Ja, bei uns auch. Die Araber sind Sex-Maniaken.«

»Aber in Bulgarien gibt nicht Sex«, warf Bob ein.

»Ach, gibt nicht Sex! Gibt es Männer und Frauen, gibt es Sex, gibt es Ausländer und Geld, gibt es Prostitutken. Bei uns gibt es genug, auch wenn sie nicht nackt vor der Tür stehen.«

»Bei der nächsten Querstraße biege ich ab«, erklärte ich, »egal wohin sie führt.«

»Verdienen sie viel?« erkundigte sich Ludmila.

»Das kommt wohl auf die Saison an und auf die Nachfrage und auf die Wünsche der Käufer.«

»Einmal, normal, wieviel kostet das?«

»Zwischen hundert und zweihundert, glaube ich.«

»Mehr«, sagte Bob, »mit der Inflation ist der Preis gestiegen.«

»Wieviel Lewa sind zweihundert Francs?«

»Ludmila, ich habe keine Ahnung ... was ist? Hast du vor, dir in der Rue Saint Denis dein Geld zu verdienen?«

»Ja, als bulgarische Spezialität. Ich werde endlich reich werden, und wenn man mich in Bulgarien fragt, woher ich das ganze Geld habe, werde ich sagen: im Westen liegt es auf der Straße.« Sie ließ sich an meine Schulter fallen und schluchzte vor Lachen.

»Na, müde scheinst du wenigstens nicht mehr zu sein.«

»Doch, schrecklich müde, noch müder als die Prostitutken, und die sehen alle aus, als wären sie schon halb tot.«

»Ich biege jetzt hier ab«, sagte ich.

»Das ist eine Einbahnstraße«, warnte Bob.

»Das ist mir ganz egal!«

»Schau mal die an der Ecke«, rief Ludmila, die sich wieder aufgerichtet hatte, »die mit den blonden Löckchen und dem rosa Federding um den Hals! Sieht die nicht aus wie Marika Rökk?«

»Marika Rökk! Glaubst du, ich erinnere mich noch, wie die ausgesehen hat?«

»Die Czardasfürstin ... wir haben den Film zusammen gesehen.«

»Dein Gedächtnis möchte ich haben!«

Ich bog in die Einbahnstraße ein, fuhr mit hoher Geschwindigkeit hindurch, landete in einem Gewirr schmaler Gassen und schließlich auf der Rue du Renard.

»Gott sei Dank«, rief ich aus, »das wäre geschafft! Wir kommen jetzt zur Seine, Ludmila schau, da ist das Rathaus.«

»Aha«, sagte sie, mit Augen und Gedanken ganz woanders, »und wie hieß die Straße mit den Prostitutken?«

»Rue Saint Denis.«

»Und der Junge auf dem Bahnhof, der mit den bunten Haaren?«

»Punk.«

»Ja, Angelina, das war ein interessanter Anfang, aber wenn es so weitergeht, werde ich Paris nur noch von unten sehen.« Sie schrumpfte auf ihrem Sitz zusammen und fiel wieder in ihre Apathie.

Am nächsten Morgen war ich um halb neun aus dem Bett und in der Küche, um das Frühstück vorzubereiten. Es war ein wolkenloser warmer Tag. Ich freute mich für Ludmila. Ich würde mit ihr eine Rundfahrt durch Paris machen, ihr ein bißchen von allem zeigen: den herrlichen Markt im Quartier Latin, ein paar der schönen alten Straßen in Saint Germain des Prés, von dort an Notre-Dame vorbei zur Seine, am Quai entlang über die Brücke Pont du Carrousel zum rechten Ufer, da einen Blick auf den Louvre, die Rue de Rivoli hinauf zur Place de la Concorde und weiter zu den Champs-Elysées bis zum Arc de Triomphe. Wir würden irgendwo vor einem Café in der Sonne sitzen und dann vielleicht noch ein paar Schaufenster ansehen oder einen kleinen Spaziergang durch die Tuilerien machen. Ludmila würde entzückt sein, begeistert, sprachlos. Paris, an einem schönen Tag Anfang September, mit einem Hauch von Herbst in Luft und Farben, war zweifellos die schönste Stadt Europas.

Ich setzte Wasser auf und begann den Tisch zu dekken. Ich würde Ludmila bis halb zehn schlafen lassen, höchstens bis zehn. Es war schade um jede Stunde, die sie versäumte.

Keine fünf Minuten nach mir erschien sie in der Küche. Sie war barfuß, trug einen alten, trostlosen Nylonmorgenrock und in den Armen meine schwarze Perserkatze, die sie mit zärtlicher Gewalt an ihre Brust preßte. Ihr violettes Haar stand nach allen Seiten ab, so als sei es aus Draht. Die Ringe um ihre Augen waren immer noch da.

»Guten Morgen«, sagte sie mit brüchiger Stimme, »deine Katze hat in meinem Bett geschlafen. Ich liebe sie.«

Die Katze stemmte die großen Pfoten gegen Ludmilas Brust und starrte mich, sofortige Hilfe heischend, an. Ich ignorierte ihren Blick.

»Bist du denn schon ausgeschlafen?« fragte ich Ludmila.

»Wie kann ich ausgeschlafen sein, wenn ich nicht geschlafen habe!«

»Du hast überhaupt nicht geschlafen?«

»Nein.«

Die Katze befreite sich mit einer schnellen, schlangenartigen Bewegung aus ihrem Griff, glitt zu Boden, brachte mit ein paar energischen Zungenstrichen Ordnung in ihr Fell, setzte sich vor ihren Teller und schrie mich an.

»Ahhh, na Mamma loschata kotka*«, sagte Ludmila, jede Silbe in die Länge ziehend, »jetzt tut sie vor

* Na Mamma loschata kotka – Mammas böse Katze

dir, als könne sie mich nicht ausstehen, aber in der Nacht hat sie neben mir gelegen und geschnurrt. Böse, untreue Katze! Komm sofort wieder zu deiner Mamma!«

Sie bückte sich und streckte die Arme nach der Katze aus.

»Laß sie, Ludmila, sie will frühstücken.«

»Ja, die Katzen sind wie die Menschen: schreckliche Egoisten!« Sie richtete sich auf und setzte sich an den Tisch, die Ellenbogen aufgestemmt, das Kinn in die Innenflächen ihrer Hände gestützt. Ich lehnte mich ihr gegenüber an den Küchenschrank, und wir sahen uns an, sie in meinem, ich in ihrem Gesicht forschend, so wie man am Himmel das Wetter zu erforschen sucht: wird es regnen, wird die Sonne scheinen, wird es stürmen?

»Ja«, sagte sie schließlich, »du bist enttäuscht.«

»Und du kurz vor dem Heulen.«

Ihre Augen schwammen wie auf Kommando in Tränen.

Was sollte ich tun? Sie in die Arme nehmen und warten, bis sie sich ausgeweint hatte, oder versuchen, den Ausbruch mit fester Entschlossenheit abzuwenden? Ich schaute zum Fenster. Hinter dem Schieferdach des gegenüberliegenden Hauses tauchte gerade die Sonne auf und schüttete Gold in das tiefe Blau des Himmels. Wie schön sah Paris in diesem Licht aus!

Abwenden, sagte ich mir.

»Ludmila ...« Ich stützte beide Hände auf den Tisch und beugte mich zu ihr hinüber: »Jetzt tu mal genau, was ich dir sage: denk nicht, frag nicht, sträub dich nicht, sondern verlaß dich ganz auf mich.«

Sie sah mich an, skeptisch, aber mit einer Spur von Hoffnung, dann verzog sich ihr Mund zu einem weinerlichen Lächeln: »Kannst du mir auch sagen, wie man das macht: nicht denken?«

Die Katze sprang mit einem entrüsteten Schrei auf den Tisch und da geradewegs auf einen Teller. Sie ersparte mir die schwierige Antwort.

»Wenn ich mich auf deine guten Ratschläge so verlassen kann wie die Katze auf ihr Frühstück, dann denke ich lieber wieder«, sagte Ludmila, »also gib ihr jetzt zu essen.«

Ich seufzte, nahm eine Schüssel mit Fisch aus dem Kühlschrank, tat ein paar Stücke auf den Katzenteller und stellte ihn auf den Boden. Die Katze blieb auf dem Tisch sitzen, sah kurz und mit gespielter Gleichgültigkeit ihren Teller an und dann lange und mit übertriebenem Interesse die Zuckerdose. Ludmila lachte.

»Die Katze ist wie du«, sagte ich, »weiß nicht, was sie will. Ja Fisch, nein Fisch, ja Paris, nein Paris . . . komm jetzt mal mit.«

»Wohin?«

»Du sollst nicht fragen.«

Ich nahm sie beim Arm und zog sie hinter mir her in ihr Zimmer, öffnete die Jalousien und holte zwei verschiedene Hautcremes und einen Kimono aus dem Bad.

»So«, sagte ich, »mit der Creme hier reinigst du deine Haut, mit der hier cremst du dich ein, dann ziehst du den Kimono an, steckst dir das Haar hoch und kommst frühstücken.«

Ich gab ihr die Sachen, ging zur Tür, drehte mich noch einmal um. Sie hielt gerade den Kimono hoch und betrachtete ihn: »Er ist schön«, sagte sie, »ich komme gleich.«

Eine Viertelstunde später erschien sie wieder in der Küche und warf sich in die unnatürliche Pose einer Stummfilmdiva. Das Haar klebte ihr am Kopf, das Gesicht glänzte, und unter dem zarten Kimono lugten ihre plumpen schwarzen Schuhe hervor. »Sehe ich jetzt aus wie eine feine Dame aus dem Westen?« fragte sie.

»Viel besser . . . wie eine Kirgisenfürstin.«

»Ja, Kleider machen Leute!« Sie strich den Kimono über dem Hinterteil glatt und setzte sich vorsichtig auf einen Stuhl. »Du kannst dir von meinen Sachen nehmen, was du willst«, sagte ich, »wir haben ja fast die gleiche Größe.«

»Ich habe einen Bauch, und du hast keinen.«

»Du hast eine tadellose Figur . . . willst du Tee oder Kaffee?«

»Nescafé, bitte.«

»Warum nicht richtigen Kaffee?«

»Weil ich den nicht kenne, gib mir Nescafé . . . Was ist das?«

»Croissants. Man ißt sie mit Konfitüre. Sie schmecken gut.«

Sie nahm eine Scheibe Brot.

»Warum nimmst du kein Croissant? Vielleicht auch weil du es nicht kennst?«

»Es steht zuviel auf dem Tisch, das macht mich nervös.«

»Du bist ein schwerer Fall, Ludmila.« Ich setzte mich ihr gegenüber.

»Ich bin eine Bulgarin in Paris.«

»Hör auf darauf herumzureiten, das macht mich nervös.« Sie warf mir einen kurzen, lauernden Blick zu, stellte fest, daß ich es ernst meinte, und wechselte das Thema: »Hat die Katze den Fisch gegessen?«

»Ja, natürlich, sie macht sich doch nur wichtig.«

»Und wo ist dein Mann?«

»Der schläft. Er ist gestern sehr spät nach Hause gekommen.«

»Genau wie in Bulgarien: die Herren schlafen, die Frauen arbeiten. Bis wann schläft er?«

»Ich fürchte, er wird gleich auftauchen.«

»Ist er nett?«

»Nett ist nicht das richtige Wort. Du wirst sehen. Sprichst du wirklich französisch?«

»Ja. Das tu' ich.«

»Er spricht auch etwas deutsch.«

»Wir werden uns verstehen.«

Sie griff nach einem Croissant, biß hinein, kaute, schluckte. Ich wartete auf einen Kommentar. Es kam keiner.

»Schmeckt es dir?«

»Ja.«

»Du kannst heute nachmittag schlafen.«

»Ich kann nicht schlafen. Mein Sohn hat dafür gesorgt.«

»Es gibt kaum Kinder, die nicht dafür sorgen, daß ihrer Mutter der Appetit oder Schlaf vergeht.«

»Der Appetit ist mir nicht vergangen, wie du siehst, aber der Schlaf und die Lebensfreude.«

Ich hörte im Klo das Wasser rauschen.

»Jetzt ist er aufgestanden«, sagte ich.

»Dein Mann?«

»Wer sonst?«

Jetzt rauschte es im Bad.

»Gleich ist er da«, sagte ich.

Ludmila legte das Croissant auf den Teller und starrte die Tür an.

»Du brauchst keine Angst zu haben«, sagte ich, »er hat sehr viel Wärme und Humor.«

»Ich habe keine Angst.«

Die Tür ging auf, und in ihrem Rahmen stand Serge, im Kimono, die Katze mit zärtlicher Gewalt an die Brust gepreßt. »Das arme Tier«, sagte ich, »es wird bald einen Nervenzusammenbruch kriegen. Bitte, laß sie los.«

Ludmila hatte zu lachen begonnen, sie krümmte sich zusammen und lag mit der Stirn auf dem Croissant.

»La Bulgare«, sagte Serge kopfschüttelnd, »oh la la la la, la Bulgare!«

»Entweder sie lacht oder sie weint«, erklärte ich, »sie hat eine slawische Seele.«

Ludmila hob den Kopf und verkündete: »Slawische Seelen sind die besten Seelen!« Dann stand sie rasch auf und ging mit ausgestreckter Hand auf Serge zu: »Monsieur«, sagte sie feierlich, »je suis désolée . . . Angelina, wie heißt ›Benehmen‹ auf französisch?«

»Ich verstehe, ich verstehe . . .«, sagte Serge auf deutsch, umarmte sie und küßte sie auf beide Wangen: »Sie sind total verrückt.«

»Ja«, sagte Ludmila mit einem triumphierenden Blick in meine Richtung, »er hat mich sofort durchschaut.«

Wir setzten uns. Die Sonne fiel jetzt voll auf den Tisch und erinnerte mich an mein Programm.

»Ißt du noch lange, Ludmila?« fragte ich, »oder können wir bald gehen?«

»Wohin?«

»Wohin? Sie ist in Paris, die Sonne strahlt, und sie fragt wohin? Wolltest du vielleicht in der Wohnung bleiben?«

»Was ist schlecht an der Wohnung?«

Serge, der am Morgen unfähig war, mehr als das Notwendigste zu sagen, sah sie nur verdutzt an, goß sich dann eine Tasse Tee ein und begann ein Joghurt zu essen.

»Ja, er ißt Joghurt wie ein Bulgare und trinkt Tee wie ein Engländer«, rief Ludmila, »was ist das für ein Franzose?«

»Ich bin Russe«, sagte Serge.

»Was ist er?«

»Russischer Abstammung«, sagte ich.

»Waas? Spricht er russisch?«

»So weit geht seine Abstammung nun wieder nicht.«

»Was ist das? Dein Freund ist tschechischer Abstammung, dein Mann ist russischer Abstammung, kennst du auch einen Mann, der nicht slawischer Abstammung ist?«

»Ich habe eben eine Vorliebe für Slawen.«

Ludmila legte ihre Hand auf Serges Arm: »Sie sind mir sehr sympathisch«, beteuerte sie.

»Sie mir auch«, sagte Serge.

Das Telefon klingelte. Serge, so als sei Feuer unter seinem Stuhl ausgebrochen, sprang auf, ließ den Löffel auf den Teller, die Serviette zu Boden fallen und stürzte aus der Küche.

»Was hat er?« fragte Ludmila beunruhigt.

»Das Telefon wirkt auf ihn wie ein starkes Aufputschmittel.«

»Bei meinem zweiten Mann war es genauso. Ich hätte vergewaltigt oder umgebracht werden können, hätte das Telefon geklingelt, er wäre zuerst dorthin gelaufen.«

»Ob Ost oder West, die Eigenarten der Männer bleiben sich überall gleich.«

Ich schaute auf die Uhr. Es war bereits halb elf, und von meiner festen Entschlossenheit blieb kaum noch ein Rest übrig.

»Ludmila«, bat ich, »du mußt mir jetzt sagen, was du am liebsten tun würdest.«

»Ich weiß nicht ... du wolltest doch alles beschließen.«

»Ich hatte eine Rundfahrt durch Paris vor, aber ich fürchte, das wird heute zu viel für dich.«

»Ja, vielleicht machen wir das morgen.«

»Gut, dann zeige ich dir jetzt nur ein bißchen unser Viertel, die Einkaufsstraße – du wirst verrückt, wenn du siehst, was es da alles gibt – und den berühmten Montparnasse und den Jardin du Luxembourg – der ist wunderschön und nicht weit. Möchtest du das?«

Sie nickte, aber nicht sehr überzeugt.

»Oder fällt dir was ein, was du lieber sehen würdest?«

»Die Metro.«

»Die Metro? Aha. Sehr gut. Die ist hier gleich um die Ecke. Wenn du Lust hast, fahren wir damit ein paar Stationen, vielleicht zum Jardin du Luxembourg.«

»Hast du die orangefarbene Fahrkarte?«

»Die was?«

»Es gibt da besondere Fahrkarten, hat man mir auf dem Reisebüro in Sofia gesagt. Sie kosten nicht so viel, und man kann überall damit hinfahren. So eine möchte ich haben.«

»Schön, wir werden uns danach erkundigen.« Ich stand auf: »Also, komm jetzt, machen wir uns fertig.«

Als wir endlich fertig waren und die Wohnung verließen, war es zwölf Uhr und sehr heiß. Ludmila hatte eines meiner leichten Sommerkleider mit den Worten »Ich habe alles«, zurückgewiesen und ihre eigenen Sachen angezogen: einen grünen zu langen Glockenrock, eine weiße zu enge Hemdbluse und die schwarzen Schuhe. Das einzige, was sie von mir angenommen hatte, war eine Sonnenbrille, die, viel zu groß und schwer, auf ihrer kleinen Nase thronte und die Hälfte ihres Gesichts verdeckte. In der Eingangshalle stand, in Jeans, Unterhemd und Hosenträgern, der feiste Concierge und kaute an einem Zahnstocher.

»Bonjour, Mesdames«, brüllte er, und der Blick seiner kleinen verschlagenen Augen taxierte Ludmila und reihte sie sogleich in die Kategorie meiner rang- und namenlosen Sonderlinge ein.

»Er hat ein Organ wie ein Bulgare«, bemerkte Ludmila leise, »wer ist denn das?«

»Das ist Monsieur Bouchon«, erklärte ich und blieb stehen: »Monsieur Bouchon, das ist meine Freundin, Frau Dr. Gontscharowa, eine berühmte Ärztin aus Bulgarien. Sie wohnt ein paar Tage bei uns.«

»Kein Witz! Aus Bulgarien kommt Madame? Und Ärztin ist sie?« Er zog die Stirn hoch, schob die Unterlippe vor und wiegte anerkennend den Kopf: »Von der würde ich mich gerne mal behandeln lassen.«

Jetzt wurde das kleine Fenster der Portiersloge geöffnet, und in seinem Rahmen tauchte Madame Bouchon auf: rote, steife Löckchen, ein fettgepolstertes Gesicht, eine große, klein geblümte Büste und dicke blaurosa Arme, die sie einem, egal ob Sommer oder Winter, ärmellos darbot. Gleichzeitig strömte ein würziger, provenzalischer Duft, eine Mischung aus Knoblauch, Thymian, Tomaten und Wein in die Halle. »Ludmila, das ist Madame Bouchon, die beste Köchin des Viertels«, stellte ich vor.

»Uh la la, Madame, Sie übertreiben!«

Madame Bouchon, deren Stimme eine verblüffende Ähnlichkeit mit der Sirene eines Polizeiwagens hatte, verschränkte die Arme auf dem Sims, neigte den Kopf kokett zur Seite, hob die Mundwinkel an und ließ ihren Blick hurtig von Ludmilas ungeputzten Schuhen bis hinauf zu den violetten, zu kurz geschnittenen Stirnfransen hüpfen.

»Sie ist eine Ärztin aus Bulgarien«, posaunte ihr Mann, »also wundere dich nicht, wenn ich morgen krank bin und mich von ihr untersuchen lassen muß.«

»Jean, alors . . . immer diese dreisten Späße!« Sie schüttelte in gezierter Entrüstung den Kopf: »Ein schrecklicher Mann!«

»Ho ho, ha ha, bist du darum dreißig Jahre bei mir geblieben?«

Ich sah Ludmila an. Sie hatte ein gequältes Lächeln um den Mund, und ich sagte: »Also dann auf Wiedersehen und guten Appetit.«

»Merci, Mesdames! Bonne journée!« brüllten sie im Chor.

»Ja«, sagte Ludmila, als wir auf der Straße waren, »das sind sehr ordinäre Leute.«

»Sie sind die personifizierte Vulgarität«, sagte ich, »außerdem nicht ungefährlich.«

»Was meinst du?«

»Viele Concierges sind Denunzianten und stecken mit der Polizei unter einer Decke.«

»Du lieber Himmel, gibt es das hier auch?«

Sie trat beinahe in einen großen Haufen Hundescheiße, und ich konnte sie gerade noch zur Seite ziehen.

»Gibt es hier viele?«

»Was? Scheißhaufen oder Denunzianten?«

»Nein, Concierges.«

»Unmengen! In jedem Haus sitzt einer.«

»Und was machen sie da?«

»Aufpassen. Unser Monsieur Bouchon zum Beispiel paßt auf, daß wir von keinem anderen bestohlen werden als von ihm selber.«

»Er stiehlt?«

»Wie ein Rabe und so geschickt, daß wir ihn nie fassen können. Außerdem ist er ein großer Bastler, und wenn etwas in der Wohnung kaputtgeht, bastelt er es für ein reichliches Trinkgeld so zusammen, daß es in spätestens einem Monat wieder auseinanderfällt.«

»Ich habe mir die Franzosen ganz anders vorgestellt.«

»Wie?«

»Nun, große Denker und Künstler und Revolutionäre – feine, kluge, kultivierte Menschen. Freiheit, Gleichheit, Brüderlichkeit . . . du weißt schon. Aber was ich jetzt alles hier gesehen habe – schon wieder Hundescheiße!« Sie machte einen übertriebenen Bogen um den Haufen herum.

»Na ja, Ludmila«, sagte ich, »du kannst jetzt nicht von einem Monsieur Bouchon, einer Rue Saint Denis und einem Punk gleich auf das gesamte französische Volk schließen. Aber eins steht fest: So wie man sie sich aus verklärter Ferne und aufgrund all des Schönen, was man von ihnen gelesen, gesehen und gehört hat, vorstellt, so sind die Franzosen nicht. Oder nicht mehr. Ich weiß es nicht. Auf jeden Fall bin ich auch reingefallen.«

Wir waren bei der Rue Daguerre, der Einkaufsstraße, angelangt, und ich sagte: »Aber paß auf, wenn du das jetzt siehst, wirst du den Franzosen alles wieder verzeihen. Da, schau mal!«

Der rechte Teil der Straße, etwa fünfhundert Meter, war für den Autoverkehr gesperrt, und ein Geschäft schloß sich ans andere an: Fleischerläden mit einer Fülle fachmännisch zerlegten Fleisches, große rote Stücke, kleinere weiße Stücke, an den Haken ganze Tiere, halbe Tiere, mächtige Keulen und Schultern und hinter den Ladentischen Schlächter, die ihr Messer wie Chirurgen führten und in ihren weißen, blutbespritzten Schürzen auch so aussahen; Obst- und Gemüsegeschäfte mit sorgfältig geschichteten, farblich aufeinander abgestimmten Pyramiden aller europäischen und tropischen Frucht-, Gemüse- und Salatsorten; Fischhandlungen mit einer verwirrenden Auswahl an grau, blau und rosa schillernden Fischen, an Austern und Krevetten, Muscheln und Krebsen, Hummern und Schnecken, Tintenfischen und Seespinnen; weithin duftende Bäckereien mit dreimal täglich frisch gebackenen Broten, die ihrer Form entsprechend »Faden« oder »Stab«, »Bastard« oder »Kronenbrot« getauft waren; Konditoreien mit bunten Kunstwerken an Kuchen und Torten, Petits fours und zartem Gebäck, Konfekt und kandierten Früchten; Käseläden mit ihrem maßlosen Überangebot an harten bis zerfließenden, schneeweißen bis orangefarbenen, wagenradgroßen bis nußkleinen, taufrischen bis verschimmelten, duftenden bis stinkenden Käsen, mit Butterbergen und Eiersortiment; Geflügel- und Wildgeschäfte mit nackten Hühnern, Tauben und Gänsen, speckumwickelten Wachteln und Rebhühnern, Fasanen und Enten in ihrem farbenprächtigen Federkleid und Hasen mit Pelzpfoten; Delikatessenläden mit Schinken und Pasteten jeder Art, mit Würsten und Speck, mit Räucherlachs und Möweneiern, mit Fisch-, Fleisch- und Gemüsesalaten in dicker gelber Mayonnaise und zum Mitnehmen fertigen Gerichten; Wein- und Alkoholhandlungen mit den köstlichsten Weinen und Champagnersorten der Welt, mit Aperitifs und Schnäpsen aus allen Ländern dieser Erde. Dazwischen Blumenläden, das Bezauberndste an Farben und Arrangements, Parfümerien, das Verführerischste an Düften und Kosmetikartikeln, ein paar Kleider- und Schuhgeschäfte mit dem neuesten modischen Schnick-Schnack und zwei, drei Cafés, wo man sich nach getaner Arbeit, vor oder hinter dem

Ladentisch, mit einem kleinen Roten oder Weißen, einem Pastis oder Espresso stärken kann.

Ich schaute Ludmila erwartungsvoll an. Sie hatte die Sonnenbrille abgenommen und blickte mit starrem Gesicht die Straße hinab.

Sie ist sprachlos, sagte ich mir, schob meinen Arm unter den ihren und steuerte sie zwischen Verkäufern, die mit mediterranem Temperament ihre Waren anpriesen, Scharen angeregter, prüfender, auswählender Käufer und aufgeregter, sich gegenseitig ankläffender Hunde hindurch. Sie ging stumm, mit ihrem festen, strengen Schritt und geradem Rücken neben mir, ihr Kopf saß unbeweglich auf dem steifen Hals, die Augen waren wie bei einer Blinden blicklos ins Leere gerichtet.

Einer ihrer abrupten depressiven Anfälle, sagte ich mir, wahrscheinlich denkt sie an ihren Sohn, an irgendein zurückliegendes oder auf sie zukommendes Unheil. Man muß sie da herausreißen.

»Schau diesen Berg von Pfirsichen, Ludmila! Sehen sie nicht aus wie gemalt . . . und da, die Himbeeren, schau, wie groß sie sind . . . kennst du Himbeeren?«

»Nein.«

Sie warf, ohne den Kopf zu wenden, einen raschen, verstohlenen Blick auf die Himbeeren, dann starrte sie wieder geradeaus.

»Warte, ich kaufe welche, und wir essen sie jetzt gleich.«

Ich versuchte stehenzubleiben, aber sie klemmte meinen Arm fester unter den ihren und zog mich weiter. »Laß.«

»Was willst du dann haben?«

»Nichts. Ich bin satt. Ich brauche nichts.«

»Das ist doch keine Frage von satt sein. Man ißt doch Himbeeren oder so was nicht, weil man hungrig ist.«

»Warum ißt man es dann?«

»Um sich ein Vergnügen zu machen.«

»Ja, du lebst in einer anderen Welt als ich.«

»Was hast du, Ludmila? Bist du sehr müde?«

»Nein, es geht.«

Was hat sie bloß? fragte ich mich und beobachtete heimlich ihr Gesicht. Es war hart und abweisend: die Lippen waren zu einem schmalen Strich zusammengezogen, die Brauen trafen sich in einer kurzen, tiefen Furche, die Augen – das sah ich erst jetzt – glitten in hastigen Blicken über die Stände mit Lebensmitteln, die Ständer mit Kleidungsstücken, die Vasen voll herrlichster Blumen. Es waren die Blicke einer Fliehenden, die, von ihren Verfolgern umzingelt, nach einem Versteck ausspäht – Blicke, furchtsam, haßerfüllt und fasziniert zugleich, schwankend zwischen dem Bestreben zu entkommen und dem Wunsch sich zu ergeben. Und plötzlich begriff ich und fragte mich mit Entsetzen, wie ich so instinktlos, so unsensibel hatte sein können – ich, die ich noch heute manchmal beim Anblick dieses Überflusses physische Übelkeit empfand, die ich Bulgarien kannte, den Kampf um eine Orange, das Schlangestehen nach einem Stück Fleisch, die Sehnsucht nach einer Rippe Schokolade. Plötzlich schämte ich mich dieser grauenerregenden Verschwendung, dieses in der Sonne schwitzenden, stinkenden, sich zersetzenden, bluttropfenden Luxus, der gekauft, gefressen, verdaut, wieder ausgestoßen oder einfach weggeworfen wird; schämte mich dieser Menschen, die mit gedankenloser Selbstverständlichkeit ihre Taschen und Bäuche füllten, sich über eine Sehne im Fleisch beklagten, über eine braune Stelle an einer Banane beschwerten, über nicht genug – oder überreifen Camembert schimpften. Schämte mich der fetten Tauben und Hunde, der verzogenen, selbstgefälligen Kinder, der witzereißenden Verkäufer, der goldenen Schuhe und albern bedruckten T-Shirts, der glotzenden toten Fische und der rubinroten Himbeeren, der strotzenden Farben, der satten Gerüche, des blauen Himmels ...

Wir waren in der Mitte der Straße angelangt. Zum einen Ende war es genauso weit wie zum anderen. Warum ich kehrtmachte, weiß ich nicht. Vielleicht weil in der Unterbrechung und dem Sich-Umkehren mehr Verachtung lag. Ludmila fragte nicht, sie folgte mir bereitwillig und ohne sichtbare Überraschung. Vermutlich hatte sie verstanden, daß ich verstanden hatte. Wir gingen schnell und ohne nach rechts oder links zu blicken bis zur Ecke, dort bog ich ab und verlangsamte meinen Schritt.

»Wollen wir zum Friedhof Montparnasse gehen?« fragte ich, »er ist gleich da vorne und schön ruhig und lustig.«

Ludmila nickte eifrig, dann fragte sie: »Warum ist er lustig?«

»Weil es so komische Grabmäler gibt. Auf einem Grab sitzt eine ganze Familie – aus Stein natürlich – und auf einem anderen liegen ein Mann und eine Frau im Sonntagsstaat auf einem Bett, er hat ein aufgeschlagenes Buch in der Hand und sie hat die Hände unter der Brust gefaltet und hört ihm zu. Oder vielleicht ist sie auch schon tot.«

Ludmilas Gesicht lockerte sich, ihre hohen Bakkenknochen schoben sich bis zu den Brauen hoch, ihre Lippen öffneten sich in einem tiefen, vollen Lachen: »Das möchte ich sehen!« rief sie.

Es war eine gute Idee gewesen, auf den Friedhof Montparnasse zu gehen. Ein paar alte Frauen waren da, viele schwarze Katzen, die sich auf den Grabsteinen putzten oder sonnten, Bäume mit dem ersten hellen Gelb in den noch vollen, Schatten bietenden Laubkronen, Bänke, auf denen man sich ausruhen konnte, ein Duft nach aufgeworfener Erde und welkenden Blumen. Angesichts dieser letzten Station menschlichen Daseins verblaßte der krasse Unterschied zwischen Ost und West, wurde die Einkaufsstraße zu einer lächerlichen Farce und Ludmilas Angst- und Fremdheitsgefühl schlug in die frohe Gewißheit um, daß wir, ob mit oder ohne Himbeeren, goldenen Schuhen und teuren Parfums, eine große, zum Tode verurteilte Gemeinschaft waren. Ich zeigte ihr meine Lieblingsgräber, die des 19. Jahrhunderts, mit ihren großen geflügelten Engeln und würdevollen Löwen, mit pausbäckigen Kindern in Hemdchen und verschleierten Witwen in trauernden Posen, mit militärisch strammen Herren in Galauniform und Büsten stattlicher Damen; die schlichten jüdischen Gräber, in deren glatten, polierten Marmorplatten der Davidsstern und hebräische Inschriften eingemeißelt waren; die eine oder andere der zahllosen kleinen Kapellen, durch deren bunte, zerbrochene Glasscheiben und Türen man das ewige, längst erloschene Licht, ein zerzaustes Sträußlein künstlicher Blumen und verwitterte Heiligenbilder sehen konnte; das bescheidene Grab Baudelaires, auf dem immer eine frische Blume lag, und das komische Sainte-Beuves, dessen grimmiger Kopf auf einer Art Rauchsäule schwebte. Ich las ihr die Inschriften vor, denen zufolge es nur über alles geliebte, ehrbare Väter und Gatten und ebenso geliebte, gütige Mütter und Gattinnen gab, und dann schauten wir nachdenklich in ein offenes Grab, das, anscheinend für eine ganze Familie bestimmt, sehr tief von allen Seiten zementiert und keineswegs einladend war.

»Ja«, sagte Ludmila, »wir sitzen alle im selben Boot. Die Menschen sollten öfter auf den Friedhof gehen, um sich das ins Gedächtnis zu rufen. Vielleicht würde es sie etwas mehr miteinander verbinden.«

»Ach Ludmila, unser ganzes Leben ist doch nur ein krampfhafter Versuch, den Tod zu vergessen, und da willst du auch noch, daß die Leute ihn sich ins Gedächtnis rufen!«

»Ich vergesse ihn nicht, den Tod, dafür sorgen schon meine Kranken.«

»Ist dir das Sterben und der Tod gar nicht mehr unheimlich?«

»Nein, natürlich nicht. Er ist mir weniger unheimlich als das Leben.«

»Aber es ist doch schrecklich, das Sterben – eine unästhetische Quälerei.«

»Und das Leben, ist das ein ästhetisches Vergnügen?« Sie lachte: »Du, ich habe Situationen mit Lebenden erlebt, gegen die die Stunden bei Sterbenden eine Erholung waren. Das Sterben ist genauso natürlich wie die Geburt, nur die Lebenden mit ihrer panischen Angst vor dem eigenen Tod machen etwas Furchtbares daraus. Ich habe vielen Sterbenden die Hand gehalten, ich habe sie nicht leiden lassen, und glaube mir, sie sind ruhiger von dieser Welt gegangen, als sie hineingekommen sind.«

Ich sah sie an. Ich fand es immer wieder erstaunlich, daß Ludmila Ärztin war. Für mich war sie die Kindheits- und Jugendfreundin, deren entscheidende Entwicklungsjahre ich nicht miterlebt hatte. Daß sie Menschen behandelte und heilte, daß sie neben ihnen saß, wenn sie starben, den Tod feststellte und das Leinentuch über sie schlug, war unvereinbar sowohl mit dem Bild des jungen Mädchens, das ich mir über die Jahre der Trennung hinweg von ihr bewahrt hatte, als auch mit dem der Frau, die ich zweieinhalb Jahrzehnte später wiedergefunden hatte.

»Was ist?« fragte sie, »warum starrst du mich so an?«

»Ich kann mir dich nie so richtig als Ärztin vorstellen.«

»Weil du mich nie als Ärztin, sondern immer nur als Verrückte kennst, aber in dem Moment, in dem ich Ärztin bin, bin ich nicht verrückt. Ich liebe meinen Beruf und ich bin eine ernste, gewissenhafte und geschätzte Ärztin.«

»Ich weiß . . .«

»Woher weißt du das? Nichts weißt du! Diese Seite von mir kennst du ja nicht. Du kennst nur meine unernste, gewissenlose Seite.«

»Was soll das, Ludmila?«

»Ach, was soll das? Wir sind doch Freundinnen, nicht wahr? Wir brauchen uns doch nichts vorzumachen. Hältst du mich vielleicht für eine seriöse Frau und Mutter? Viermal war ich verheiratet, das letzte Mal mit einem zehn Jahre jüngeren Mann, und mein Beruf war mir wichtiger als mein Kind. Ich habe nicht ihn, sondern meinen Sohn aufgegeben.«

»Was hättest du tun können? Dein Mann hat das Kind ja praktisch entführt. Er ist mit ihm nach Griechenland verschwunden, und dich hat man nicht aus Bulgarien rausgelassen.«

»Man hat mich rausgelassen – sieben Jahre später.«

»Ich weiß ... sieben Jahre später, ein bißchen spät.«

»Ja, zu spät. Ich habe meinen Mann nicht mehr geliebt und meinen Sohn zu wenig und meinen Beruf zu sehr. Was hätte ich in Griechenland tun sollen, in einem gottverdammten Nest in Griechenland! Hausfrau spielen? Zu Hause sitzen und auf meinen Herrn und Gebieter warten? In einem fremden Land, ohne meine Sprache, meine Mutter, meine Freunde! Ich bin Bulgarin, ich brauche meine Heimat! Verstehst du mich?«

Schweiß bedeckte ihre Stirn und Oberlippe. Ich suchte ihre Augen hinter den dunklen Gläsern der Sonnenbrille, sah aber nur ein Kreuz, das sich darin spiegelte.

»Komm«, sagte ich, »setzen wir uns da in den Schatten.«

Sie folgte mir zu einer Bank, blieb jedoch, während ich mich setzte, davor stehen und stieß mit der Fußspitze nach einem kleinen Stein.

»Wenn ich daran denke, daß man gezwungen wird, zwischen seinem Kind und seinem Land zu wählen«, sagte ich, »möchte ich kotzen.«

»Verstehst du meine Wahl?«

»Ja und nein.«

»Was ist das für eine Antwort?«

»Wärest du nicht nach Bulgarien zurückgefahren, hättest du doch von Griechenland aus irgendwohin gehen können, wo es dir besser gefallen hätte. Mit oder ohne Mann und Kind. Auf jeden Fall hättest du dann deinen Sohn viel öfter sehen und bei dir haben können.«

»Ja, du verstehst überhaupt nichts! Mit oder ohne Mann und Kind wäre ich unglücklich geworden. Ich war nicht mehr jung genug, ich hätte nicht mehr in meinem Beruf arbeiten können, ich hätte keine Wurzeln gehabt. Ihr im Westen glaubt, der Westen sei so kolossal, daß man gar nichts anderes mehr braucht, daß man glücklich sein müßte, nur weil man da leben darf.«

»Das glaube ich ganz und gar nicht. Das glauben die, die ihn nicht kennen, und von denen hast du diese Weisheit, nicht von mir.«

Sie ließ den Kopf hängen und sah mich von unten herauf an. Die Sonnenbrille rutschte ihr bis auf die Spitze ihrer kurzen Nase. Sie schob sie ungeduldig wieder hoch und ließ sich neben mir auf die Bank fallen.

»Mein Mann hat das geglaubt«, sagte sie, »dieser dumme, bulgarische Holzkopf hat nie begriffen und nie verziehen, daß ich ihm nicht die Hände geküßt habe, als er sagte: Bleib bei mir und deinem Sohn im Westen. Im Westen! In einer kleinen griechischen Provinzstadt, wo ihn seine Schwester, die Hyäne, hingelockt hat. Da hätte er doch gleich in Bulgarien bleiben können. Der einzige Unterschied war der, daß es in Trikala Orangen gab und Bluejeans, und daß die Menschen an nichts anderes dachten als an Geld und sich hinten und vorne betrogen und untereinander bestahlen. Slavko, mein Mann, tat immer kräftig mit. Er war da der große Mann, Architekt, ha! Hat den Leuten neue Klosetts in die Häuser gebaut und ›Villen‹, in denen es durchs Dach regnet. Aber unter den Blinden ist der Einäugige König, und er hat sich auch eine Villa gebaut und ein Auto gekauft und seiner Schwester eine Wohnung, und Viktor wurde aufgezogen wie der Kronprätendent persönlich. Und ich, anstatt ihm die Hände zu küssen, habe meinen Koffer gepackt und bin nach Bulgarien zurück.«

Ich zündete mir eine Zigarette an, und Ludmila, die kaum rauchte, nahm mir das Päckchen aus der Hand und steckte sich eine Zigarette verkehrt herum zwischen die Lippen.

»Andersrum«, sagte ich.

»Was andersrum?«

»Die Zigarette. Das Mundstück gehört in den Mund.«

»Das weiß ich.«

Sie drehte die Zigarette um, und ich gab ihr Feuer.

»Schön, Ludmila«, sagte ich, »ich verstehe dich, ich verstehe dich wirklich, aber dann darfst du deine Wahl nicht bereuen.«

»Ich habe meinen Sohn verloren. Er hat es auch nicht verstanden, daß ich nach Bulgarien zurückgegangen bin, und was kann man von einem Jungen in der Pubertät auch schon verlangen. Aber ich dachte, eines Tages wird er mich verstehen, und er hätte mich auch verstanden, wenn ihn sein Vater und seine Tante nicht gegen mich aufgehetzt hätten, wenn sie ihm nicht eingehämmert hätten, ›deine Mutter hat dich verlassen, deine Mutter ist nach Bulgarien zurück, weil sie da ihre Liebhaber hat, und die sind ihr wichtiger als du‹.«

»Es gibt sehr viele Männer und Frauen, die sich auf diese Weise rächen.«

»Ja, nur daß ich in Bulgarien saß und mich nicht dagegen wehren konnte. Sie konnten ihm alles erzählen, und ich nichts. Als ich Viktor das zweitemal sah, war er siebzehn und hat mich behandelt wie eine Prostitutke, hat geschrien, ich solle schnellstens wieder dahin zurückgehen, wo ich hergekommen bin. Ich wollte eine Woche bleiben und bin am selben Tag gegangen, ohne eine Szene, ohne eine Träne, aber innerlich bin ich zerbrochen.«

»Und als du ihn jetzt gesehen hast, wie war es da?«

»Jetzt«, sagte sie, »ist er ein junger Mann, ein schöner junger Mann. Hat eine eigene Wohnung und ein eigenes Auto und wahrscheinlich auch eine eigene Freundin. Hat bei seinem Vater Architektur studiert, sagt er, und baut Hühnerställe oder so was. Als ich plötzlich vor ihm stand, ist er weiß geworden wie meine Bluse und hat gesagt: ›Um Gottes willen, gut, daß mein Vater verreist ist.‹ Sein Vater hat ihm nämlich verboten, mich zu sehen, falls ich doch noch mal auftauchen sollte. Ich habe gesagt: ›Viktor, ich bin deine Mutter, das kann dein Vater nicht auslöschen und du auch nicht . . .‹«

Sie nahm die Brille ab, putzte sie an ihrem Rock, wischte sich die Tränen von den Wangen.

»Wir haben lange miteinander gesprochen, das heißt, ich habe gesprochen, aber er hat wenigstens zugehört. Ich habe ihm alles erklärt, ob er's kapiert hat, weiß ich nicht. Zum Schluß hat er mich umarmt, ganz kurz, aber er hat mich umarmt und versprochen, mir zu schreiben.«

»Du hast ihn nicht noch mal gesehen?«

»Nein, er hatte Angst wegen seiner Tante, sie kommt, wann sie will, und die Stadt ist so klein, daß man nirgends sicher ist.«

Wir schwiegen beide. Eine schlanke, schwarze Katze mit einer einzigen weißen Pfote sprang ein paar Meter von uns entfernt auf einen Grabstein und fixierte uns, zur Flucht geduckt, mit weit geöffneten, hellgrünen Augen.

»Glaubst du«, fragte Ludmila, »daß er zu mir zurückfinden wird?«

»Ich weiß es nicht, er scheint trotz seiner dreiundzwanzig Jahre noch sehr unreif zu sein.«

»Ja, er ist infantil, das verdankt er seinem Vater und seiner Tante, die ihn immer noch wie einen Zwölfjährigen behandeln. Er hat auch nichts Richtiges gelernt, außer Englisch.«

»Und in welcher Sprache habt ihr gesprochen?«

»Er spricht gut bulgarisch. Das und seine Arroganz sind das einzige, was er von seinem Land mitbekommen hat. Sonst ist er Grieche. Ich habe einen griechischen Sohn, der von seinem Land und seiner Mutter nichts wissen will.«

»Weißt du, Ludmila, die meisten Söhne, wenn sie sich erwachsen fühlen, wollen von ihrer Mutter nichts mehr wissen. Sie brauchen sie nicht mehr.«

»Aber ich brauche meinen Sohn.«

»Das ist ein sehr schlechtes Zeichen. Wenn Frauen wie wir anfangen unsere Kinder zu brauchen, dann werden wir alt.« Die Katze hatte sich an unseren Anblick gewöhnt und begann sich das Gesicht zu waschen. Sie tat es mit der weißen Pfote. Ich lachte.

»Worüber lachst du?«

»Über die Katze. Es sieht aus, als benutze sie einen Waschlappen.«

Ludmila schaute die Katze an und lachte auch. Dann fragte sie: »Glaubst du, ich bin alt geworden?«

»Nein, Ludmila, noch nicht. Erst wenn du anfängst, dir Enkelkinder zu wünschen, wird es gefährlich.«

»Ich wünsche mir keine Enkelkinder.«

»Na also.«

»Aber Männer wünsche ich mir auch nur noch in kleinen Dosen. Die meisten machen mich nervös oder langweilen mich. Ich habe jetzt einen Geliebten, wenn der ginge, würde ich ihm keine Träne nachweinen.«

»Vielleicht liegt das mehr an ihm.«

»Ja, er ist ein Dummkopf, ein Schauspieler. Alle Schauspieler sind Dummköpfe, leere Hüllen, die sie mit der Person füllen, die sie gerade spielen. Mal liege ich mit Othello im Bett und mal mit dem braven Soldaten Schwejk.«

Sie krümmte sich lachend zusammen.

»Das ist doch sehr interessant«, sagte ich.

»Solange er eine Rolle hat, aber wenn er keine Rolle hat, liege ich mit einem Kretin im Bett.«

Sie fiel vor Lachen beinahe von der Bank.

Ein altes Weiblein mit einer Gießkanne tauchte in unserer Nähe auf, warf einen strafenden Blick zu Ludmila hinüber und machte sich dann an einem Grab zu schaffen.

»Da schau hin«, sagte ich, »das ist unsere Zukunft. Unsere Söhne wollen von uns nichts wissen, unsere Männer und Freunde sind alle schon unter der Erde, und einmal in der Woche machen wir uns einen schönen Tag, trippeln auf den Friedhof und begießen ihre Gräber . . . so wir uns überhaupt noch an ihre Namen erinnern.«

»Nein«, sagte Ludmila und legte den Arm um meine Schultern, »so wird das nicht sein. Du kommst zu mir nach Bulgarien, und wir leben zusammen, und dann sterben wir zusammen. Ich halte deine Hand, du hältst meine Hand und du wirst sehen, so schlimm ist das gar nicht.«

Gegen Abend rief Serge an und fragte, ob Ludmila und ich einen schönen Tag verbracht hätten und ob genug zu essen da sei, weil er Anton Tushinsky mitbringen würde.

Ich sagte, wir hätten einen sehr schönen Tag verbracht und Essen sei genug da, nur die Vorspeise fehle.

In dem Fall würde er zwei Dutzend Austern kaufen, erklärte er, ob Ludmila gerne Austern äße.

Da ich ihm darüber keine Auskunft geben konnte, sagte er, ich solle sie fragen. Ich ging zu Ludmila, die im Kimono auf ihrem Bett lag und ein Buch las.

»Ludmila«, sagte ich, »Serge möchte wissen, ob du gerne Austern ißt.«

»Was ist das?«

»Ein glibberiges Schalentier, das eine ekelhafte graue Farbe hat und das man roh ißt. Es lebt im Meer.«

»Ah, ich glaube, ich weiß, was du meinst. Es ist eine Delikatesse, nicht wahr?«

»Für manche ist es eine Delikatesse, für mich ist es ein Brechmittel . . . also, was soll ich ihm sagen?«

»Sag ihm, daß Austern meine Lieblingsspeise sind und daß ich sie mindestens einmal wöchentlich in Bulgarien esse.«

Ich richtete Serge Ludmilas Worte aus.

»Gibt es denn so viele Austern in Bulgarien?« fragte er erstaunt.

»Massenhaft.«

»Na, vielleicht soll ich dann etwas anderes mitbringen, etwas das sie nicht kennt.«

»Serge, ich bitte dich, sei kein Idiot, sie hat noch nie eine Auster gegessen.«

Ich ging zu Ludmila zurück: »Du kannst den Leuten die verrücktesten Märchen über Bulgarien erzählen«, sagte ich, »sie glauben alles. Kein Mensch kennt dieses Land.«

»Außer denen, die es okkupieren . . . Bringt er jetzt Austern mit?«

»Ja, und Anton Tushinsky.«

»Wer ist das?«

»Ein sehr sympathischer Geschichtsprofessor, wirklich besonders nett.«

»Wieso heißt der Mann Tushinsky?«

»Weil der Mann polnischer Abstammung ist.«

»Schon wieder ein Slawe? Du meine Güte!«

Sie ließ das Buch sinken: »Gibt es in eurem Freundeskreis auch einen Franzosen französischer Abstammung?«

»Ja, aber die meisten sind langweilig. Sie reden viel und kompliziert und sagen nichts.«

»Ich verstehe.«

»Ich muß jetzt kochen«, sagte ich und setzte mich zu ihr aufs Bett: »Was liest du da?«

»Die Frau der Zukunft.«

»Was ist das?«

Ich nahm ihr das Buch aus der Hand und betrachtete die Titelseite mit dem Photo einer alternden, milde lächelnden Frau, die aussah, als könne sie gut stricken und Sandwiches zubereiten.

»Ich habe das Buch in deiner Bibliothek gefunden«, sagte Ludmila, »also müßtest du es eigentlich kennen.«

»Keine Ahnung, aber es sieht schlimm aus.«

»Es ist sehr interessant! Jetzt lerne ich endlich die Probleme der westlichen Frauen kennen. Gib her und hör zu!« Sie las: »Erstes Kapitel: ›Pläne für den Herbst deines Lebens‹ . . .« Sie sah mich über das Buch hinweg an: »Herbst«, sagte sie, »Pläne! Ob Frühling, Sommer, Herbst oder Winter, das Plänemachen übernimmt bei uns der Staat. Zweites Kapitel: ›Wie wird man anmutig alt?‹ . . .« Sie schüttelte verächtlich den Kopf: »Bei uns hat man nicht mal die Zeit noch das Geld, anmutig jung zu sein. Drittes Kapitel: ›Wie läßt man sich NICHT kaputtmachen‹ . . . Ha, das ist gut! Ich könnte höchstens ein

Kapitel schreiben: ›Wie läßt man sich schnellstens kaputtmachen‹. Viertes Kapitel: ›Die denkende Frau‹ ... Lies das mal einem bulgarischen Mann vor und er schreit vor Lachen. Fünftes Kapitel: ›Wie macht man sich Freunde und wie beeinflußt man Menschen?‹ ... Im ersten Fall, indem man nicht in die Partei eintritt, und im zweiten Fall, indem man in die Partei eintritt. Sechstes Kapitel ...«

»Ludmila, genug! Ich muß kochen.«

»Warte, es wird noch schöner! Sechstes Kapitel: ›Möchtest du wirklich arbeiten?‹ ... Wohl dem, der sich diese Frage stellen kann. Siebentes Kapitel: ›Wie kommt man zu Geld?‹ ... Für diese Frage käme ich bei uns sofort in einen Volkserziehungskurs. Achtes Kapitel: ›Wie findet man einen Liebhaber?‹ Hast du so was schon gehört? Wie findet man einen Liebhaber!« Sie schlug sich mit der flachen Hand an die Stirn: »Müssen die Frauen hier eine Gebrauchsanweisung kriegen, wie sie zu einem Liebhaber kommen? Neuntes Kapitel: ›Bist du deprimiert?‹ ... Als ob das bei uns jemand interessieren würde! Zehntes Kapitel: ›Wo ein Wille ist, ist auch ein Weg!‹ ... Das könnte ich in Bulgarien als neue Parole vorschlagen. Elftes Kapitel: ›Leidest du unter der Menopause?‹ ... Wenn man unter nichts anderem leidet, leidet man eben darunter ...«

»Ich gehe jetzt«, sagte ich.

»Nein, warte mal, warte!« Sie griff nach meinem Arm und hielt mich fest: »Hier kommt was besonders Wichtiges: ›Wie verhält man sich mit jüngeren Ehemännern und Liebhabern?‹ Also wie? He, bleib hier und hör zu! ›Wenn du mit ihnen ins Bett oder in die

Badewanne steigst, mußt du beim Bücken die Bauchmuskeln anspannen, sonst hängt der Bauch nämlich, und wenn du mit ihnen schläfst, darfst du – bei hellem Licht jedenfalls – nie auf ihnen liegen, weil dein Gesicht, von unten gesehen, genauso hängt wie dein Bauch‹ . . .«

Ich sprang auf und rannte aus dem Zimmer in die Küche, sie lachend und schreiend hinter mir her: »Während du kochst, lese ich dir weiter vor, ja?«

»Kannst du nicht lieber die grünen Bohnen putzen?«

»Gut, aber danach lese ich dir vor . . . Sag, darf ich das Buch nach Bulgarien mitnehmen? Ich möchte den Frauen da beibringen, wie sie im Herbst ihres Lebens frisch, jung, schön, reich, zufrieden, gesund und glücklich werden.«

»Du kannst mit dem Buch machen, was du willst.«

»Lesen viele Frauen hier dieses Buch?«

»Ob dieses, weiß ich nicht, aber es gibt Tausende von solchen Büchern, und Millionen Frauen lesen sie.«

»Und tun das, was da drin steht . . . sie spannen die Bauchmuskeln an?«

»Sie spannen und spannen und dann kriegen sie vom Arzt Beruhigungstabletten, damit sie sich entspannen.«

»Ja, der Westen ist krank, glaube ich.«

Ich legte die Tüte mit haricots verts vor sie auf den Tisch.

»Das sind die grünen Bohnen?« rief sie, »die sind ja so klein wie Mäuseschwänze! Ißt man die, um satt zu werden, oder wie die Himbeeren zum Vergnügen?«

»Hier ißt man alles zum Vergnügen.«

»Was gibt es noch?«

»Kalbsmedaillons, Champignons, Salat, Käse, Erdbeeren und natürlich die Austern.«

»Wer soll das alles essen?«

»Im Zweifelsfalle Serge. Er ißt viel und gerne.«

Ich begann, den Rücken ihr zugewandt, mit den Vorbereitungen zum Kochen.

»Kochst du gerne?« fragte sie.

»Nein, aber ich füttere gerne. Ich will, daß es den Menschen bei mir schmeckt und sie viel essen. Wenn drei Personen kommen, koche ich für sechs.«

»Ich auch«, sagte Ludmila, »ja, wir haben viele Ähnlichkeiten und nicht nur in kleinen Dingen. Warum sind wir sonst Freundinnen geworden? Ich hätte mir eine bulgarische Freundin nehmen können, nicht wahr? Eine mit demselben Hintergrund und nicht einen fremden Vogel wie dich, der aus einem ganz anderen Land kam und aus einem ganz anderen Milieu. Ja, Angelintsche, ein fremder Vogel warst du. Aber das Entscheidende ist eben nicht der Hintergrund, sondern die innere Verwandtschaft. Und die habe ich bei dir gespürt. Ich habe dich immer verstanden, auch wenn ich nichts von dir gewußt habe, nicht einmal, daß deine Mutter Jüdin war.«

»Es durfte niemand wissen«, sagte ich, ohne mich nach ihr umzudrehen.

»Ich weiß, heute weiß ich alles, damals wußte ich nichts. Und trotzdem warst du meine Schwester und der einzige Mensch, dem ich den ganzen Unsinn, den ich im Kopf hatte, anvertrauen konnte.«

Sie schwieg. Ich hörte das Rascheln von Papier und das tropfenähnliche Aufschlagen der Bohnen im Topf, dann einen Seufzer und wieder ihre tiefe, rauhe Stimme: »Weißt du, damals, nach dem Krieg, als du Bulgarien verlassen hast, da war ich krank vor Traurigkeit. Ich wußte ja, du gehst nicht nur in ein anderes Land, sondern in eine andere Welt – zurück in deine Welt. Das war . . . wie soll ich es erklären . . . das war wie ein wunderschöner Film, in dem einen die Hauptdarstellerin fasziniert und man ihr Leben eine Stunde lang miterlebt. Und dann ist der Film aus und man geht allein nach Hause, und das eigene Leben kommt einem plötzlich öde und leer vor, und man hat noch die Musik im Ohr und sieht immerzu die Schauspielerin in dieser anderen Welt, in der alles schön ist, sogar der Schmerz. So war das, als du weggegangen bist mit deinem amerikanischen Mann und deinen eleganten Kleidern und deinen roten Fingernägeln. Du warst sehr schön. Ich habe mir immer vorzustellen versucht, wie du nun wohl lebst und was du erlebst, und habe dich natürlich nur in romantischen Situationen und Umgebungen gesehen – großen Villen, weißt du, und Gärten mit Teichen und eleganten Restaurants mit Musik und in aufregenden fremden Ländern, umringt von aufregenden Männern, die alle wie Filmschauspieler aussahen. Ich war nicht neidisch auf dich, verstehst du, dazu war ich zu sehr ich selber und wollte nur ich selber sein, aber immer wenn ich an dich und deine Welt dachte, dann überkam mich so etwas wie Melancholie: es gab keine Verbindung mehr zwischen deinem Märchenleben und meiner Realität.«

Ich hatte mit wachsender Beklommenheit zugehört. So also war ich aus ihrem Leben verschwunden, eine Schwester, ein fremder Vogel, der über die Jahre hinweg zu einem Symbol des goldenen Westens geworden war, einer Welt, die für sie nichts mit der Wirklichkeit zu tun hatte, sondern nur mit einem Film, einem Traum, einem Märchen vergleichbar gewesen war. Und ich, ich war gegangen, so wie man geht, wenn man neunzehn ist und verliebt und selig, einem Land zu entkommen, über das sich der Eiserne Vorhang senkt: ohne einen Blick zurück, ohne einen Schmerz des Verlustes, ohne das Gefühl, etwas mir Verwandtes zurückzulassen. Jetzt erst drehte ich mich zu Ludmila um. Sie saß da, eine Bohne zwischen Daumen und Zeigefinger, einen verträumten, wehmütigen Zug im Gesicht.

»Das wußte ich alles nicht«, sagte ich.

»Wie hättest du das auch wissen sollen. Diejenigen, die gehen, denken in die Zukunft, diejenigen, die bleiben, in die Vergangenheit. Und ich hatte auch viel Zeit, darüber nachzudenken. Du gingst in den Westen, ich in ein Volkserholungsheim für Lungentuberkulose. Da habe ich eineinhalb Jahre gelegen.«

»Warum hast du mir das nie erzählt?«

»Warum hätte ich dir von einer Zeit erzählen sollen, in der du mich, in der du ganz Bulgarien vergessen hattest?«

»Ich habe dich und Bulgarien nie vergessen, es war nur verschüttet.«

Sie lächelte: »Du brauchst kein schlechtes Gewissen zu haben. Auch du warst dann jahrelang in mir verschüttet. Aber ich habe trotzdem gewußt, hier in meinem Zwischenhirn, daß es nicht für immer sein würde. Ich wußte, daß du zurückkehrst, eines Tages, wenn dir klar wird, daß Bulgarien dein Mutterland ist, denn da bist du doch vom Kind zum Mädchen und vom Mädchen zur Frau geworden, da hast du zum erstenmal deine Periode bekommen, da hast du dich zum erstenmal verliebt, da bist du entjungfert worden und da hast du zum erstenmal geheiratet. Gibt es größere Erlebnisse für eine Frau als diese? Vergißt man das Land, auf dessen Boden, unter dessen Himmel das stattgefunden hat? Und kehrt man nicht mit jedem Jahr, das man älter wird und an Erlebniskraft verliert, zu den starken Erlebnissen seiner Kindheit und Jugend zurück?«

Ich nickte.

»Ja, du bist eine von uns, mein Kind, du hast unsere Trauben und Tomaten gegessen, als es sie noch in Mengen gab, und unsere weißen Bohnen, als es nichts mehr gab, du hast unsere Sprache gesprochen und mit mehr Begeisterung als wir selber unsere Lieder gesungen und unsere Volkstänze getanzt, deine erste Freundin war eine Bulgarin und ein Bulgare der erste Mann, der dich geküßt hat und in den du dich verliebt hast.«

»Ja«, sagte ich und mit der Erinnerung kamen die Tränen, »und ein bulgarisches Dorf ohne Wasser und Elektrizität, mit Häusern aus festgestampftem Lehm und Bauern, die weder lesen noch schreiben konnten, war der Ort, an dem ich mich zum erstenmal glücklich und frei gefühlt habe.«

Wir waren gerade dabei, einen Kognak auf meine bulgarische Wiedergeburt zu trinken, als Serge mit einer riesigen Platte Austern und Anton Tushinsky mit einem Blumenstrauß die Wohnung betraten und Unruhe stifteten. Die Austern durften nicht in den zu kalten Kühlschrank, sie durften aber auch nicht in der zu warmen Küche bleiben, und es waren nicht zwei Dutzend, sondern drei. Die Blumen mußten in eine Vase getan, Hände geschüttelt, Küsse getauscht und die Katze vom gedeckten Tisch entfernt werden. Serge, wie immer, bevor er den ersten Schluck getrunken hatte, war nervös, und Anton Tushinsky von der ausbrechenden Panik beunruhigt.

»Bitte geht aus der Küche«, sagte ich, »alles ist unter Kontrolle. Die Austern, Serge, werfe ich in den Garten, wenn du sie nicht auf der Stelle irgendwo hintust, den Whisky bringe ich gleich ins Zimmer.«

Die beiden, mit einem letzten Blick auf die Katze, die wieder auf den Tisch gesprungen war und dort mit ihren Krallen die Oliven aus dem Schälchen pickte, gingen ins Wohnzimmer. »Ludmila«, sagte ich, »bitte nimm die Katze und geh mit. Anton hat dich intensiv ins Auge gefaßt. Du siehst auch sehr gut aus mit deinem grünen Pullover und deinen grünen Augen.«

»Er ist ein sehr feiner Mann, aber zu dünn für seine Größe und ungewöhnlich blaß. Ist er ganz gesund?«

»Er leidet unter entsetzlicher Migräne.«

»Ah! Woher kommt das? Hatte er mal eine Ge . . .«

»Weißt du was? Du gehst jetzt rein und untersuchst ihn.«

»Ja, mit dir kann man nicht reden!«

Sie klemmte sich die Katze unter den Arm, nahm ihren Kognak und verließ die Küche.

Als ich kurze Zeit darauf mit dem Whisky ins Zimmer kam, sahen mich alle drei an: Serge vorwurfsvoll, Anton Tushinsky belustigt, Ludmila betroffen: »Dein Mann ist böse auf uns«, sagte sie.

Ich stellte zwei Gläser, Eis und die Flasche Scotch auf den Tisch und schaute zu ihm hinüber: »Den Austern passiert nichts«, beruhigte ich ihn.

»Es geht hier gar nicht um die Austern«, sagte er, »es geht um den Kognak. Warum hast du ihr Kognak gegeben? Einen Kognak vor dem Essen!«

»Sie wollte einen Kognak.«

»Weil sie nicht weiß, daß Kognak vor dem Essen den Appetit verdirbt.«

»Mir hat Kognak noch nie den Appetit verdorben«, rief Ludmila, »jedenfalls nicht die zweimal, die ich ihn in meinem Leben getrunken habe. Ich liebe Kognak.«

»Da hörst du es. Sie liebt Kognak, also soll sie Kognak trinken.«

»Bulgarische Zustände«, sagte Serge zu dem breit lächelnden Anton Tushinsky und goß ihm und sich einen Whisky ein.

»Und Whisky verdirbt nicht den Appetit?« fragte Ludmila.

»Nein«, erklärte Serge, »er öffnet den Magen.«

»Ah, diese Franzosen! Sie haben ein ganzes Gesetzbuch für das Essen. Das eine öffnet den Magen, das andere schließt ihn, das ißt man mittags und das nur abends und das zum Vergnügen . . . Was würden die Franzosen in Bulgarien machen?«

»Eine Revolution«, sagte Serge.

»Na, dann kommt mal«, lachte Ludmila und trank ihren Kognak aus.

»Ich habe Ludmila heute die Einkaufsstraße gezeigt«, sagte ich, »es war eine Katastrophe. Sie hat den Anblick nicht ertragen.«

»Welchen Anblick?« fragte Serge.

»Den allgemeinen Anblick, es war zu viel für sie, nicht wahr, Ludmila?«

Sie bestätigte meine Worte mit einem ernsten Nikken.

»Sie werden sich daran gewöhnen«, sagte Anton Tushinsky.

»Besser ich gewöhne mich nicht daran«, erwiderte Ludmila.

»Wir sind dann auf den Friedhof Montparnasse gegangen«, sagte ich, »um uns zu erholen.«

»Auf den Friedhof?« fragte Serge verdutzt.

»Eine sehr normale Reaktion«, stellte Anton Tushinsky fest, »vom vollen Leben in den vollen Tod.«

»Ja«, sagte Ludmila, »den bin ich nämlich gewöhnt. Es war sehr schön auf dem Friedhof, und die Gräber sind sehr interesssant.«

»Und wo seid ihr danach hingegangen?« erkundigte sich Serge hoffnungsvoll.

»Nach Hause«, sagte ich, »wir waren ja zwei Stunden dort und dann müde.«

Serge und Anton sahen sich an und brachen in Lachen aus.

»Warum lachen sie jetzt?« wollte Ludmila wissen.

»Weil wir auf dem Friedhof waren, anstatt auf der Place Vendôme oder im Marais. Bei den Franzosen muß alles immer sehr schnell gehen: sie denken schnell, sie sprechen schnell, sie sehen schnell, sie sind schnell begeistert, sie vergessen schnell und sie wechseln schnell Stimmung und Meinung.«

»Und lieben und hassen tun sie auch schnell?«

»Das tun sie gar nicht.«

»Dann sind sie ein oberflächliches Volk«, sagte Ludmila mit nachdenklich gesenkten Brauen, »aber ein intelligentes.«

»Sie ist genial«, rief Serge immer noch lachend.

»Ich sehe, was du meinst«, nickte Ludmila, »er kennt mich nicht und sagt solche Dummheiten. Ja, er ist sehr schnell begeistert und wird sehr schnell die Meinung über mich ändern.«

»Niemals«, sagte Serge, »es sei denn, meine Austern schmecken dir nicht.«

Das nun war nicht der Fall. Ludmila aß mit ruhiger Bestimmtheit ein Dutzend Austern, zwei Kalbsmedaillons mit Gemüse und Salat, drei verschiedene Käse und einen großen Teller Erdbeeren. Dazu trank sie etliche Gläser Weiß- und Rotwein.

»Ich glaube, Sie werden sich doch sehr schnell an Paris gewöhnen«, sagte Anton Tushinsky, der ihr gegenüber saß und sie mit schief geneigtem Kopf und liebenswürdigem Interesse beobachtete.

»Monsieur«, erwiderte Ludmila, »es geht hier nicht ums Sich-Angewöhnen, sondern ums Sich-wieder-Abgewöhnen.«

Sie senkte leicht den Kopf und schenkte ihm einen ihrer berühmten Augenaufschläge. Der Geschichtsprofessor mit dem schmalen, überzüchteten Kopf eines Windhundes gefiel ihr.

»Das ist ein Mann mit Kultur«, hatte sie mir zugeflüstert, »und beim Lachen schnurrt er wie ein Kater.«

Anton Tushinsky, den ich immer nur migräneumwölkt, schmerzlich lächelnd und an Sodawasser nippend gekannt hatte, lachte an diesem Abend oft und herzhaft und ließ dem Whisky offenbar ein Glas Wein zu viel und bald darauf eine Tablette folgen.

»Zeigen Sie, bitte«, forderte ihn Ludmila auf, nahm ihm die Schachtel aus der Hand, studierte die chemische Zusammensetzung und schüttelte verächtlich den Kopf: »In Bulgarien gibt man so was schwangeren Frauen, wenn sie Kopfweh haben . . . ja, glupusti!«*

Sie nahm ihn in ein ärztliches Verhör, fragte ihn nach den Symptomen und eventuellen Ursachen seiner Migräne, nach Blutdruck, Nierenfunktion, Verdauung und Kreislauf und empfahl ihm eine Kur, die in Anton einige berechtigte Bedenken erweckte. Serge, der sich zurückgesetzt fühlte und sich darüber hinaus für eine viel ergiebigere Quelle diverser Krankheiten hielt, begann nun seine Leiden aufzuzählen, und Ludmila, mit einem Gesicht, in dem sich professioneller Ernst mit angeborener Skepsis mischte, hörte ihm zu.

»Serge«, seufzte sie schließlich, »Sie haben so viele Symptome wie ein Hund Flöhe, aber die sitzen alle in Ihrem Kopf. Sie leiden an der westlichen Krankheit, in anderen Worten, Ihnen fehlt gar nichts. Gehen Sie auf ein halbes Jahr nach Bulgarien, und Sie sind geheilt.«

* Glupusti – Dummheit

»Sie müßte eine Praxis in Paris aufmachen«, sagte Serge, »bei den Diagnosen und Therapien wäre Bulgarien bald Frankreichs größte Heilanstalt.«

»Ja, und dann würden sich die Bulgaren von den Franzosen anstecken«, lachte Ludmila, »und unser Land würde so dekadent werden wie Frankreich.«

Es war nach Mitternacht, als sich Anton Tushinsky von uns verabschiedete, mir für den schönen Abend dankte und Ludmila, indem er ihr die Hand küßte, erklärte, das, was dem Westen fehle, sei das slawische Element.

Bevor ich ins Schlafzimmer ging, schaute ich noch einmal bei ihr herein. Sie saß im Bett, zwei Kissen im Rücken, eine Brille auf der Nase und in der Hand ›Die Frau der Zukunft‹.

»Schlaf doch jetzt«, riet ich, »damit du morgen was vom Tag hast.«

»Laß mich«, sagte sie, »ich lese doch gerade, wie man das Beste aus einem Tag macht. Morgen wirst du ein Wunder erleben: es wird der perfekte Tag.«

Sie war bereits angezogen, als ich aufstand, und behauptete, wieder nicht geschlafen zu haben. In ihrem Gesicht war ein Zug krampfhafter Entschlossenheit, in ihrer Stimme ein barscher, aggressiver Ton.

»Hast du vor wegzugehen?« fragte ich.

»Ja, ich muß etwas kaufen. Sind die Apotheken schon auf?«

»In fünf Minuten. Hast du französisches Geld?«

»Was dachtest du? Ich komme hierher, um mich von dir aushalten zu lassen?«

»Ich dachte nur, du hättest vielleicht noch nicht gewechselt.«

»Ich habe mein Geld bereits in Bulgarien gewechselt, und ich habe genug, um hier leben zu können, sogar in einem Hotel, wenn ich dir zuviel werde.«

»Das freut mich aber.«

Sie zeigte auf ein Häuflein Papiere, das auf dem Tisch lag: »Ich habe hier auch eine Fahrkarte nach Le Havre.«

»Nach Le Havre? Was willst du denn in Le Havre?«

»Ich möchte Frankreich sehen, wozu bin ich denn schließlich hier?«

»Da hast du dir aber wirklich den reizvollsten Ort ausgesucht.«

»In Sofia, auf dem Reisebüro, hat man mir gesagt, es sei sehr schön dort und es gibt das Meer.«

»Den Ärmelkanal, das tristeste vom Tristen. Wenn man das Schwarze Meer hat ...«

»Du verstehst überhaupt nichts davon. Ich fahre nach Le Havre und dann nach Köln zu Tante Ratka.«

»Ein reichhaltiges Programm und ein verlockendes.«

»Ich kann nicht wie du nach Amerika fahren. Ich kann nur das tun, was man mir erlaubt. Und so hat man es für mich in Bulgarien arrangiert.«

»Und wenn du jetzt, zum Beispiel, nach Toulouse anstatt Le Havre fahren möchtest und nach Amsterdam anstatt nach Köln?«

»Ich habe ein Visum für Deutschland, also kann ich nicht nach Holland fahren, und ich habe eine bezahlte Fahrkarte nach Le Havre, also kann ich nicht nach Toulouse.«

»Das ist doch kompletter Wahnsinn! Du kannst innerhalb Europas nicht hinfahren, wo du willst?«

»Nein, natürlich nicht. Ich muß für jedes Land, in das ich fahre, ein bulgarisches Visum haben, und wenn ich nicht nach Le Havre fahre, verfällt meine Fahrkarte, für die ich fast fünfzig Lewa gezahlt habe.«

»Dann laß sie verfallen, verdammt noch mal, ich gebe dir das Geld in Francs zurück und lade dich in eine Stadt ein, von der du was hast.«

Sie sah mich an wie eine Raubkatze: die Augen schmal und wild, die Haut des Gesichtes straff zurückgezogen, so als lege sie die Ohren an: »Ich habe dir schon mal gesagt, daß ich mich von dir nicht aushalten lasse«, schrie sie, »ich habe ein Leben lang von meinem eigenen Geld gelebt, ich habe meinen Stolz, und der Westen wird diesen Stolz nicht brechen.«

»Geh zum Teufel, Ludmila.«

»Ich gehe zur Apotheke.«

»Weißt du, wo eine ist?«

»Ich werde eine finden.«

Sie verschwand, und ich blieb auf meinem Stuhl sitzen, schwankend zwischen Empörung und Nachsicht. Die Szene, sagte ich mir, war noch lange nicht beendet. In Ludmila kämpften schlaflose Nächte mit dem verbissenen Entschluß, nicht umzukippen, archaischer, balkanesischer Stolz mit Minderwertigkeitskomplexen dem Westen gegenüber, Faszination für diese Welt des Luxus mit Groll auf die Krümel, die daraus für sie abfielen, Hilflosigkeit mit Überheblichkeit. Es war unvorhersehbar, was die Oberhand gewinnen würde: ihre Erschöpfung oder ihr Starrsinn, ihr Gefühl, das sie bat: Gib auf und genieße, oder ihr Trotz, der sie mahnte: Bleib hart und zeig dem Westen die Zähne. Und ich, wo stand ich in diesem Durcheinander? Sah sie in mir noch die Freundin oder schon die Feindin, die Privilegierte, die sich all das leisten konnte, auf das sie verzichten mußte, oder die Verbündete, die dank ihrer Vergangenheit mehr zu ihr, der Benachteiligten, gehörte als zu denen, die ihr Leben in Sicherheit, Bequemlichkeit und Selbstgefälligkeit verbracht hatten.

Als sie zurückkam, saß ich immer noch auf dem Stuhl und neigte inzwischen mehr zu Empörung als zu Nachsicht. Was fiel ihr eigentlich ein, mich anzugreifen, ausgerechnet mich, die ich am eigenen Leibe erfahren hatte, was es heißt, machtlos zu sein und das Opfer politischen Wahnsinns! Wie wagte sie es, unsere persönliche Beziehung zu gefährden, nur weil ich zufälligerweise im Westen saß und sie im Ostblock? O nein, alles hatte seine Grenzen, und je schneller ich ihr das klarmachte, desto besser!

Sie kam noch zorngeladener zurück, als sie gegangen war: »Was bilden sich die Franzosen eigentlich ein«, bellte sie, »komme ich aus dem Dschungel oder aus einem afrikanischen Dorf oder woher?«

»Aus Bulgarien«, sagte ich.

»Ja, und das ist für sie dasselbe. Bulgarische Rezepte erkennen sie nicht an. Meinen Ärzteausweis erkennen sie nicht an. In Bulgarien gibt es keine Ärzte und keine Medikamente. Da gibt es noch Medizinmänner und schwarze Magie.«

»Ich nehme an, sie können keine kyrillische Schrift lesen.«

»Ich habe das Rezept in lateinischer Schrift ausgestellt falls du es nicht wissen solltest, ich schreibe auch eine Kulturschrift, und den Ärzteausweis habe ich ihnen übersetzt. Sehe ich aus wie jemand, der lügt und betrügt und falsche Ausweise herzeigt? Ja, wahrscheinlich sehe ich hier so aus.«

»Sie sind in Frankreich sehr streng mit Medikamenten, und ich weiß nicht, was du da haben wolltest.«

»Morphium natürlich und Haschisch.«

»Haschisch gibt's hier nicht in Apotheken, aber wenn du abends nach Belleville fährst . . .«

»Ach, hör auf, mir ist nicht nach Scherzen zumute! Ich wollte ein Medikament gegen Bauchschmerzen, weil ich die fetten Austern nicht verdauen kann, und eins gegen Kopfschmerzen, weil ich eure kostbaren Weine nicht vertrage, und eins gegen Rückenschmerzen, weil mir in deinem weichen Bett die Wirbelsäule kaputtgegangen ist.«

»Paris, die Hölle«, sagte ich, »alles fett, alles kostbar, alles weich! Der Satan ist dabei, dir deine starke, gesunde, bulgarische Seele zu rauben. Davon abgesehen, habe ich alle drei Medikamente, die du brauchst, und wenn ich damit nicht wieder deinen Stolz verletzen würde, würde ich sie dir anbieten. Ich, die ich an nichts anderes gewöhnt bin als an diesen dekadenten Luxus, habe nämlich auch manchmal, wenn ich mich überfresse, zu viel saufe und schlecht liege, Bauch-, Kopf- und Rückenschmerzen. Stell dir das vor!«

»Du bist nicht im fünften Stock in den Fahrstuhl gestiegen und im ersten mit gebrochenem Kreuz auf seinem Dach gelandet.«

»Wie bitte?«

»Ja!«

»Wann war denn das?«

»Vor zwanzig Jahren. Als du Rumba getanzt hast, habe ich eineinhalb Jahre von oben bis unten in Gips gesteckt.«

»Ich will dir mal was sagen, Ludmila: Ich kann nichts dafür, daß sich in eurem Scheißland die Türen eurer Scheißfahrstühle öffnen lassen, wenn der Fahrstuhl nicht da ist. Ich kann auch nichts dafür, daß du in einen leeren Schacht anstatt in einen Fahrstuhl steigst, drei Stock runterfällst und dir das Kreuz brichst. Und wenn ich zu dieser Zeit, verdammt noch mal, Rumba getanzt habe, dann war es mein gutes Recht, so wie es dein gutes Recht war, in einer Zeit, in der es mir und meiner Familie in jeder Beziehung dreckig ging, wie eine Made im Speck zu leben.«

Ich war so heftig aufgesprungen, daß der Stuhl polternd hinter mir umfiel.

Sie schwieg, senkte den Kopf und sah mich von unten herauf reumütig an: »Was regst du dich plötzlich so auf, Angelina?« fragte sie mit kleiner, zerkratzter Stimme, »habe ich gesagt, daß du etwas dafür kannst?«

»Spiel doch jetzt nicht das unschuldige kleine Mädchen, Ludmila. Seit wir uns hier in der Küche begegnet sind, hackst du auf mir rum und benutzt mich als Sündenbock. Mach, was du willst, aber laß mich bitte aus dem Spiel.«

Ich trat ans Fenster und sah in den kleinen, verspielten Garten hinab. Die Katze saß am Wasserbekken und belauerte den melancholischen Goldfisch, der einsam darin herumschwamm.

»Hast du die Katze in den Garten gelassen?« fragte ich.

»Ja, sie wollte ihren Morgenspaziergang machen.«

Ich hörte, wie Ludmila hinter mir den Stuhl aufhob, den Wasserkessel aufsetzte und den Geschirrschrank öffnete.

»Deborah«, rief ich zum Fenster hinaus, »mein schwarzer Rabe, mein kleiner Affenbär, freust du dich über den schönen, warmen Tag?«

Die Katze schaute mit ihren runden Bernsteinaugen zu mir herauf und öffnete das Schnäuzchen zu einem kleinen Begrüßungsschrei. Dann starrte sie wieder tiefsinnig in das Bassin, das sie seit etlichen Jahren vor das unlösbare Problem stellte: Wie fängt man einen Goldfisch, ohne naß zu werden?

»Sie hat wieder bei mir geschlafen«, sagte Ludmila, »das heißt, sie hat geschlafen, ich nicht.«

»Es gibt ja Schlaftabletten«, sagte ich ungerührt.

»Ich möchte mir die Schlaftabletten endlich einmal abgewöhnen.«

»Seit dreißig Jahren schluckst du Schlaftabletten, aber ausgerechnet in dieser einen Woche, die du in Paris bist, mußt du sie dir abgewöhnen. Bist du zu diesem Zweck hierher gekommen?«

»Ich bin nach Paris gekommen, um mit dir zusammen zu sein, und ich wollte nicht zehn Tage bleiben, sondern zwei Wochen. Aber du hast ja nur zehn Tage Zeit, du mußt ja am 12. September in Istanbul sein.«

Ihre Stimme hatte sich wieder gehoben, und Teller und Tassen klirrten beängstigend.

»Du bist einen Monat später nach Paris gekommen als abgemacht war, und ich hatte bereits im Juni meinem Sohn versprochen, ihn am 12. September in Istanbul zu treffen. Ich habe es dir geschrieben, ich habe es dir am Telefon gesagt. Erst hast du mir geschworen, daß du rechtzeitig kommst, dann hast du mir geschworen, daß es sich nur um eine winzige Verzögerung handeln würde.«

»Ich bin Ärztin und lebe in Bulgarien. Das bedeutet, daß ich nicht weg kann, wann es dir und mir paßt. Außerdem habe ich auch einen Sohn, den ich sehen wollte.«

»Es hätte genügt, daß du mir das rechtzeitig mitteilst.«

Das Telefon klingelte, und ich ging an ihr vorbei ins Zimmer und an den Apparat. Eine kreischende Frauenstimme verlangte in heller Aufregung nach Ludmila Gontscharowa.

»Ludmila«, rief ich, »jemand möchte dich sprechen.«

»Wer?«

»Der Stimme, dem Akzent und der Dringlichkeit nach eine Bulgarin.«

»Du lieber Himmel«, sagte Ludmila und blieb mitten im Zimmer stehen, »das kann nur Tante Ratka sein. Meine Mutter, dieser Wachhund, muß ihr geschrieben haben, wo ich zu erreichen bin.«

»Also geh jetzt ran, ich höre sie die ganze Zeit ins Leere reden.«

»Dann ist es wirklich Tante Ratka ... Sag ihr, ich bin nicht da.«

»Dann ruft sie jede halbe Stunde an und fragt, ob du schon da bist, und Serge, der glaubt, einen Alleinanspruch auf das Telefon zu haben, wird rabiat.«

Ludmila war mit zwei Schritten bei mir und riß mir den Hörer aus der Hand: »Hallo!« schrie sie mit einer Stimme, die mich, wäre ich am anderen Ende gewesen, zu Tode erschreckt hätte. Nicht so Tante Ratka, die dank ihres eigenen Organs Schreien für die einzig mögliche Verständigungsart hielt. Das Gespräch klang nach einem entsetzlichen Streit zwischen zwei Furien, aber nachdem ich mich vergewissert hatte, daß es sich hier lediglich um einen nicht steuerbaren Freudenausbruch von seiten der Tante und Beschwichtigungsversuche von seiten Ludmilas handelte, ging ich in die Küche, um endlich den Tee zuzubereiten.

Nach einer Weile hörte ich, wie Ludmila unsanft den Hörer auflegte und nun in der selben Lautstärke, in der sie mit Tante Ratka gesprochen hatte, mit sich selber redete: »Ja, dieses hysterische, senile Weib hat mir heute gerade noch gefehlt! Selbst die Bulgaren wollten sie los werden und haben sie deshalb in den Westen gelassen, und jetzt soll ich ... Angelina, komm mal her!«

Sie aß auf der Ecke des Schreibtisches und hielt sich den Kopf mit beiden Händen: »Tante Ratka«, stöhnte sie, »seit hundert Jahren sitzt sie in Deutschland und spricht immer noch wie eine bulgarische Bäuerin. Einmal Bulgarin, immer Bulgarin! Was habe ich mit dieser Frau zu schaffen, kannst du mir das sagen? Eine angeheiratete Cousine zehnten Grades meiner Mutter! Seit weiß der Teufel wie vielen Jahren habe ich die Frau nicht mehr gesehen, und jetzt erwartet sie mich wie eine verlorene Tochter. Redet von Banitza*,

* Banitza – ein bulgarisches Gebäck

das sie mir backen wird, und dem Kölner Dom und ihrer Tochter Mizi, die einen Herrn Assessor geheiratet hat, und will wissen, wie es Onkel Wassil und Tante Jonka und Baba* Maria geht. Baba Maria muß seit mindestens zwanzig Jahren tot sein, wenn sie damals schon eine Baba gewesen ist, und die ganzen Onkel und Tanten und Neffen und Nichten habe ich als kleines Kind vielleicht einmal zu Ostern gesehen. Und da soll ich jetzt hinfahren und mit Tante Ratka und Cousine Mizi und Herrn Assessor Banitza essen. Es wäre besser, sie würde mir gleich im Kölner Dom eine Totenmesse lesen lassen!«

Ich lachte, aber als mir auffiel, daß ihr Gesicht weiß war und ihre Augen feucht, blieb mir die Heiterkeit im Halse stecken.

»Kannst du mir mal erklären, Ludmila«, sagte ich, »warum du unbedingt zu Tante Ratka mußt, wenn du Tante Ratka nicht ausstehen kannst?«

»Weil du unbedingt nach Istanbul mußt, und ich, wenn ich schon mal in den Westen gelassen werde, nicht schon zehn Tage später nach Bulgarien zurückfahren will.«

»Du kannst so lange in Paris bleiben, wie du willst, ob ich nun da bin oder nicht.«

»Ich bleibe nicht ohne dich in Paris, davon abgesehen darf ich gar nicht hierbleiben. Ich habe ein Visum für Deutschland, und darum muß ich nach Deutschland.«

»Unsinn! Ich habe inzwischen verstanden, daß du nicht in Länder reisen darfst, für die du kein Visum

* Baba – Großmutter

hast, aber daß du in Länder reisen mußt, für die du ein Visum hast, das gibt es nicht.«

»Alles gibt es. Auch Negerinnen, die sich hundert Rattenschwänzchen flechten und an jedes eine bunte Kugel hängen – das habe ich vorhin in der Apotheke gesehen. Manche Länder sind auf diese Weise verrückt, andere auf jene. Ich habe ein Visum für Deutschland und darum muß ich nach Deutschland, und zwar genau an dem Tag, der im Visum eingetragen ist.«

»Ich werde wahnsinnig!« schrie ich.

»Ich bin schon wahnsinnig«, schrie sie zurück, »also können wir zusammen ins Irrenhaus gehen.«

»Anstatt mit mir ins Irrenhaus, wirst du mit Serge auf die bulgarische Gesandtschaft gehen. Er bringt das in Ordnung.«

»Ja, ihr Westler bringt alles in Ordnung, das sehe ich. Du bringst Le Havre in Ordnung und er Köln, und dann bleibe ich gleich in Paris, und du gibst mir Geld und deine abgelegten Kleider, und Serge gibt mir Austern und Wein, und in spätestens einem Monat habt ihr mich satt ... was sage ich! Nach zehn Tagen hast du mich schon satt und fährst nach Istanbul ...«

»Ich habe dich jetzt schon satt, Ludmila«, brüllte ich, »jetzt und nicht erst in zehn Tagen!«

Serge im Kimono, den er am Hals krampfhaft zusammenhielt, tauchte auf der Schwelle auf: »Was ist los?« fragte er mit aufgerissenen Augen, »ist etwas passiert?«

»Nichts ist passiert«, schrie ich ihn an, »alles ist in bester Ordnung. Bitte, geh!«

»Ich habe dich noch nie so schreien ...«

»Geh bitte ... und du auch, Ludmila, wenn du es dir in den Kopf gesetzt hast, mir das Leben zur Hölle zu machen. Ich habe auch meine Probleme, weißt du, meine Ängste und Stunden oder Tage der Verzweiflung. Ich habe auch einen Beruf und einen Sohn, den ich selten sehe, und Schmerzen hier und Schmerzen da und Nerven, die nur noch an einem Faden hängen. Ich habe mich viele Jahre lang gequält in diesem Paradies, das man den Westen nennt, ich hatte kein Geld, keine Familie mehr, keine Heimat, keinen Halt, keinen Schutz. Es ging mir hundsmiserabel, denn wenn du glaubst, daß dieses ganze Zeug, das sich hier kaufen läßt, auch nur eine einzige tiefe menschliche Beziehung ersetzt, und wenn du glaubst, daß es einem innerlich gutzugehen hat, weil man äußerlich einen hübschen Fummel trägt und in einem Auto durch die Gegend fährt, dann bist du eben nichts anderes als eine sture, dickhäutige Bulgarin, die sich einbildet, die ganze Misere für sich gepachtet zu haben.«

Ich drehte ihr den Rücken zu und ging in die Küche.

Serge saß am ungedeckten Tisch und schaute mir beunruhigt entgegen: »Du weinst, mon amour«, sagte er und stand auf.

»Ja, ich weine.«

Er versuchte mich in die Arme zu nehmen, aber ich wehrte ihn ab: »Laß mich endlich meinen Tee trinken, er ist das einzige, was ich jetzt brauche. Ruf Ludmila, sie hat auch noch nichts Warmes im Magen.«

»Ludmila«, rief er, »komm her, du wilde Bulgarin!«

Sie kam, blieb in der Tür stehen und sah mich von unten herauf an.

»Ja, schau nur, schau«, sagte Serge, »da siehst du, was du mit ihr gemacht hast!«

»Ich!« schrie Ludmila, »ich habe das gemacht? Die Herren, die da oben sitzen, haben das mit uns gemacht! Die Politiker, die Staatsmänner, die Schweine, die wie die Fürsten im Mittelalter leben, vor denen man stramm steht und zittert und kriecht, denen man Banketts gibt und den roten Teppich unter die dreckigen Füße legt und die mit uns tun können, was ihnen gerade einfällt. Sie sperren einen in die Länder ein, sie werfen einen aus den Ländern raus, sie stecken einen in Gefängnisse und in Konzentrationslager, sie schikken einen in den Krieg, sie bringen einen um, sie lassen einen verhungern, sie stopfen einen voll mit Zeug, das man nicht braucht, sie nehmen einem das Liebste, was man hat, und all das im Namen eines glücklichen Volkes . . . ach, hören Sie auf!«

Sie ging zu mir, legte beide Arme um meine Schultern und wiegte sich sanft mit mir hin und her: »So«, sagte sie, »so . . . du bist doch na Mamma chubawoto momitsche*, na Mamma dobrata prijatelka**. Sollen sie machen, was sie wollen, uns bringen sie nicht auseinander, nicht wahr?«

Ludmila legte sich nach dem Frühstück ins Bett. Sie behauptete, der Krach zwischen uns hätte sie so mitgenommen, daß sie kurz vor dem Koma sei, und wenn ich ihr unbedingt Paris zeigen wolle, dann solle

* Na Mamma chubawoto momitsche – Mammas schönes Mädchen
** Na Mamma dobrata prijatelka – Mammas gute Freundin

ich eine Ambulanz bestellen, anders sei das nicht zu machen.

Als ich das erstemal vorsichtig in ihr Zimmer schaute, saß sie noch und las. Als ich das zweitemal hineinschaute, lag sie in Embryohaltung auf der Seite und hatte das Laken über den Kopf gezogen. Als ich das drittemal nach ihr sah, war sie nicht mehr im Bett. Ich bekam einen Schreck: die einzige Möglichkeit, von mir unbemerkt aus der Wohnung zu kommen, wäre das Fenster gewesen. Aber die Jalousie war herabgelassen, und keiner, nicht einmal Ludmila, konnte aus dem Fenster springen und danach die Jalousie herablassen. Während ich mir das noch überlegte, hörte ich ein Geräusch aus dem anschließenden Waschraum, und da die Tür offen stand, ging ich hinein. Sie stand in einem rosa Nylonunterrock vor dem Waschbecken, in der einen Hand ein Glas, in der anderen eine Tablette, den Kopf weit zurückgebogen wie ein Huhn, das Wasser trinkt.

»Was nimmst du da?« fragte ich.

Sie hatte im Mund offenbar auch eine Tablette, denn sie schüttelte unwillig den Kopf, schluckte, trank und sagte dann: »Hör auf, dauernd ins Zimmer zu kommen, Angelina, ich möchte schlafen.«

»Gut, aber nimm nicht zu viel.«

Sie gab keine Antwort, und ich ging zur Tür, wartete aber, bis sie aus dem Waschraum gekommen war, sich wieder ins Bett gelegt und das Laken über den Kopf gezogen hatte.

»Also schlaf schön, Ludmila.«

»Gute Nacht«, sagte sie.

An Nacht war gar nicht zu denken. Es war ein Uhr mittags, und der Tag war aus dem Gleichgewicht geraten. Wahrscheinlich würde sie gegen Abend aufstehen und unternehmungslustig sein, oder sie wachte schon am Nachmittag auf und hatte einen schrecklichen Kater von dem unausgeschlafenen Tablettenkonsum. Bei Ludmila mußte man mit allem rechnen.

Ich brachte die Wohnung in Ordnung, ging einkaufen, legte mich zu einer Siesta nieder, stand auf, trank Tee und begann einen Brief zu schreiben. Einmal rief Tante Ratka an, und als ich ihr sagte, Ludmila sei ausgegangen, bat sie mich ihr auszurichten, sie habe für den 17. September Theaterkarten für eine entzükkende Komödie gekauft. Das zweitemal rief Serge an und erkundigte sich, wie es uns ginge und ob der weitere Tag friedlich verlaufen sei. Ich sagte, er sei ungewöhnlich friedlich verlaufen, denn Ludmila schliefe seit ein Uhr. Er meinte, ich solle sie wecken, sonst könne sie nachts nicht schlafen.

Vor Ludmilas Zimmer saß die Katze. Geschlossene Türen waren ihr verhaßt. Sie sah darin eine Mißachtung ihrer Selbständigkeit und bestand darauf, daß alle Türen, selbst die der Schränke, offen blieben. Ich öffnete die Tür einen Spalt und spähte hinein. Ludmila lag auf dem Rücken, bis zur Taille zugedeckt, die Arme zurückgeworfen, das Gesicht angestrengt, so, als erschöpfe sie sogar der Schlaf. Die Katze schlüpfte ins Zimmer, marschierte mit steil aufgerichtetem Schwanz auf das Bett zu, erhob sich auf die Hinterbeine, stützte die Vorderpfoten auf die Matratze und betrachtete Ludmila. Ich fing sie gerade noch vor dem Sprung ab, trug sie hinaus und schloß die Tür. Sie ließ sich in hartnäckiger Haltung dicht davor nieder, entschlossen nicht zu weichen, bis ich ihrem Willen nachgegeben hatte.

Gegen neun Uhr kam Serge nach Hause.

»Was für eine Ruhe!« sagte er. »Wo ist Ludmila?«

»Sie schläft.«

»Hast du sie umgebracht oder sie sich selber?«

»Sie hat Tabletten genommen und . . .«

»Also hat sie sich selber umgebracht, bitte schau nach.«

Er ging zum Telefon.

»Rufst du die Polizei an oder den Notdienst?« fragte ich.

»Meinen Buchhalter rufe ich an, dieser Kretin verrechnet sich dauernd und bringt mich auch noch ins Grab.«

Ich machte den Salat an und stellte das Essen zum Wärmen auf den Herd.

»Er ist nicht da«, sagte Serge in die Küche zurückkehrend, »hast du nachgeschaut?«

»Ich sage dir doch, sie schläft, aber wenn du glaubst, sie liegt im Sterben, würde ich an deiner Stelle selber mal nachschauen.« Er goß sich einen Whisky ein, trank einen Schluck und überlegte. »Schön«, sagte er dann, »wir schauen zusammen nach.« Die Katze lag vor der Tür auf dem Rücken, die Vorderpfoten angewinkelt. Sie schien uns anzugrinsen. Als ich die Tür öffnete, war sie wie ein Blitz im Zimmer. Ludmila lag auf der Seite, das Laken bis zum Knie emporgezogen, ein Bein hing aus dem Bett. Ich beugte mich über sie. Sie hatte eine normale Farbe, atmete ruhig und fühlte sich warm und lebendig an.

»Was ist?« flüsterte Serge, der an der Tür stehengeblieben war, »lebt sie?«

Die Katze war aufs Bett gesprungen und näherte sich mit langen geduckten Jagdschritten Ludmilas Haarknäuel, das sie mit einem Vogelnest zu verwechseln schien. Ich packte sie, schob Serge aus dem Zimmer und schloß die Tür.

»Hast du sie atmen gehört?« fragte er.

»Ja, Serge, ich habe sie atmen gehört, und ich kenne Ludmila. Sie hat drei oder vier Schlaftabletten genommen und holt jetzt den versäumten Schlaf nach.«

»Und wie lange kann das dauern?«

»Bis morgen früh wahrscheinlich, da wird sie dann frisch und munter sein.«

Sie war am nächsten Morgen keineswegs frisch und munter. Sie schlief fest, und hätten nicht ein großes Stück Käse, eine halbe Baguette und einige Pfirsiche gefehlt, ich wäre genauso unruhig geworden wie Serge und die Katze, die nicht begriff, was hinter der geschlossenen Tür vor sich ging.

»Sie muß sehr starke Tabletten genommen haben«, sagte ich zu Serge, »aber wir brauchen uns keine Sorgen zu machen. Sie hat in der Nacht mit gutem Appetit gegessen.«

»Was? Mehr Schlaftabletten?«

»Nein, Käse, Brot und Obst. Man muß sie machen lassen, sie hat ihren eigenen Rhythmus.«

Er schaute kopfschüttelnd zur Decke empor: »Rhythmus nennst du das? Ich würde es eher den bulgarischen Wahnsinn nennen. Hör zu: Ich warte noch bis heute abend, wenn sie dann nicht wach ist, gieße ich einen Eimer kaltes Wasser über sie. Man kann sie doch nicht bis eine Stunde vor der Abfahrt schlafen lassen! So etwas habe ich noch nie erlebt: kommt zum ersten und wahrscheinlich letzten Mal für ein paar Tage nach Paris und schläft vierundzwanzig Stunden!«

Sie schlief nicht vierundzwanzig, sondern achtundvierzig Stunden, und als sie auftauchte – in einem meiner Sommerkleider, mit grünem Lidschatten und sehr viel Mascara auf den Wimpern – hatte ich mich schon an ihre Abwesenheit gewöhnt und war fast ein bißchen enttäuscht, nicht alleine und in Ruhe frühstücken zu können.

»So«, sagte sie, »da bin ich wieder – ein neuer Mensch, die Frau der Zukunft. Sieht man mir das an?«

»Du strahlst es förmlich aus.«

Das Kleid aus olivgrüner Baumwolle paßte und stand ihr gut, aber ihr Gesicht war vom Dauerschlaf noch leicht verbeult.

»Was für Tabletten und wie viele hast du eigentlich genommen?« fragte ich.

»Das überlaß mir, ich kenne die richtige Dosierung.«

Sie goß sich einen Kognak ein und trank ihn auf nüchternen Magen in einem Zug aus.

»Ist das ein Ratschlag aus deinem Lieblingsbuch ›Die Frau der Zukunft‹?«

»Das ist für den Blutdruck, er fällt, wenn man so lange im Bett liegt.«

»Na ja, du kennst ja deine Dosierung.«

»Richtig, und jetzt bin ich auf der Höhe und bereit, Paris zu erobern.«

Die Eroberung fand zunächst auf engem Raum statt. Wie eine Katze, die ihr Revier absteckt, bevor sie den Schritt in unbekannte Gebiete wagt, hielt sie sich im näheren Umkreis unseres Hauses. Mich schloß sie von ihrer ersten Expedition aus, sei es, weil sie sich ihre Selbständigkeit beweisen wollte, sei es, weil ihr mein beobachtender Blick und meine Beflissenheit, ihr Dinge zu zeigen, für die sie sich noch nicht reif fühlte, auf die Nerven gingen. Auf jeden Fall erklärte sie gleich nach dem Frühstück, eine Besorgung machen zu müssen, ließ sich von mir den Hausschlüssel geben und verschwand. Eineinhalb Stunden später kehrte sie mit einer Plastiktüte in der Hand zurück, setzte sich auf einen Stuhl und verkündete: »Ja, es war sehr interessant . . . sehr!«

Sie hatte sich Bananen gekauft, und ich warf mir vor, nicht daran gedacht zu haben. Eine Banane – das war es, was sich jeder Bulgare wünschte. Es war an Eßbarem das Aufregendste, was er sich vorstellen konnte, eine exotische, fast schon mythologische Frucht, vielleicht sogar ein Symbol des Westens.

»Eine habe ich schon gegessen«, sagte sie, holte vier Stück aus der Tüte und legte sie auf den Tisch, »und dann habe ich mir Schuhe gekauft, im Ausverkauf, hier um die Ecke, in der großen Straße.«

Sie öffnete eine Schachtel und zeigte mir ein paar spitzzulaufende, kurzhackige Pumps – einer der zahllosen Modeartikel, mit dem der Westen eine Saison hindurch überschwemmt wird.

»Bordeauxrot«, erklärte sie, »hübsch, nicht wahr? Passen gut zu diesem Kleid. Rate mal, wieviel sie gekostet haben.«

Man sah sofort, daß es billige Schuhe waren, das Leder hart, die Verarbeitung schlecht. Ich schätzte sie auf hundertzwanzig Francs und sagte: »Zweihundert.«

»Ha«, rief sie erfreut, »hundertfünfzehn! Ich habe lange gesucht. Es gibt ja ein Schuhgeschäft neben dem anderen, und man wird verrückt, wenn man das sieht, verrückt! Wie kann man unter Hunderttausenden von Schuhen ein Paar wählen? Hätte ich Geld, ich würde im Irrenhaus landen, aber ohne Geld ist die Auswahl ja beschränkt. Ich bin nur in Geschäfte gegangen, die Ausverkauf hatten, und da liegen die Schuhe in so Kästen, weißt du, immer nur ein Schuh, damit man sie nicht klaut. Der Linke drückt ein bißchen, aber das liegt nicht an den Schuhen, sondern an meinen breiten Füßen.«

Sie nahm die Schuhe und hielt sie hoch: »Gefallen sie dir wirklich?«

»Sie gefallen mir sehr.«

»Mir auch. Bordeauxrot ist große Mode . . . Sag, wie heißt der Platz mit dem Löwendenkmal?«

»Denfert Rochereau.«

»Ja, richtig. Da war ich und habe mir die Metro-Station angesehen, und dann bin ich in ein Café gegangen und habe Kaffee getrunken. Das war fast wie mit den Schuhen: fünf verschiedene Arten von Kaffee – mit Milch, ohne Milch, groß, klein, extrastark . . . wie soll man sich da entscheiden? Der Kellner, so ein kleiner, mürrischer Knirps, ist nervös geworden – die Leute sind hier überhaupt sehr nervös –, und dann gibt es so schrecklich viele Neger.«

Sie sah mich an, und in ihrem Gesicht war ein Ausdruck, als habe sie etwas schlecht Schmeckendes im Mund: »Angelina, warum gibt es hier so viele Neger?«

»Viele kommen aus den ehemaligen französischen Kolonien. Sie sind entweder eingebürgerte Franzosen oder leben hier eine Weile, um zu lernen oder zu arbeiten. Viele kommen, weil sie in ihren Heimatländern hungern und hoffen, hier etwas Geld zu verdienen.«

»Aber das ist doch schrecklich, diese ganzen Neger! Die gehören doch in den Urwald und nicht nach Paris.« Sie lachte: »Ich habe sogar einen Negerpolizisten gesehen, und der hatte weiße Handschuhe an und sah aus wie ein Zirkusaffe.«

»Ich fürchte, du hast keine besondere Zuneigung zu ihnen.«

»Nein, ich finde sie sehr unsympathisch, du nicht?«

»Ich kenne keinen einzigen, also kann ich nicht wissen, wie sie sind.«

»Kennen auch noch«, sagte sie, »es genügt, sie von weitem zu sehen. In einer Stunde habe ich mindestens hundert gesehen, einer schwärzer als der andere und die Frauen alle mit diesen idiotischen Filzzöpfchen, mit denen sie aussehen wie der Kaffeewärmer meiner Mutter. Können sie nicht bleiben, wo sie hingehören?«

Da ich mich nicht für berufen hielt, die Negerfrage mit ihr zu erörtern, erkundigte ich mich, was sie sonst noch gesehen hätte.

»Hunde«, sagte sie, »so groß wie Kälber und so klein wie Ratten. Ich glaube, jeder Mensch hier hat einen Hund, und die Straßen sind ein einziges Hundeklosett. Sag mal, warum haben alle einen Hund?«

»Zur Gesellschaft«, erklärte ich, »Hunde sind doch eine viel bessere Gesellschaft als Menschen: sie hören einem zu, sie reden keinen Blödsinn, sie gehorchen einem, sie lassen sich schikanieren, sie freuen sich, wenn man nach Hause kommt, und sie fressen die Reste. Ein Mensch tut von all dem genau das Gegenteil.«

»Da hast du recht«, sagte sie lachend, »ich werde mir einen großen Hund nach Bulgarien mitnehmen und ihn an einer silbernen Kette durch die Straße führen. Ich werde die Sensation von Sofia sein.«

Sie zog die neuen Schuhe an und ging, einen imaginären Hund an der Leine führend, im Zimmer auf und ab. Plötzlich blieb sie stehen und sah mich mit einem sehr ernsten, dunklen Blick an: »Ja«, sagte sie, »du hast überhaupt nichts verstanden.«

»Was meinst du, bitteschön?«

»Du hast geglaubt, ich sei hysterisch, ich sei nicht richtig im Kopf die ersten Tage hier in Paris.«

»Du warst übermüdet.«

»Das auch, aber das war nicht alles. Ich war im Schock, verstehst du jetzt?«

»Nicht ganz.«

»Ich hatte den westlichen Schock.«

»Den westlichen Schock, aha.«

»Ja. Stell dir vor, man setzt dich in den Dschungel mit seinen ganzen fremden unheimlichen Pflanzen und Bäumen und Tieren und Geräuschen, und du weißt nicht, wo es langgeht und was dir plötzlich passiert. Vielleicht begegnet dir eine Schlange oder ein Löwe oder ein Affe springt dir auf den Kopf. Wäre das kein Schock für dich?«

»Doch«, nickte ich und gab mir alle Mühe, nicht zu lachen, »ein ungeheurer Schock. Ich glaube, ich würde ihn nicht überleben.«

»Ich habe mir überlegt«, sagte Ludmila, ihren Gang im Zimmer wieder aufnehmend, »daß die bulgarische Regierung dumm ist, dumm wie Bohnenstroh.«

»Ja, der Gedanke ist mir auch schon mal gekommen.«

»Du weißt ja gar nicht, warum, also red nicht und hör zu: anstatt daß sie ihren Bürgern verbietet, in den Westen zu reisen, müßte sie sie nach dem Westen verschicken und sagen: nun bleibt da und seht zu, wie ihr zurechtkommt. Was meinst du, was passieren würde? Sie würden zugrunde gehen, sie würden den Kopf verlieren, sie würden nicht mehr wissen, wo oben und unten ist, sie würden in die Autos rennen und aus dem Fenster springen. Sie würden die bulgarische Regierung anflehen, sie wieder nach Bulgarien zu lassen, sie würden heimlich über die Grenzen zurückfliehen.«

»Na, na, na«, sagte ich, »glaubst du das wirklich?«

»Was heißt glauben«, schrie sie, »ich weiß es! Sie sind doch unselbständig wie fünfjährige Kinder. Sie brauchen doch keine Entscheidungen zu treffen, sie brauchen doch nicht zu kämpfen – außer vielleicht um einen Platz in der Straßenbahn –, sie wissen doch nicht, was es heißt zu arbeiten, um besser zu sein als der andere oder um nicht zu verhungern. Bei uns gibt es keine Konkurrenz und keinen Ehrgeiz, und keiner verhungert und keiner ist besser als der andere. Alles wird uns vorgeschrieben, für alles hat Väterchen Staat vorgesorgt: du machst das und du das und du das, ob im Privat- oder Berufsleben. Diese Woche kriegst du ein Kilo Schweinefleisch und nächstes Jahr einen Ferienplatz am Schwarzen Meer und in zehn Jahren eine eigene Wohnung. Und lesen tust du dieses und lernen jenes und denken überhaupt nicht. Und nun sage mir, wie soll ein Mensch, der nie eine freie Wahl gehabt hat, im Westen leben?«

Sie ließ sich in einen Sessel fallen, streckte die Beine weit von sich und starrte auf ihre Schuhe: »Ja«, sagte sie, »der linke drückt. Warum habe ich nicht unter zehntausend Schuhen ein Paar gewählt, das nicht drückt? Ich sage dir, warum: weil ich nach dem dritten Paar den Mut verloren habe und weil die Verkäuferin gesagt hat, der Schuh drückt nicht. Also, da siehst du's. Man überwindet den westlichen Schock, aber das bulgarische Syndrom bleibt.«

Trotz des bulgarischen Syndroms machte sie schnelle Fortschritte. Bereits am Nachmittag desselben Tages verlangte sie Paris kennenzulernen, und zwar ganz Paris. Als ich ihr klarzumachen versuchte, daß das wegen der Größe der Stadt an einem Nachmittag nicht durchführbar sei, wurde sie ungeduldig und äußerte präzise Wünsche: Notre-Dame wollte sie sehen, Moulin Rouge, den Eiffelturm, den Arc de Triomphe, die Seine und meinen Freund Bob.

»Gut«, sagte ich, »das ist zu machen. Wir fangen mit dem Arc de Triomphe an und hören mit Bob auf.«

Um ihr auf der Fahrt zu den Champs-Elysées noch einige schöne Straßen und Sehenswürdigkeiten zu zeigen, wählte ich den längeren Weg über St. Germain des Prés, machte sie auf den Boulevard Montparnasse und seine einstmals berühmten Künstlerlokale Le Dôme, La Coupole und Le Select aufmerksam, fuhr dann die Rue de Rennes hinunter zur Place St. Germain des Prés und ließ sie einen Blick auf die Kirche und die beiden weltbekannten Literatencafés Deux Magots und Flore werfen.

»Und da an der Ecke«, erklärte ich, »ist das Restaurant Lipp, wo sich noch heute alles trifft, was berühmt ist, war, hofft es zu werden oder glaubt es zu sein.«

»Aha«, sagte sie, »ich verstehe. Auch die großen Franzosen, die eigentlich was Besseres im Kopf haben sollten, können sich nur da treffen, wo es was zu essen und zu trinken gibt.« Sie war offensichtlich indigniert und auch nicht sonderlich interessiert, und ich überlegte, daß es wahrscheinlich zu viel von ihr verlangt sei, sich für die Stammlokale ihr unbekannter Künstler und Literaten zu begeistern.

Also dann vielleicht die Architektur, dachte ich und fuhr langsam durch die schmale, von alten, mattgrauen Häusern gesäumte Rue Bonaparte, deren Schönheit ins Auge fallen mußte. Ludmila jedoch entging sie. Sie warf flüchtige, kommentarlose Blicke in die Schaufenster zahlreicher Bildergalerien und Antiquitätengeschäfte und lange, intensive auf diejenigen Fußgänger, die sich durch ein besonders schickes oder bizarres Kleidungsstück auszeichneten.

»Schau mal«, rief sie, »trägt die einen Rock oder eine Hose?«

»Einen Hosenrock«, sagte ich und war bekümmert, daß sie anstatt der schönen Ecole des Beaux Arts den häßlichen Fummel einer kurzbeinigen Blondine entdeckt hatte.

»Merkwürdig«, sagte sie, immer noch dem Hosenrock nachstarrend, »findest du das schön?«

»Nein, ausgesprochen häßlich, aber das Gebäude da finde ich schön.«

»Alle Gebäude in Paris sind schön«, belehrte sie mich und faßte die dauergewellte Mähne eines jungen Mädchens ins Auge: »Diese krausen Haare sind jetzt Mode, nicht wahr?«

»Guck geradeaus«, sagte ich verzweifelt, »wir kommen jetzt an die Seine.«

»Ah, die Seine!« rief sie aus, »kennst du das Lied von der Seine, das Danielle Darrieux gesungen hat?«

»Nein. Außerdem hat Danielle Darrieux nie gesungen.«

»Doch. Als ich vierzehn war, habe ich mal einen Film mit ihr gesehen, und da hat sie das Lied von der Seine gesungen. Ich sehe die Seine aber gar nicht.«

»Sie ist hinter der Mauer. Wenn wir die Brücke überqueren, wirst du sie sehen.«

Ich fuhr ein Stück am Quai entlang und schwenkte dann auf die Brücke Pont du Carrousel ein.

»So«, sagte ich und war wie immer von der Pracht des Anblicks überrascht, »hier ist die Seine und da drüben, am anderen Ufer, der Louvre.«

Die Seine zeigte sich von ihrer vorteilhaftesten Seite. Sie hatte sich die Farbe des silbrigen Himmels und das blasse Gold der Sonne ausgeliehen und wand sich, so weit das Auge reichte, wie eine breite, glitzernde Schleppe durch die Stadt, unter den sanften Bögen der Brücken hindurch und an den wie in Ehrfurcht zurücktretenden Häusern vorbei.

»Sie ist wirklich herrlich«, sagte Ludmila, drehte den Kopf einige Male von einer Seite zur anderen und blieb dann mit ihrem Blick an der stolzen Fassade des Louvre hängen.

»Du lieber Himmel!« rief sie erschrocken, »der ist ja kilometerlang! Wie soll ich denn das in zwei Stunden schaffen?«

»Hattest du vor, in den Louvre zu gehen?«

»Was dachtest du? Ich komme nach Paris und sehe mir nicht den Louvre an? Kommst du vielleicht nach Sofia und siehst dir nicht das Mausoleum von Georgi Dimitrow an?«

Sie lachte so herzhaft über diesen Vergleich, daß ihr der imposante Platz des Louvre entging und ich es für verlorene Mühe hielt, auszusteigen und ihr die Voie Triomphale zu zeigen, die berühmte Perspektive, die sich in schnurgerader Linie vom kleinen Arc de Carrousel bis zum Arc de Triomphe zieht und Menschen aus aller Welt in ehrfürchtiges Staunen versetzt. Erst auf der Rue de Rivoli hörte sie auf zu lachen, und ich versuchte ihr den Garten der Tuilerien auf unserer linken, und die Schönheit der Arkaden auf unserer rechten Seite schmackhaft zu machen.

»Man kann vor Autos überhaupt nichts sehen«, beschwerte sie sich und begann mich prompt nach den verschiedenen Typen der Wagen zu fragen.

»Ich verstehe nichts von Autos«, sagte ich, »paß auf, jetzt kommen wir zur Place de la Concorde ... Schau dir diese Dimension an, die Straßen, die alle einmünden, den Obelisken!«

Sie folgte meinem ausgestreckten Zeigefinger mit den Augen, schien beeindruckt und erklärte: »Ja, das waren geniale Architekten, die Paris gebaut haben. Ich wette, Slavko, mein geschiedener Mann, der große Baumeister, war noch nie in Paris und hat sich das angeschaut. Ich werde ihm und meinem Sohn eine Karte aus Paris schreiben ...«

»Tu das«, sagte ich und fuhr die breite, von Grünanlagen und mächtigen Bäumen gesäumte Allee zum Rond Point des Champs-Elysées hinauf.

»Da ist er«, rief Ludmila, »ich sehe ihn schon, den Arc de Triomphe von Erich Maria Remarque.«

»Von wem?«

»Hast du denn nicht den Roman ›Arc de Triomphe‹ von Erich Maria Remarque gelesen? Eine so schöne und traurige Geschichte: deutsche Emigranten, die vor Hitler nach Paris geflohen sind und sich dort kennenlernen und ineinander verlieben und dauernd Calvados trinken und dann ... ich glaube, er oder sie oder beide bringen sich um. Kennst du das Buch nicht?«

Ich seufzte. Ihre Verbindung mit dem Westen war 1944 abgebrochen, und was sie aus dieser Zeit in sich gespeichert hatte, ließ viel zu wünschen übrig.

»Nein, Ludmila«, sagte ich, »ich kenne das Buch nicht, und du kennst die Champs-Elysées nicht. Also, hier sind sie. Ich persönlich mag sie nicht, aber jeder, der nach Paris kommt, rennt hin und glaubt, im Herzen der großen, extravaganten Welt zu sein. Groß und extravagant sind hauptsächlich die Preise.«

Ludmila sah sich die riesigen Plakate zahlreicher Filmtheater an und die Menschen, die auf zierlichen weißen Stühlen vor den Cafés saßen.

»Sie sehen aber gar nicht elegant aus«, stellte sie enttäuscht fest, »ich habe sie mir in Samt und Seide vorgestellt, mit großen Hüten und langen Perlenketten.«

»Diese Vorstellung muß aus einem Buch oder Film der Jahrhundertwende stammen. Was jetzt hier sitzt, sind Touristen: Gruppenreisende aus Skandinavien, Deutschland, Japan, eine Menge reicher Araber, amerikanischer Globetrotter.«

»Sogar Neger«, sagte sie und deutete kopfschüttelnd auf eine Gruppe Schwarzer in bunten Gewändern und Turbanen, »nein, Paris ist nicht mehr das, was es gewesen sein muß . . . Angelina, hast du etwa vor, auf diesen Platz zu fahren?«

Mit dem Platz meinte sie den Etoile, und ich verstand ihren Schrecken. Aus zwölf verschiedenen Avenues brachen Horden schnaubender Fahrzeuge, wurden mit Zentrifugalkraft in den Kreis gesogen und rasten dort wie auf einem Autoscooterplatz aufeinander zu und um Haaresbreite aneinander vorbei.

»Ich fahre einmal um den Arc de Triomphe herum«, sagte ich und bahnte mir mit der Rücksichtslosigkeit, die man in Paris und besonders am Etoile sehr schnell lernt, einen Weg um den Platz.

Ludmila, am Sitz festgekrallt, den Kopf zwischen die Schultern gezogen, den Mund zu einem stummen

Schrei geöffnet, starrte gebannt durch die Windschutzscheibe und war meinen Ermunterungen, keine Angst zu haben und sich den Triumphbogen in Ruhe zu betrachten, nicht zugänglich.

»Nun schau doch«, fuhr ich sie an, »da ist das Grab des Unbekannten Soldaten mit der ewigen Flamme.«

»Laß mich in Ruhe«, knurrte sie, »die nächste Unbekannte, die hier liegen wird, bin ich.«

Erst als wir den Etoile schon ein ganzes Stück hinter uns gelassen hatten, entspannte sie sich, beschimpfte mich und erklärte, den Arc de Triomphe nun überhaupt nicht gesehen zu haben.

»Dafür siehst du dir jetzt den Eiffelturm um so genauer an«, tröstete ich.

Während sie es tat, setzte ich mich ermattet auf eine Bank und überlegte, ob ich ihr das Moulin Rouge wieder ausreden sollte. Bis dahin war es eine halbe Stunde Fahrt durch schmale Straßen und dichten Verkehr, und was war an der Fassade dieses abgetakelten Lokals eigentlich zu sehen? Doch als sie von ihrem Besichtigungsgang zu mir zurückkam, einen winzigen Eiffelturm in der Hand, den geschäftigen Ausdruck der sich bildenden Touristin im Gesicht, hatte ich nicht das Herz sie umzustimmen und ihr den Anblick des Moulin Rouge zu versagen, das gewiß so wie der Arc de Triomphe und die Seine mit einer Erinnerung verknüpft war.

»Du bist müde«, stellte sie fest, »du hast deinen Nachmittagsschlaf nicht gehabt.«

»Ich bin ganz in Ordnung.«

»Dann fahren wir jetzt zu Toulouse-Lautrec?«

Toulouse-Lautrec war es also, der sie zum Moulin Rouge zog, ein Buch mit Zeichnungen, das sie als junges Mädchen bei einer Freundin gesehen, seine Biographie, die sie gelesen hatte. »Ach, ich war so erschüttert«, berichtete sie, »ein Adeliger, ein häßlicher, verwachsener Zwerg, der sein Leben mit Prostituten in Bordellen verbracht und jede Nacht im Moulin Rouge gesessen und gezeichnet hat. Ja, damals gab es noch geniale Künstler!« Sie sah mich fest und entschlossen an: »Ich bin dabei, die Kultur zu entdecken«, sagte sie.

»Ich weiß nicht, ob wir da jetzt gerade auf dem richtigen Weg sind«, gab ich zu bedenken, parkte meinen Wagen kurz vor der Place Pigalle, stieg aus und verschloß, was ich selten tat, beide Türen.

»Da vorne«, sagte ich, »ist die berühmte Place Pigalle. Hast du von der schon gehört?«

»Nein.«

»Na, dann komm, und wenn du Geld in der Tasche hast, trag sie bitte so wie ich – fest unter dem Arm.«

»Wieso?« fragte sie mit einer Mischung aus Besorgnis und Spannung, »wird man hier beraubt?«

»Das kann vorkommen.«

Wir waren an der Ecke des Platzes angelangt, und da gerade grünes Licht war, begann ich ihn zu überqueren. In der Mitte merkte ich, daß Ludmila nicht mehr neben mir war, und sah mich um. Sie stand wie angewurzelt vor dem Schaukasten eines der zahllosen Nachtlokale und starrte.

»Ludmila«, rief ich, »kommst du?«

Sie wandte mir kurz den Kopf zu und winkte mich heftig an ihre Seite zurück.

»Was ist das?« fragte sie, als ich neben ihr stand.

»Das siehst du doch. Splitterfasernackte Frauen – miese noch dazu – in obszönen Posen.«

»Sind das Prostitutken?«

»Nein, das sind Künstlerinnen.«

»Ähhh, Angelina!« Sie neigte den Kopf zur Seite und sah mich mit vorgeschobener Unterlippe und zusammengezogenen Brauen an: »Mach dich jetzt nicht über mich lustig, sondern erklär mir, was das ist.«

»Ein Nachtlokal wie es hier eins am anderen gibt – Touristennepps, wo man für sehr viel Geld ein schlechtes Getränk und eine eklige Show vorgesetzt bekommt. Frauen, die Striptease machen oder onanieren oder sich lesbisch betätigen oder alles zusammen.«

»Vor einem Publikum!«

»Ludmila, ich bitte dich, was dachtest du? Sie machen es für sich selber zum Spaßvergnügen?«

Sie nagte an ihrer Unterlippe, schaute noch einmal auf die Photos zurück, gab sich dann einen Ruck und folgte mir schweigend. Wir überquerten den Platz, und sie schwieg immer noch.

Ich fürchtete, sie habe jetzt einen Pornoschock erlitten, und als wir den Boulevard de Clichy mit seinem grotesken Überangebot an Sexshops, Peep-Shows, Life-Shows und Pornokinos erreicht hatten, versuchte ich sie von dem Sodom und Gomorrha um uns herum abzulenken und sagte: »Siehst du, da hinten die Mühle mit den roten Lämpchen, das ist das Moulin Rouge.«

Sie schaute kaum hin, sah aber auch nicht nach Schock aus. Im Gegenteil. Um ihre Augen und Lippen zuckte ein stummes Gelächter, und ohne sich weiter um mich zu kümmern, strebte sie mit langen Schritten dem Schaukasten eines Life-Show-Etablissements zu und vertiefte sich in eine Gruppensexaufnahme.

»Komm her«, befahl sie, »und sieh dir das an. Wenn du mir erklären kannst, was zu wem gehört, würdest du sehr in meiner Achtung steigen.«

Das Trottoir war voller Menschen, in der großen Mehrzahl Männer: frauenlose Touristen, die sich eine ausschweifende Pariser Nacht versprachen, einsame Gastarbeiter aller Schattierungen, die sich bestenfalls eine Peep-Show leisten konnten, zwielichtige Gestalten auf der Suche nach einem dunklen Geschäft. Die einzige, die ungeniert an dem Schaukasten klebte und die Photos studierte, war Ludmila.

»Komm, Ludmila«, versuchte ich sie loszueisen, »so interessant ist das nun auch wieder nicht.«

»Es ist sehr interessant«, widersprach sie, »besonders für eine Ärztin mit Anatomiekenntnissen. Ja, und nun frage ich mich eins: Warum stehen oder liegen oder knien die Männer auf dem Bild alle so, daß man das Wichtigste an ihnen nicht sehen kann.«

»Weil es wahrscheinlich nichts zu sehen gibt.«

»Was meinst du damit?«

Ein schäbig gekleideter Kerl mit einem gemeinen kleinen Lächeln um den Schnurrbart streifte dicht an uns vorbei, und der Türsteher des Etablissements trat mit einladenden Gesten auf uns zu: »Mesdames«, sagte er, »treten Sie doch ein, dort sehen Sie alles in natura.«

Ludmila schaute mich erwartungsvoll an, und der Türsteher, dem ihr Blick nicht entgangen war, legte einen Zeigefinger auf ihren Arm und versprach: »Sie werden nicht enttäuscht sein, Madame, so etwas sehen Sie nie wieder.«

Ich drehte ihm den Rücken zu, nahm Ludmila beim Arm und zog sie weiter: »Ich glaube, du hast den Verstand verloren«, sagte ich, »wolltest du da wirklich reingehen?«

»Man muß doch alles mal gesehen haben, findest du nicht?«

»Nein, das finde ich nicht, aber wenn du bedauerst, nicht reingegangen zu sein ...« Ich blieb stehen.

»Würdest du denn reingehen?«

»Nein, ich bestimmt nicht, aber ich könnte in einem Café auf dich warten.«

»Ohne dich gehe ich nicht.«

»Ludmila, jetzt hör mal: ich gehe nicht, noch dazu mit einer Frau, in mediokre Pornoveranstaltungen.«

»Warst du schon mal mit einem Mann?«

»Nein, weder mit noch ohne. Ich finde so was widerlich und lächerlich.«

»Wie kannst du das wissen, wenn du noch nie drin warst?«

»Ich war zweimal in meinem Leben in einem Pornofilm, und das hat mir gereicht.«

»Ja, aber hier hast du es doch in natura, und das ist viel spannender. Stell dir vor, der Mann kriegt keine Erektion. Bekommt man dann sein Geld zurück?«

Jetzt brach sie in Lachen aus, hielt sich an meinem Arm fest, krümmte sich, wurde zu einem Verkehrshindernis: »Stell dir vor, die ganze Vorstellung bricht zusammen, weil der Mann ...« Ich zerrte sie zur Seite und damit direkt vor einen Sexshop. Sie lehnte ihre

Stirn an die Scheibe des Schaufensters, um sich in Ruhe auszulachen, doch plötzlich riß das Lachen unvermittelt ab, und sie richtete sich steil auf.

»Bodje moi«*, rief sie, vor Verblüffung in ihre Muttersprache zurückfallend, »was ist denn das für ein Ding? Angelina!« Sie preßte den Zeigefinger gegen die Scheibe.

»Du wolltest das Moulin Rouge sehen«, sagte ich, die Augen zum Himmel aufschlagend.

»Ist der aus Gummi?«

»Nein, man hat ihn jemand abgeschnitten und ausgestopft.«

Sie bekam einen neuen Lachanfall.

»Kann ich mir einen kaufen und nach Bulgarien mitnehmen?« brachte sie schließlich hervor.

»Eine gute Idee, aber die Dinger sind teuer.«

»Vielleicht gibt es ein Sonderangebot.«

»Mit Sonderangeboten solltest du jetzt vorsichtig sein. Nachher paßt er nicht, so wie dein Schuh.«

»Angelina . . . ich kann nicht mehr vor Lachen . . . gibt es hier ein Klo?«

»Auch das noch«, sagte ich, »los, komm!«

Wir landeten in einem schäbigen, äußerst lebhaften Café zwischen Prostituierten und Zuhältertypen und tranken, zum Andenken an Erich Maria Remarque und seinen tragischen Roman, Calvados. Ludmilas irre Heiterkeit war in Nachdenklichkeit umgeschlagen. Sie hatte die Ellenbogen auf den Tisch und das Gesicht auf die Fäuste gestützt und grübelte über den Verfall des Westens nach.

* Bodje moi – mein Gott

»Wozu brauchen sie das alles?« fragte sie weniger mich als sich selber, »sind die Männer hier impotent, ist ihnen die normale Liebe langweilig geworden? Und die Frauen, warum machen sie sich so billig und schmutzig, warum benehmen sie sich wie die Tiere?«

Jetzt verlangte sie eine Antwort.

»Weißt du, Ludmila«, sagte ich, »das hier ist ein Amüsierviertel und die gibt es in allen großen Städten seit Jahrhunderten.«

»Ja, Angelina, du tust, als könnte ich nicht bis drei zählen. Ich weiß, daß es immer Viertel mit Bordellen und Prostitutken und unnatürlicher Liebe gegeben hat, aber man hat das doch nicht in die Schaufenster gestellt und auf der Bühne gemacht und in Filmen und auf Photos, Männer zusammen und Frauen zusammen und alle zusammen, und man ist doch nicht halbnackt durch die Straßen gelaufen und ganz nackt am Strand und hat doch nicht in Büchern geschrieben, wie sich Frauen Liebhaber angeln können und wie sie, wie sie . . . na ja, du weißt schon. Das ist doch Privatsache, das braucht doch nicht die ganze Welt zu sehen und zu hören und zu wissen.«

»Das ist eben der Fortschritt, Ludmila, davon verstehst du nichts. Alles ist befreit worden: die Frau, die Liebe, der Sex, die Ehe, die Kinder, die Jugendlichen, das Unterbewußtsein, die Aggressionen, die Hemmungen und der Wahnsinn.«

Sie nickte schwer mit dem Kopf: »Wir haben von allem zu wenig«, sagte sie, »und ihr habt von allem zu viel – auch von der Freiheit. Ich sehe, der Mensch verdient die Freiheit nicht. Er weiß nicht, wo er Halt machen muß, er hat kein Maß und keinen Instinkt mehr. Er will mehr und mehr und kann gar nichts damit anfangen. Er langweilt sich, er freut sich nicht mehr, er wird krank, weil er nicht weiß, warum er nicht glücklich ist mit all dem, was er hat. Ich habe einen Freund, der ist ein weiser alter Mann. Als ich ihm erzählte, daß ich in den Westen fahre, hat er gesagt . . .« Sie machte eine Pause, hob den Zeigefinger und sprach plötzlich im geheimnisvollen Ton einer Märchenerzählerin: »Fahre, mein Kind, hat er gesagt, und wenn du da bist, schaue, horche, prüfe und ziehe deine Schlüsse. Nicht alles ist Gold was glänzt.«

»Und hast du schon deine Schlüsse gezogen?«

»Ja«, sagte sie und lachte, »bei uns geht's nicht mit rechten Dingen zu und bei euch auch nicht.«

In Notre-Dame, unserer vorletzten Station, wurde sie feierlich. Sie kaufte am Eingang zwei Kerzen, und während ich mich auf die letzte Bank setzte, wanderte sie auf Zehenspitzen durch die gewaltige, stille, dämmrige Kirche. Ich sah, wie sie im linken Seitenschiff verschwand und wieder auftauchte, lange vor dem Hauptaltar stehenblieb, über die Säulen strich, den Blick zu einem der bunten, im letzten Licht der Sonne aufleuchtenden Fenster hob und dann den Kopf weit in den Nacken legte und, wie es schien, zu Gott persönlich emporschaute. Ich sah sie das Knie beugen und das Kreuzzeichen machen – kurz und verstohlen, so als schäme sie sich –, zu einem der großen Kerzenhalter gehen und ihre zwei Kerzen anzünden: eine für die Toten, eine für die Lebenden.

Als sie zurückkam, war ihr Gesicht sehr ernst. Sie blieb neben mir stehen und legte die Hand auf meine Schulter: »Jetzt weiß ich, was Kultur ist«, sagte sie und ließ ihren Blick noch einmal durch die Kirche wandern: »Ja, Angelina, so lange die Menschen Gott hatten, hatten sie Kultur. Jetzt haben sie die Atombombe und Pornographie.«

Bob wohnte fünf Minuten von Notre-Dame entfernt auf der Ile St. Louis. Ich ging mit Ludmila an der Seine entlang, und nun, da sie wußte, was Kultur ist, hatte sie Augen für die Schönheit des Viertels, für die alten, noblen Häuser, die Brücken und den Fluß, an dessen Ufern die letzten geduldigen Angler und die ersten ungeduldigen Liebespaare standen. Es war die Stunde der späten Dämmerung, die sanfteste Stunde von Paris, das Licht, perlgrau wie die Brust einer Taube, im Westen noch ein Streifen rotgoldenen Himmels, die Seine, jetzt eine Schleppe aus dunklem Samt.

»So werde ich Paris immer in Erinnerung behalten«, sagte Ludmila, und an dem wehmütigen Zug in ihrem Gesicht erkannte ich, daß Paris, noch bevor es Wirklichkeit werden konnte, Erinnerung geworden war.

Bobs Wohnung befand sich in der Mansarde eines Hauses, dem sein stattliches Alter äußerlich zugute kam, das aber innerlich unter den Jahrhunderten gelitten hatte. Es gab keinen Fahrstuhl, die Treppe verlangte dringend nach einem neuen Läufer und die abblätternden Wände nach einer neuen Schicht Farbe. Ludmilas Bewunderung für die Fassade schlug in Mißbilligung über den vernachlässigten Zustand um, der sie, so erklärte sie, an gewisse Häuser in Bulgarien erinnerte. Ich fürchtete, daß sie die Wohnung meines Freundes noch viel mehr daran erinnern würde, und versuchte sie während des Aufstiegs in den fünften Stock darauf vorzubereiten.

»Bob ist ein typischer Bohemien«, sagte ich, »und Junggeselle noch dazu, also mach nicht zu große Augen, wenn alles drunter und drüber liegt und kein Stuhl da ist, auf den du dich setzen kannst.«

»So was erschüttert mich nicht«, gab sie zur Antwort, »schließlich bin ich daran gewöhnt.«

Bob, als er uns nach dem zweiten Klingeln öffnete, war in einem Zustand der Auflösung. Er hatte weder Schuhe noch Hemd an, und die zerknitterte, einstmals weiße Hose überraschte mit ebenso vielen Schattierungen wie sein Haar, in dem sich Blond mit Braun und Grau mischte, eine Kombination, die dem Haar besser bekam als der Hose.

»Ah, da seid ihr schon«, rief er verwirrt und atemlos. Da er an Asthma litt, war seine Kurzatmigkeit leicht zu erklären, da wir uns aber um eine halbe Stunde verspätet hatten, ließ sich weder der Begrüßungssatz noch die Verwirrung deuten.

»Ja, da sind wir schon«, sagte ich, und Ludmila kicherte. Er erinnerte sich, daß wir immer noch vor der Tür standen und er uns mit seiner merkwürdigen Erscheinung den Weg versperrte, trat mit hastiger Ungeschicklichkeit zurück und in eine Pfanne, die dort herumstand, murmelte: »Oh shit . . .«, und beförderte sie mit einem Fußtritt zur Seite.

»Charlie Chaplin persönlich«, sagte ich eintretend, »komm, Ludmila, er wird sich schon beruhigen, aller Anfang ist schwer, weißt du.«

»Es gibt so Tage«, entschuldigte sich Bob, »an denen einem alles schiefgeht. Man zündet eine Lampe an, und die Birne explodiert, man öffnet den Schrank, und ein Bügeleisen fällt einem auf den Kopf . . .« Er griff nach einem Lappen, der auf dem Frigidaire lag und sich als Hemd entpuppte und zog es an: ». . . man erwartet jemand, und jemand, den man nicht erwartet hat, kommt . . . Guten Abend, meine Schönen.«

Er küßte Ludmila mit gespitzten Lippen auf beide Wangen, dann mich.

»In anderen Worten«, sagte ich, »du bist nicht alleine.«

»Das macht aber nichts«, beteuerte er, »jemand, den ich seit Monaten nicht mehr gesehen habe, steht plötzlich vor der Tür, und was konnte ich machen.«

»Ja, was wohl?« sagte ich und dann sehr schnell und leise: »Ist da drinnen alles in Ordnung, oder sollen wir lieber wieder gehen?«

Ludmila, die sich diskret in der Küche – die gleichzeitig Vorzimmer, manchmal auch Eßzimmer war – umgesehen hatte, faßte Bob und mich scharf ins Auge: »Was ist?« fragte sie, »was flüsterst du da?«

»Bob hat Besuch«, erklärte ich, »und ich habe gefragt, ob wir lieber ein anderesmal kommen sollen.«

»Nein, ihr sollt jetzt kommen«, sagte Bob, »jetzt und nicht ein anderesmal. Den Besuch schicke ich gleich weg.«

Wir gingen durchs Schlafzimmer, das eine riesige, auf einer Art Holzsockel ruhende Matratze enthielt, einen violett gestrichenen Schrank und die fast lebensgroße Skulptur eines nackten Mannes. Von dort aus betraten wir das Wohnzimmer, dessen Einrichtung aus vollgestopften Bücherregalen, einem Tisch mit Schreibmaschine und Drehstuhl, zwei bizarren Stehlampen und großen, bunten, auf dem Boden liegenden Kissen bestand. Auf einem dieser Kissen saß buddhaähnlich ein junger Mann mit gut entwickeltem Oberkörper unter einem eng anliegenden rosa Hemd, sehr dunklen, öligen Augen unter zusammengewachsenen Brauen und dicken, violetten Lippen unter einem zierlichen schwarzen Schnurrbart.

Ludmila, die vermutlich ein weibliches Wesen oder zumindest einen zweiten intellektuellen Bohemien erwartet hatte, konnte einen Laut der Überraschung nicht unterdrücken, und Bob, den dergleichen Situationen nicht im geringsten beunruhigten, sagte: »Das ist Ahmed.«

Ich streckte Ahmed die Hand entgegen, eine Geste, die ihn offenbar verwirrte und darum gelenkig aufspringen ließ. Während er mir, dann Ludmila die Hand gab, lächelte er scheu, und zwei goldene Zähne blinkten in seinem Mund auf.

»Ich habe Pernod und Whisky«, sagte Bob, »was wollt ihr trinken?«

»Whisky«, entschied ich, »du auch, Ludmila?«

»Ja, bitte«, sagte sie, und ich sah an ihrer steifen Haltung und dem versteinerten Gesicht, daß sie mit der ihr unerklärlichen Anwesenheit Ahmeds nicht fertig wurde.

Das wird eine schwierige Stunde, dachte ich und beschloß, sie so schnell wie möglich hinter mich zu bringen.

»Von hier hast du einen herrlichen Blick auf die Seine«, sagte ich ans Fenster gehend, »komm, Ludmila, schau mal hinaus.« Sie trat neben mich, aber anstatt hinunter zu sehen, schaute sie mich an, und ihr Blick war finster wie die aufziehende Nacht.

»Ist das ein Araber?« fragte sie flüsternd.

»Anscheinend«, sagte ich, »guck mal, da ist der Mond . . . fast voll, phantastisch, nicht wahr?«

Sie sah den Mond an: »Ja«, sagte sie, »wunderschön . . . Er hat zwei goldene Zähne, hast du das bemerkt?«

Ich wandte mich zu Ahmed um, der immer noch zwischen den Kissen stand und sich eine Zigarette drehte. Er trug eine hellgraue Hose, eng an den Schenkeln, sehr weit von den Knien abwärts, so wie es vor Jahren die Mode gewesen war. »Wie Sie das können«, sagte ich zu ihm auf französisch, »ich habe mal versucht, mir eine Zigarette zu drehen, und zum Schluß hatte ich nur noch ein Kügelchen Papier in der Hand.«

Er lachte, und ohne den albernen Schnurrbart und die Goldzähne wäre es ein sympathisches Lachen gewesen.

»Das ist Gewohnheitssache«, erklärte er, »ich mache das seit dreizehn Jahren und kann es im Schlaf.«

Ludmila drehte sich um, schätzte ihn kurz ab und bemerkte: »Dann müssen Sie aber früh mit dem Rauchen angefangen haben.«

»Mit zwölf«, nickte er.

Bob kam mit einem beladenen Tablett ins Zimmer und versuchte es auf dem Tisch erst neben, dann auf der Schreibmaschine abzusetzen. Seine unheilstiftende Ungeschicklichkeit kennend, bat ich ihn, es auf den Boden zu stellen und sich nicht mehr darum zu kümmern.

Wir setzten uns alle auf die Kissen, und nachdem ich zwei Whisky eingeschenkt hatte und Ludmila und Ahmed beharrlich schwiegen, stürzte ich mich in einen lahmen Bericht über unsere Pariser Rundfahrt und Bob in die langwierige Beschreibung einer mißglückten Theateraufführung, die er am Abend zuvor gesehen hatte. In einer Atempause zwischen zwei Sätzen griff Ludmila sich plötzlich an den Rücken und fragte: »Bob, warum haben Sie eigentlich keine Stühle?«

Aus dem Konzept gebracht und leicht verdutzt, suchte er einen Zusammenhang zwischen der Frage und seiner Erzählung, fand keinen und antwortete: »Ich habe es nie dazu gebracht, und außerdem finde ich Kissen hübscher.«

»Hübscher, ja! Ihre Wirbelsäule findet sie bestimmt nicht hübscher. In Ihrem Alter sollte man weniger an hübsch und mehr an bequem denken. Eines Tages werden Sie sich auf so ein Kissen setzen und nicht mehr aufstehen können.«

Ahmed warf den Kopf zurück und stieß ein gurgelndes Lachen aus. Bob sah mich beunruhigt an und fragte: »Für wie alt hält sie mich?«

Ludmila musterte ihn von den vollen, gescheckten Haaren die ganze wohlproportionierte Länge abwärts, bis zu den schmalen Füßen: »Also zwischen dreißig und vierzig sind Sie nicht mehr, und ab vierzig beginnt die Wirbelsäule zu atrophieren.«

Bob schüttelte perplex den Kopf und griff nach der Flasche: »Was hast du gegen mich, Ludmila?« fragte er.

»Nichts habe ich gegen Sie, ich habe Sie sehr gerne. Aber ich mache keine Komplimente, ich sage immer die Wahrheit.«

»Ein rauhes Volk, die Bulgaren«, bemerkte Bob.

»Rauh, aber herzlich und ehrliche Freunde . . . ja, warum gießen Sie sich jetzt selber einen Whisky ein und Ihrem Gast nicht? Ist das eine westliche Sitte?«

Bob lachte und erklärte: »Ahmed trinkt keinen Alkohol, er kommt aus Marokko.«

»Ist das ein Grund, nicht zu trinken?« fragte Ludmila mit einem strengen Blick auf den jungen Mann.

Ahmed schaute schnell zu Boden. Es hatte ihm sowohl das Lachen als die Sprache verschlagen. Eine Frau, die so autoritäre Fragen und Meinungen zum Besten gab, war ihm unheimlich.

»In den arabischen Ländern«, kam ihm Bob zu Hilfe, »trinkt man wenig oder gar nicht.«

»Kennen Sie die arabischen Länder gut?« fragte Ludmila.

»Sehr gut«, sagte Bob und streifte mich mit einem amüsierten Blick, »sie haben eine starke Anziehungskraft auf mich. Ich liebe die Sonne, das Meer, die arabischen Städte, die Farben, die Vitalität und Natürlichkeit der Menschen. Ich fühle mich nirgends so frei und mit mir selbst so im Einklang.«

»Ha ha«, lachte Ludmila trocken, »so kann nur ein Mann sprechen. Ich habe eine gute Freundin, eine Chemikerin, die hat einen Araber geheiratet. Sie wollte raus aus Bulgarien – in die Freiheit, und wo ist sie gelandet? In einem Gefängnis! Ich kenne ihren Mann, er ist sogar aus gutem Haus, aber er läßt sie allein nicht einmal von hier bis zum Fenster gehen. Sie ist schon halb verrückt und fett wie eine Haremsdame, weil sie nur im Bett liegt oder vor dem Fernseher sitzt und Lokum ißt. Das ist das Leben einer Frau in den arabischen Ländern.«

»Sie haben recht«, gab Bob zu, »in den arabischen Ländern haben die Frauen nicht viel zu sagen.«

»Weil sie nicht viel im Kopf haben«, sagte Ahmed, dessen männliche Würde es nicht ertrug, seine Landsleute und Geschlechtsgenossen von einer Frau beschimpfen zu lassen.

»Ah«, fuhr ihn Ludmila an, »und was haben die Männer im Kopf?«

»Ja«, fragte Bob und schaute Ahmed mit einem neckenden Lächeln in die Augen, »was haben die Männer im Kopf?«

Ahmed begann unter der männlichen Aggression einer Frau und der weiblichen Koketterie eines Mannes zu schwitzen. Er zeigte in einem verlegenen Grinsen seine zwei Goldzähne, und ich verwünschte sowohl Ludmila als auch Bob.

»Zeit, daß wir gehen«, sagte ich, trank meinen Whisky aus und stand auf.

»Schon?« fragte Bob.

»So geht es heute den ganzen Nachmittag«, beschwerte sich Ludmila, »kaum beginnt es interessant zu werden, zieht sie einen weg.«

Bob begleitete uns zur Tür.

»Bestellen Sie Ihrem Gast von mir«, sagte Ludmila, »das einzige, was arabische Männer im Kopf haben, ist Sex.«

»Richtig«, nickte Bob, »und das ist der Hauptgrund, warum ich so gerne in die arabischen Länder fahre.«

»Wie bitte?« fragte Ludmila, die den tieferen Sinn des Satzes nicht mitbekommen hatte.

Bob lachte: »Erklär es ihr«, sagte er zu mir, warf uns eine Kußhand zu und schloß die Tür.

»Er hat wirklich sehr viel Charme«, sagte Ludmila, während wir die Treppe hinabstiegen, »aber er ist vollkommen verrückt. Ein Schriftsteller, ein intelligenter, gebildeter Mann wie er, läßt da so einen Analphabeten mit Goldzähnen in seine Wohnung. Was hat er bloß mit diesen Arabern?«

»Sex«, sagte ich.

Sie blieb, das linke Knie eingeknickt, das rechte Bein ausgestreckt, stehen, und ihre erschrocken geweiteten Augen suchten in meinem Gesicht nach einem versteckten Lachen, einem Schimmer von Spott, irgendeinem Zeichen, das meine Worte Lügen strafte.

»Ich mache keine Witze«, sagte ich, »Bob ist homosexuell, aber das ist kein Grund, die Treppe runterzufallen. Allein in Paris gibt es Zigtausende.«

Ich ging weiter, aber sie war im Nu neben mir und packte meinen Arm: »Ich verstehe das nicht! Er sieht doch aus wie ein ganz normaler Mann, man merkt ihm doch überhaupt nichts an.«

»Dir fehlt die Übung. In Bulgarien ist es verboten, also gibt es offiziell keine Homosexuellen.«

»Es gibt einen, ein Friseur, und er bewegt sich und spricht wie eine Frau und trägt durchsichtige Hemden und Hosen, die ihm auf die Haut genäht sind, und ich glaube, er pudert sich sogar.«

»Das wird der bulgarische Homosexuelle vom Dienst sein«, sagte ich und lachte.

Sie lachte nicht. Meinen Arm immer noch umklammernd, folgte sie mir die Treppe hinab und war in tiefen Gedanken und tiefer Bedrängnis. Erst auf der Straße kam sie wieder zu sich und sagte mit einem Seufzer: »Ja, Angelina, man lernt nie aus.«

»So ist es, Ludmila.«

»Ich wäre nie darauf gekommen und ich wette, viele Frauen verlieben sich in ihn und kommen nicht drauf.«

»Im entscheidenden Moment kommen sie dann schon drauf.«

»Und wie war das bei dir?«

»Ich habe von Anfang an gewußt, daß er homosexuell ist, und das war mir außerordentlich angenehm. Es gibt keine bessere Freundschaft für eine Frau als die mit einem Homosexuellen. Kein Risiko und alles in einem: Bruder und Schwester, männlicher Schutz und weibliche Sensibilität. Was will man mehr! Wir sind seit sieben Jahren eng befreundet, und er weiß alles über mich und ich alles über ihn.«

»Er erzählt dir alles, auch seine . . . seine . . .«

»Ja, auch seine . . . seine.«

»Hat er keinen festen Freund?«

»Er hat Freunde, er hat viele Bekannte und zahllose junge Männer.«

»Aber nicht nur solche, wie der, der da oben saß.«

»Nicht nur, aber meistens.«

»Du großer, gütiger Gott!« Sie blieb stehen und lehnte sich an eine Haustür: »Wenn es Zigtausende von Homosexuellen in Paris gibt, warum dann diese unzivilisierten Araber mit Goldzähnen?«

»Sie haben ja nicht alle Goldzähne und außerdem, das hast du von ihm selber gehört, sind sie vital und natürlich und außerdem kosten sie nicht viel und sind leicht zu haben und außerdem sind sie nicht homosexuell, und darauf legt Bob besonderen Wert, denn er kann die typischen Homosexuellen nicht leiden.«

Die Tür, an der Ludmila lehnte, ging auf, und sie fiel rückwärts auf einen älteren Mann, der seinen verfetteten Hund ausführen wollte. Hund und Mann begannen gleichzeitig zu knurren, und ich entschuldigte mich für Ludmila, die noch unter dem Eindruck meiner letzten Eröffnung nicht dazu fähig war.

»Bitte, komm jetzt«, sagte ich, »ich muß das Abendessen machen.«

Sie trottete eine Weile schweigend und grübelnd neben mir her, dann hielt sie wieder an.

»Angelina«, sagte sie, »jetzt hör mir mal zu: ich bin doch nun wirklich keine Unschuld vom Lande – Ärztin bin ich, viermal verheiratet war ich, ich kenne das Leben und das Sterben, ich kenne die Krankheit und den Wahnsinn, ich kenne mehr, als die meisten kennen, aber hier im Westen gibt es so viele Variationen von Krankheit und Wahnsinn, daß ich mich überhaupt nicht mehr auskenne, daß ich nicht mehr weiß, was oben und was unten ist, was Mann oder Frau, was normal oder anormal ...« Sie hielt sich den Kopf mit beiden Händen: »Gott steh euch bei«, sagte sie, »das wird schlecht enden mit dem Westen.«

An diesem Abend brachte Serge Alice mit, eine gemeinsame Bekannte, die an manisch-depressiven Stimmungen litt. In ihren depressiven Phasen lag sie meistens im Bett, aß alles, was ihr unter die Finger kam, und nahm regelmäßig fünf Kilo zu. In ihren manischen Phasen aß sie strengste Diät, rannte durch die Stadt und kaufte alles, was nicht niet- und nagelfest und außerdem gut und teuer war. Sie war klein, je nachdem rund oder schlank, sehr elegant, platinblond gefärbt und von einer aggressiven Schlagfertigkeit, die ihr den Ruf einbrachte, sehr intelligent zu sein.

Als sie die Wohnung betrat und mit tiefer, männlicher Stimme die ersten Takte von ›Enough is enough‹ – meines derzeitigen, mir aus der Seele sprechenden Lieblingsschlagers – sang, wußte ich sofort, daß sie in einer manischen Phase war. »Was ist das?« fragte Ludmila, die den Tisch deckte, erschrocken.

»Eine weitere Variation westlichen Wahnsinns«, sagte ich. Alice tauchte in der Türöffnung auf. Sie trug eine rostrote Leinenhose, eine Weste aus schwarzsilbernem Brokat, ein cremefarbenes Seidenhemd mit schmaler, schwarzer Krawatte und viele Ketten, Armbänder und Ringe, die, da sie schön und echt waren, auffallend, aber nicht protzig wirkten.

Hinter ihr stand Serge, grinste unsicher und hob die Schultern in einer Gebärde der Machtlosigkeit. Ich warf ihm einen raschen, bösen Blick zu.

»Mein Schätzchen«, rief Alice, »ich weiß, das Leben und die Menschen sind dir eine Last und das einzige, was für dich zählt, ist diese lächerliche Puderquaste von Katze – trotzdem, mach gute Miene zum bösen Spiel und zeig deiner Freundin ein sonniges Gesicht.«

Ich lachte schuld- und pflichtbewußt, ging auf sie zu und küßte sie.

»Und das«, sagte ich danach, »ist Ludmila.«

»Ah, Ludmila!« sagte Alice und streckte ihr mit einwandfreier Liebenswürdigkeit die Hand entgegen, »ich habe schon viel von Ihnen gehört und freue mich sehr, Sie kennenzulernen.«

Ludmila zeigte sich von ihrer höflichen, distanzierten Seite. Sie lächelte konventionell, drückte kurz und kräftig die ringgeschmückte Hand und sagte: »Enchantée.« Dann fuhr sie fort den Tisch zu decken.

Serge war spurlos verschwunden, dafür kam die von Alice verabscheute Katze in die Küche und verlangte schreiend und mit der Pfote auf ihren Teller schlagend eine Portion Fisch. Alice zog eine irritierte Grimasse.

»Geh schon ins Zimmer«, sagte ich zu ihr, »wir kommen gleich nach. Ich geb' der Katze nur schnell was zu fressen.«

»Das mach' ich schon«, sagte Ludmila, »geh mit deiner Freundin.«

Das Wort »Freundin« kam mit kleiner Verzögerung und starker Betonung.

Zum Glück hatte Alice bereits die Küche verlassen, und ich, an die Ärztin in Ludmila appellierend, sagte: »Du darfst sie nicht so ernst nehmen, sie ist manisch-depressiv und bildet sich ein, meine Freundin zu sein.«

»Ein sehr interessantes Symptom! Tritt das ein, wenn sie depressiv oder wenn sie manisch ist?«

Wir mußten beide lachen, und Ludmila nahm zwei weitere Teller aus dem Schrank und fragte: »Wo sitzt der Pfau?«

»Neben mir, dir gegenüber«, sagte ich, »damit du ihn studieren kannst.«

»Habe ich schon«, erwiderte sie, »sehr elegant, sehr viel Schmuck, interessantes, gut geschminktes Gesicht und nichts dahinter. Ist sie lesbisch?«

»Oh, Gott, Ludmila, nur weil Bob homosexuell ist, muß die nächste doch nicht gleich lesbisch sein. Sie ist manisch-depressiv, genügt dir das nicht?«

»Sie hat einen Baß wie Schaljapin, eine Krawatte um den Hals und überhaupt männliche Züge. Bestimmt ist sie lesbisch.«

»Sie ist seit zweiundzwanzig Jahren verheiratet, und der Mann frißt ihr aus der Hand.«

»Weil er Angst vor ihr hat . . . Serge übrigens auch. Er hat sich schon versteckt.«

»Den werden wir gleich haben«, sagte ich und verließ die Küche.

Alice saß tief und fest in einem Sessel, hielt ein goldgerahmtes Lorgnon vor die Augen, las eine Zeitschrift und rauchte eine Zigarette.

»Einen Moment noch«, rief ich.

»Kann ich irgendwas helfen?« fragte sie ohne aufzusehen. Da das eine routinemäßige Frage war, die selbst bei Aufforderung nicht in die Tat umgesetzt wurde, ersparte ich mir die Antwort und machte mich auf die Suche nach Serge. Ich hörte im Bad das Wasser in die Wanne rauschen und im Schlafzimmer Fernsehgeräusche. Serge, in Unterhosen, lag auf dem Bett.

»Nein, mein Lieber«, sagte ich, »nein, nein! Du hast sie mir angeschleppt, du verschwindest jetzt nicht.«

»Ich kann nichts dafür«, jammerte er, »ich hatte überhaupt keine Wahl. Sie hat dich heute nachmittag hundertmal angerufen und du warst nicht da. Dann hat sie mich im Studio angerufen und gesagt, ich solle sie um acht Uhr abholen.«

»Und du konntest nicht sagen ...«

»Hast du das schon jemals gekonnt?«

Da hatte er nun wieder recht. Wenn Alice mich anrief und in ihren manischen Phasen mit befehlender, in ihren drepressiven mit schleppender Stimme etwas verlangte, war ich zu feige, nein zu sagen, und anschließend stundenlang damit beschäftigt, mir meine Feigheit vorzuwerfen.

»Schön«, sagte ich in die Enge getrieben, »lassen wir das, aber komm jetzt bitte.«

»Gleich!« rief er, sprang vom Bett und in die Badewanne. Ludmila war zu meiner Überraschung freiwillig ins Wohnzimmer gegangen. Vielleicht um die lesbische Ader von Alice zu prüfen, vielleicht um sich Kleidung und Schmuck näher zu betrachten, bestimmt nicht, um mir, der treulosen Freundin, eine Freude zu machen.

Alice sprach langsam und deutlich auf sie ein. Sie erzählte von einer Reise durch Ungarn, die sie mit ihrem Mann, einem überzeugten und engagierten Sozialisten und stellvertretenden Chefredakteur einer großen, linksorientierten Zeitschrift, gemacht hatte. Ich kannte die Geschichte. Sie war wie der Marsch durch eine Wüste: lang und erschöpfend. Der trockene Humor, mit dem sie sie würzte, zerstäubte, der »Esprit« verdampfte und die Pointen, die Oasen gleich am Horizont auftauchten, entpuppten sich jedes Mal als Fata Morgana: glaubte man, jetzt sei man endlich am Ziel, verschwanden sie.

Ludmila saß ihr gegenüber. Ihr steifer Rücken berührte nicht die Sofalehne, ihr starres Lächeln nicht die Augen. Sie sah aus wie eine Puppe, die man nur leicht anzustoßen braucht, damit sie hintenüber kippt und die Augen schließt. Ich setzte mich neben sie und tippte sie an. Sie kippte nicht, aber sie rührte sich auch nicht. Vielleicht war sie hypnotisiert.

»Und dann«, erzählte Alice mit tiefem Lachen, »kommt doch dieser pfiffige, polierte Minimacho auf mich zu, küßt mir die Hand, blickt mir tief ins Auge und stellt sich als Joseph Graf Szegedin vor.«

Du lieber Gott, wir waren erst bei Joseph Graf Szegedin, das bedeutete, daß die Geschichte noch zwanzig Minuten dauern und, um mit Alices Worten zu sprechen, immer »komischer« werden würde. Vielleicht sollte ich die Katze holen und sie Alice in den Schoß werfen oder die Couch, auf der Ludmila und ich saßen, anzünden. Irgendein Unglück oder Wunder mußte geschehen, um sie zum Schweigen zu bringen.

Das Wunder traf fünf Minuten später in Gestalt von Serge ein. Das Bad hatte ihn äußerlich und innerlich erfrischt, und da Höflichkeit nicht seine Stärke war, unterbrach er Alice mit den Worten: »Ma chérie, ich habe Hunger, kannst du die Geschichte nicht bei Tisch weitererzählen?«

In Alices Gesicht kam ein verkniffener Zug. Ihre Augen, Nasenflügel und Lippen wurden schmal und hart. Serge war der einzige, der es wagte, ihr das Wort abzuschneiden, und wenn das passierte, kostete es sie ungeheure Beherrschung, ihre Empörung abzufangen und eine scharfe Zurechtweisung in einem grimmigen Lachen zu ersticken.

»Du bist der unerträglichste Mann, dem ich in meinem langen Leben begegnet bin«, schnarrte sie, »je t'adore!«

Sie stand auf und marschierte uns allen voran in die Küche. »Ich hoffe, sie erzählt diese nervtötende Geschichte jetzt nicht wirklich noch zu Ende«, flüsterte Serge uns zu, lief Alice nach und legte den Arm um ihre Schultern: »Was möchtest du trinken, ma petite chérie«, fragte er, »einen Beaujolais oder einen Bordeaux?«

Ludmila sah ihnen entgeistert nach: »Ja«, sagte sie, »die Franzosen sind unklare Menschen. Man weiß nie, was sie eigentlich meinen. Das macht mich nervös.«

Sie kräuselte Stirn und Lippen wie immer, wenn ihr etwas mißfiel.

»Sie sind Komödianten«, entgegnete ich, »nimm sie, um Gottes willen, nicht ernst. Sie fürchten den Ernst. Sie halten ihn für geschmacklos, und darum kultivieren sie den Unernst.«

»Wo bleibt ihr denn?« schrie Serge aus der Küche, »Alice ist am Verhungern!«

Alice war seit einer Woche am Verhungern, denn sie hielt strengste Diät und ernährte sich, wie sie erklärte, von geschabten Mohrrüben und Grapefruitsaft. Da ich weder das eine noch das andere zu bieten hatte, aß sie Salat mit zwei hartgekochten Eiern und kompensierte das Leeregefühl in ihrem Magen mit einer Fülle tiefschürfender Fragen, die das Leben und Treiben der Bulgaren betrafen.

Ludmila, nachdem sie eine Weile mit der Lustlosigkeit einer Schülerin, die eine fade Prüfung ablegt, geantwortet hatte, verlor schließlich die Geduld: »Madame«, sagte sie, ihre Abneigung durch formelle Höflichkeit betonend, »ich bedaure, aber ich kann Ihnen gar nichts Aufregendes erzählen. Bulgarien ist ein kleines, uninteressantes Land, und das Leben der Menschen dort ist genauso. Bei uns finden Sie nicht mal einen Grafen, nichts – von der Landschaft abgesehen –, das schön oder auffallend wäre, wie zum Beispiel . . .«, sie lächelte tückisch, ». . . Ihre Perlenkette.«

»Ich habe sie geerbt«, sagte Alice im Ton der Rechtfertigung, »von meiner Großmutter.«

Ludmila nickte, trank einen Schluck Wein und fuhr fort: »Wir Bulgaren hatten nie viel zu erben. Wir waren ein einfaches Bauernvolk, arm an Geist und Gut. Wir hatten viel Obst und Gemüse, Rosen- und Tabakfelder, Schafe und Joghurt. Das Joghurt war das einzige, was uns in der Welt berühmt gemacht hat. Jetzt sind wir ein einfaches Arbeitervolk, noch immer arm an Geist und Gut, haben eine dürftige Industrie und eine gewaltige Bürokratie und gehen anstatt auf die Felder in die Fabriken und anstatt ins Kaffeehaus oder in die Kritschma* auf Versammlungen. Und unser Joghurt ist auch nicht mehr das, was es war.«

»Mit anderen Worten«, schloß Alice und steckte eine Zigarette in eine silberverzierte Elfenbeinspitze, »ein graues, organisiertes Leben.«

Ludmila schwieg.

»Und was denkt das bulgarische Volk nun eigentlich wirklich über den Kommunismus?« fragte Alice und sah Ludmila zwingend in die Augen.

* Kritschma – Kneipe

»Das bulgarische Volk denkt nicht«, sagte Ludmila von ihrem Blick unberührt, »und das ist seine hervorstechendste Eigenschaft.«

»Ho, ho, hooo«, lachte Alice, und Serge, der bis dahin intensiv mit Essen beschäftigt gewesen war, jetzt aber nichts mehr auf dem Teller hatte, warf mir einen unheilschwangeren Blick zu und griff nach seinem Glas.

»Nimm noch ein Stück Kaninchen«, sagte ich und legte es ihm, ohne seine Antwort abzuwarten, auf den Teller. Solange er aß, konnte nicht viel passieren.

»Es ist ein Skandal, was man mit diesen kleinen, bunten vitalen Ländern gemacht hat«, empörte sich Alice.

»Die großen Fische fressen die kleinen«, sagte Ludmila lakonisch, »und zum Schluß werden nur noch zwei riesige Walfische da sein, die sich gegenseitig auffressen.« Sie schob Alice die Schüssel mit dem Kaninchen zu: »Also hören Sie auf mit Ihrer Diät, essen Sie, trinken Sie, kaufen Sie, reisen Sie und freuen Sie sich Ihres westlichen Daseins.«

»Sind Sie der Ansicht, daß die Lebensfreude vom Materiellen abhängt?«

»Äh«, rief Ludmila zwischen Lachen und Entrüstung, »solche Fragen könnt nur ihr hier im Westen stellen! Nein, sie hängt nicht davon ab, aber sie hängt damit zusammen. Stehen Sie doch mal nach einem vollen Arbeitstag eine Stunde lang Schlange nach etwas, das Sie gar nicht wollen, aber das es zufällig gerade gibt, und steigen dann bepackt in eine überfüllte Straßenbahn und kommen nach Hause und machen sich ans Kochen oder Wäschewaschen oder Bödenschrubben. Sie würden nach einem einzigen

Tag dieser Art nie wieder solche Fragen stellen. Ihr seid hier schon so verwöhnt und unbescheiden, daß ihr gar nicht mehr wißt, wo oben und wo unten ist. Wenn ihr das gute Leben so verachtet, dann verzichtet doch darauf. Ihr habt ja die freie Wahl, ihr könnt ja tun und lassen was ihr wollt. Schmeißt euren Schmuck und eure Kleider aus dem Fenster, gebt euer Geld den armen Rentnern oder Negern oder Arabern, nehmt ein paar Flüchtlingskinder in eure Wohnungen oder fahrt in die Länder, in denen die Menschen hungern und hungert mit ihnen. Es gibt zahllose Möglichkeiten, das Materielle loszuwerden und auf diese Weise die reine, echte Lebensfreude zu finden. Aber es sich gutgehen lassen und sich dann darüber beschweren, daß einem das Wohlleben keine Freude bringt, das macht mich krank.«

»Bravo, Ludmila«, sagte Serge, »du hast vollkommen recht.«

»Natürlich hat sie vollkommen recht«, bekräftigte Alice aufgeregt, »und trotzdem kann sie aus ihrer Sicht und Situation gar nicht beurteilen, was dieser Konsumterror in der westlichen Gesellschaft und in jedem von uns angerichtet hat.«

»Was ist Konsumterror?« wollte Ludmila wissen.

»Der Zwang, immer neue Sachen zu kaufen«, erklärte Alice, »Sachen, die man gar nicht braucht.«

»Wer zwingt euch?« fragte Ludmila.

Serge lachte, und Alice sagte: »Die Industrie, die uns mit immer neuen und unnötigen Verbrauchsgütern überschüttet.«

Ludmila sah sie mit geöffnetem Mund ungläubig an: »Aber es liegt doch an euch, ob ihr kauft oder nicht«, sagte sie schließlich, »da steht doch keiner mit der Maschinenpistole hinter euch, oder?«

»Es handelt sich um den inneren Zwang«, belehrte Alice.

Ludmila winkte verächtlich ab: »Ja«, sagte sie, »ihr wißt auch nicht, was Zwang ist.«

Alice lächelte nachsichtig und begann mit einem groß angelegten Vortrag über den Spätkapitalismus und seine soziopathologischen Folgen, den sie mit vielen Beispielen ausschmückte und mit regelmäßigem »Sie verstehen, was ich meine?« punktierte. Da sie mich einmal mit einem ähnlichen Vortrag über Sozialismus in einen Zustand der Betäubung versetzt hatte, überlegte ich, wie ich Ludmila aus der Bedrängnis helfen könne, ohne mir damit einen Wutausbruch Alices einzuhandeln. Ich sah um Beistand bittend zu Serge hinüber.

»Ich muß mal telefonieren«, sagte der, steckte sich einige Trauben in den Mund und stand auf: »Entschuldigt mich bitte.«

Alice, ohne sich zu unterbrechen, schoß ihm einen kurzen, bösen Blick nach, zog Luft durch die Nase ein und fragte: »Sie verstehen, was ich meine?«

»Nein«, sagte Ludmila mit Entschiedenheit, »ich verstehe nicht, was Sie meinen, und außerdem ist der Spätkapitalismus nun gerade nicht mein Problem. Aber es würde mich sehr interessieren, was Sie für einen Beruf haben.«

Alice, die sich in ihren seelischen Hochdruckphasen für eine fesselnde Persönlichkeit hielt, fiel von starräugiger Bestürzung in achselzuckende Resignation: »Ich habe keinen richtigen Beruf«, sagte sie, »ich habe sehr jung geheiratet und dann meinen Mann immer auf seinen journalistischen Reisen begleitet. Wir waren jahrelang unterwegs.«

»Das muß doch sehr schön für Sie gewesen sein.«

»Einerseits ja, andererseits bin ich dadurch nie dazu gekommen, das zu tun, was ich gerne wollte.« Sie steckte eine Zigarette in die Spitze, zündete sie mit einem kleinen, goldenen Feuerzeug an und rauchte zwei tiefe, nachdenkliche Züge: »Ich wollte Psychologie studieren.«

Ludmila, die Ellenbogen auf den Tisch, das Kinn auf die Fäuste gestützt, beobachtete sie mit kühler Aufmerksamkeit.

»Reisen Sie immer noch so viel mit Ihrem Mann herum?« fragte sie.

»Nein, nicht mehr.«

»Haben Sie Kinder?«

»Nein.«

Alices Gesicht sah plötzlich alt aus, und da sie kaum Falten hatte und eine makellose Haut, ließ sich nicht feststellen, welche Tücke der Natur es so abrupt verändert hatte.

»Dann studieren Sie doch«, sagte Ludmila.

»Studieren? In meinem Alter? Dazu bräuchte ich ein neues Hirn, das alte ist bereits porös.«

»Also arbeiten Sie etwas.«

»Da Sie so konkrete Vorschläge machen«, sagte Alice mit einer Prise Gift in Lächeln und Ton, »können Sie mir vielleicht auch sagen, was.«

»Irgendwas. Ein intelligenter Mensch findet immer Arbeit.«

»Ein intelligenter Mensch ist etwas wählerischer als ein dummer. Ich mache keine Arbeit, die mich anödet. Wenn ich schon arbeite, dann möchte ich wenigstens Spaß daran haben.«

»Ja«, sagte Ludmila, griff nach dem Feuerzeug und betrachtete es von allen Seiten, »das ist die Kehrseite der Freiheit. Wenn man keine äußeren Zwänge hat und Zeit und Geld, hat man innere und kauft Sachen, die man nicht braucht.« Sie versuchte das Feuerzeug anzuknipsen, aber es gelang ihr nicht. Alice, zu meiner Überraschung, blieb stumm, nahm ihr das Feuerzeug aus der Hand und knipste es an: »So macht man das«, sagte sie und gab es Ludmila zurück.

»Aha, so macht man das!« Sie ließ die kleine Flamme anspringen und pustete sie wieder aus.

»Manchmal habe ich Depressionen«, sagte sie, »schwere Depressionen, aber immer nur in den Zeiten, in denen ich aus irgendeinem Grund nicht arbeite. Ein Mensch, um sich nicht überflüssig zu fühlen, braucht zwei Dinge in seinem Leben: Arbeit und Freunde.«

»Das kommt mir aber arg vereinfacht vor«, lächelte Alice.

»Ich habe Ihnen gesagt: Ich komme aus einem einfachen, zurückgebliebenen Volk. Wir haben immer noch nicht gelernt, Dinge und Menschen zu komplizieren. Unter westlichem Einfluß hätten wir's vielleicht gelernt aber . . . na ja, es geht ja auch auf die primitive Art und Weise.«

»Auf Kosten einer menschenwürdigen Existenz«, trompetete Alice.

»Geben Sie den Menschen eine menschenwürdige Existenz, und das Chaos bricht aus«, sagte Ludmila und wurde von heftigem Gähnen übermannt: »Wir haben heute Paris besichtigt«, entschuldigte sie sich, »das war sehr anstrengend.«

Alice, anstatt sich zu verabschieden, öffnete ein neues Päckchen Zigaretten. Gehen war nicht ihre Stärke, um so weniger, als sie an diesem Abend nicht hatte brillieren können und, von Serge in einer amüsanten Geschichte unterbrochen, von Ludmila in einem lehrreichen Vortrag abgedrosselt, fast lächerlich gemacht worden war. Sie wollte wissen, was ich Ludmila gezeigt hatte, und wurde mit jeder Sehenswürdigkeit, die ich aufzählte, ungehaltener.

»Banaler geht's wohl nicht mehr!« sagte sie, als ich beim Eiffelturm angelangt war.

»Was willst du«, verteidigte ich mich, »jeder Tourist, der zum ersten Mal in Paris ist, will den Eiffelturm sehen. Was hätte ich ihr zeigen sollen? Stalingrad?«

»Stalingrad?« schrie Ludmila, »wieso Stalingrad?«

»So heißt ein scheußliches Viertel hier in Paris, ich kann nichts dafür.«

»Ein Viertel hier in Paris heißt Stalingrad?« Sie brach in ihr irres Gelächter aus, fiel mit dem Oberkörper auf den Tisch und schluchzte: »Die Franzosen sind total verrückt! In den kommunistischen Ländern hat man Stalin auf den Bukluk geworfen, und hier heißt ein ganzes Viertel nach ihm. Also wir müssen unbedingt hin, Angelina, und in Bulgarien erzähle ich dann, ich war in Stalingrad.«

»Man muß warten, bis sie sich ausgelacht hat«, sagte ich zu Alice, »in der Zwischenzeit kannst du mir vielleicht verraten, was man einer Touristin zeigt, ohne banal zu werden.«

»Sie muß einen Gesamteindruck von Paris bekommen«, erklärte Alice in strengem Baß, »laß sie eine große Stadttour mit dem Bus machen und mit dem Bateau Mouche die Seine hinunterfahren, da bekommt sie ein Gefühl für die Geschichte von Paris; und zeig ihr die weltberühmten Modegeschäfte in der Rue Saint Honoré und der Rue de Tournon ... Wenn man schon mal in der Stadt der ›haute couture‹ ist, sollte man wenigstens mal einen Blick hineintun ...«

»Die Avenue Général Leclerc hat mir gereicht«, sagte Ludmila, die sich wieder aufgerichtet hatte, »da gibt es einen Schuhladen neben dem anderen und Kleidergeschäfte und Unterwäsche ... ein winziges Dreieckhöschen hundertfünfzig Francs! Sie wollen wohl, daß ich dem Konsumterror zum Opfer falle?«

Alice lachte und erklärte: »Die Mode, meine liebe Ludmila, gehört zu Paris wie das Joghurt zu Bulgarien.«

»Ja«, seufzte Ludmila, »und da haben Sie in einem Satz den ganzen Unterschied zwischen Ihrem und meinem Land ... Gib mir ein Blatt Papier, Angelina, ich mach' jetzt eine Liste, was ich alles sehen muß.«

Die Liste, vom Juweliergeschäft Cartier bis zu den Schlössern an der Loire, umfaßte einundfünfzig Punkte, und selbst ein amerikanischer Sight-seeing-Champion hätte das Programm nicht unter einem Monat geschafft. Ludmila standen fünf Tage zur Verfügung.

»Ich fürchte, Ludmila«, sagte ich, »du übersiehst das nicht ganz . . . und wenn du dann auch noch deine Fahrt nach Le Havre mitrechnest . . .«

»Warum willst du plötzlich, daß ich nach Le Havre fahre?«

»Ich? Du wolltest doch!«

»Ach, du verstehst gar nichts!« sagte sie ungeduldig, »Le Havre war noch in der Zeit meines westlichen Schocks. Inzwischen habe ich ja wohl einiges dazugelernt und weiß, was man tun muß und was nicht. Paß auf, in fünf Tagen werde ich mehr über Paris wissen als du in fünf Jahren!«

Um wenigstens die wichtigsten Punkte auf dem Fünf-Tage-Programm zu bewältigen, standen wir am nächsten Morgen früh auf, frühstückten schnell und halbverschlafen und fuhren in die Rue de Rivoli, wo ich Ludmila zu einer vierstündigen Stadtrundfahrt in einen Bus setzte. Gegen fünf Uhr, gerade als ich anfing unruhig zu werden, kam sie in beschwingter Stimmung nach Hause.

»Du scheinst dich ja gut amüsiert zu haben«, sagte ich, »also erzähl mal, wie war's?«

»Hochinteressant. Ein älterer Herr, ein Amerikaner, hat einen Herzinfarkt bekommen. Ein Glück, daß ich im Bus war.« Sie nahm einen Pfirsich aus dem Obstkorb und biß hinein. »Du lieber Himmel«, rief ich, »das ist ja furchtbar! Wie ist denn das passiert?«

»Na, wie so was eben passiert. Eins, zwei, drei – weg war er. Zwischen Invalidendom und Eiffelturm. Seine Frau hat sich aufgeführt wie eine Irre. Total hysterisch. Ich mußte ihr eine Ohrfeige geben.«

»Und was hat sie da gesagt?«

»Nach einer bulgarischen Ohrfeige sagt man nichts mehr, und das ist ja auch der Zweck der Übung.«

»Und der Mann? Was hast du mit dem Mann gemacht?«

Sie spuckte den Pfirsichkern aus und wischte sich mit dem Handrücken den Mund ab: »Ich hab' ihn in den Gang gelegt, das Gebiß rausgenommen, eine Herzmassage gemacht und dann Mund-zu-Mund-Beatmung. Der Puls war bereits weg, die Ambulanz kam und kam nicht, das heißt, sie hat zehn Minuten gebraucht, eine sehr anständige Zeit, aber wenn man Angst hat, der Mensch stirbt einem unter den Händen weg, kommen einem zehn Minuten endlos vor.«

»Mein Gott, du Ärmste! Leg dich schnell hin. Willst du einen Kognak?«

Sie lachte: »Angelina, was glaubst du? Das war der erste Herzinfarkt, den ich behandelt habe? Ich fühle mich wunderbar, ich fühle mich immer wunderbar, wenn ich etwas tun kann, einem Menschen das Leben retten. Es gibt nichts Befriedigenderes.«

»Also dann hat sich die Besichtigungsfahrt ja gelohnt.«

Sie nickte eifrig: »Ich habe mit dem Reiseführer, einem sehr netten, jungen Mann, danach noch einen Kaffee getrunken, und stell dir vor, die Frau von dem Infarktmann, die mich gefragt hat, woher ich komme ...«

»Das hat sie dich wohl nach der Ohrfeige gefragt?«

»Nach der Ohrfeige, natürlich, als ihr Mann schon unter der Sauerstoffmaske war, und sie wieder bei Sinnen ... also, da hat sie mich gefragt, woher ich komme und ich, sehr stolz, habe gesagt: ›aus Bulgarien‹, und weißt du, was sie da tut?«

»Was?«

»Zieht ein paar Geldscheine aus der Tasche.«

»Sehr gut«, sagte ich, »wieviel hat sie dir gegeben?«

Ludmila starrte mich an. In ihrem Gesicht wechselten Überraschung mit Bestürzung, Bestürzung mit Entsetzen. Schließlich fragte sie unerwartet leise und zögernd: »Jetzt machst du Spaß, nicht wahr?«

»Spaß? Inwiefern?«

»Du meinst nicht wirklich, daß ich das Geld genommen habe.«

»Hast du es etwa nicht genommen?«

»Angelina, hör jetzt auf!« schrie sie mich an, »auch Spaß hat seine Grenzen.«

»Ich mache keinen Spaß«, schrie ich zurück, »und du bist nicht ganz bei Trost, wenn du das Geld zurückgewiesen hast. Du hast einem Menschen mit deinen eigenen Händen und deinem eigenen Atem das Leben gerettet, einem wildfremden, alten Mann ohne Zähne und wahrscheinlich schon blau im Gesicht . . .«, ich schüttelte mich, »wer macht so was schon?«

»Jeder Arzt.«

»Ja, und jeder Arzt wird dafür bezahlt. Oder glaubst du, der Arzt in der Ambulanz und die Pfleger in der Ambulanz und der Fahrer in der Ambulanz haben kein Geld dafür genommen? Und der Arzt, der ihn jetzt im Krankenhaus behandelt, macht es aus Menschenliebe? Macht ihr es denn in Bulgarien aus Menschenliebe?«

»Bei den Gehältern, die wir kriegen, könnte man es fast so nennen.«

»Also laß es dir gesagt sein: hier im Westen ist es anders. Hier tut kein Aas was aus Menschenliebe, kein Aas, verstehst du! Und wenn dir eine Amerikanerin Geld anbietet ...«

»Moment!« rief Ludmila und hob befehlend beide Hände, »Moment! Weißt du auch, warum sie es getan hat?«

»Ja, weil du ihrem Mann das Leben gerettet hast.«

»Falsch! Weil ich eine Bulgarin bin und die Amerikaner überzeugt sind, daß wir armen, unterentwickelten Menschen vor Glück vergehen, wenn man uns einen Geldschein in die Tasche steckt, weil sie glauben, daß sich alles bezahlen läßt, alles, selbst das Leben eines Menschen. Und du glaubst das auch schon und verdirbst mir damit den ganzen schönen Tag.«

Ich stand auf, nahm eine Flasche Champagner aus dem Frigidaire und begann sie zu öffnen.

»Was machst du jetzt wieder?« knurrte Ludmila.

»Wenn du schon kein schmutziges Geld von einer Amerikanerin annimmst, dann nimmst du vielleicht von mir – deiner zwar verdorbenen, aber doch treuen Freundin – ein Glas Champagner an. Irgendwie müssen wir ja die Rettung eines Kapitalisten durch den belebenden Atem einer Kommunistin feiern, nicht wahr?« Ludmila versuchte mich drohend anzusehen, aber es gelang ihr nicht. In ihren Augen tanzte ein verschmitzter Funke: »Es waren Dollar«, vertraute sie mir an, »ein ganzes Bündel Dollar.«

»Na ja«, sagte ich und lachte, »vielleicht machst du die Fahrt morgen noch einmal. Ein paar alte Amerikaner sind immer dabei, und es soll morgen ja sehr heiß werden.«

Anstatt einer Stadtrundfahrt machte sie am nächsten Tag einen Stadtrundgang, und anstatt eines Geldgeschenks wurde ihr Geld gestohlen.

»Wo, zum Teufel, ist dir das passiert?« wollte ich wissen.

»Ich glaube, auf dem großen Platz vor diesem schrecklichen Centre Pompidou mit seinen blauen, roten, gelben und grünen Röhren. Warum hast du mich auch dahin geschickt?«

»Um dir zu beweisen, daß Tugend im Westen nicht belohnt, sondern bestraft wird. Wieviel hat man dir geklaut?«

»Das ganze Portemonnaie ist weg, etwa zweihundert Francs. Es muß dieser schmutzige Zigeuner gewesen sein, der da so dicht hinter mir stand.«

»Ein Zigeuner?«

»Oder ein Araber oder ein Türke – was weiß ich! Der ganze Platz ist doch voll mit solchem Gesindel. Einer schlimmer und verkommener als der andere. Liegen da halbnackt und dreckig auf dem Boden, fressen, saufen, machen Negermusik, schlucken Feuer, laufen auf Glasscherben rum, rezitieren pornographische Gedichte ... Ich weiß nicht, warum man das zuläßt.«

»Demokratie«, sagte ich, »jeder kann tun und lassen, was er will.«

»Ja, auch stehlen und morden.«

»Also dann doch lieber eine Diktatur.«

»Ich weiß nicht, wovon du sprichst«, sagte sie schlecht gelaunt und ging in ihr Zimmer.

»Willst du nicht etwas essen?« fragte ich hinter ihr hergehend.

»Nein, danke. Mir ist der Appetit vergangen. Will mir ein Sandwich kaufen, mach' die Tasche auf und das Portemonnaie ist weg. Und alles wegen diesem idiotischen Kerl, der sich da Ketten um die Brust wikkelt und einen dann eine halbe Stunde lang warten läßt, bis er sie zerreißt.«

»Hat er eine halbe Stunde gebraucht, um sie zu zerreißen?«

»Nein, eine Minute. Aber um Geld einzusammeln hat er eine halbe Stunde gebraucht.«

Sie warf sich aufs Bett und begann zu lachen: »Und dieser Spaß hat mich zweihundert Francs gekostet.«

Am dritten Tag ihres 51-Punkte-Programms regnete es, und sie beschloß, den Nachmittag im Louvre zu verbringen.

»Laß deine Tasche zu Hause und jeden, der umfällt, liegen«, riet ich, »und komm nicht zu spät, Serge lädt uns heute zum Abendessen ein.«

Sie kam mit der Dämmerung und sah aus, als sei sie in ein schweres Unwetter geraten: das Haar aufgelöst, die Wimperntusche verschmiert, auf der Wange ein roter Fleck, den ich für Lippenstift hielt.

»Nanu«, sagte ich, »hat es denn so geregnet?«

»Nein.«

Sie zog den Regenmantel aus und stand praktisch im Büstenhalter da. An ihrer Bluse fehlten sämtliche Knöpfe. Wir starrten uns an: ich perplex, sie triumphierend.

»Du wirst es nicht glauben«, sagte sie schließlich, »aber ich bin um ein Haar vergewaltigt worden.«

»Okay, Ludmila«, schrie ich, »und was sonst noch?«

»Kein Grund, dich so aufzuregen.«

»Nein, gar kein Grund!«

Ich drehte mich um, ging ins Wohnzimmer, und da ich gerade dabei gewesen war, die Katze zu kämmen, nahm ich meine Tätigkeit wieder auf.

»Das geht zu weit«, rief Ludmila, die mir gefolgt war und sich neben mich und die Katze auf die Couch gesetzt hatte, »du tust gerade so, als hätte ich diesen Verbrecher gebeten, mich zu vergewaltigen.«

»Hör zu, Ludmila«, sagte ich, die empörte Katze auf den Rücken drehend, »mich haben schon viele Menschen hier besucht, Freunde aus Deutschland, aus Amerika, aus Israel, aber keinem einzigen ist auch nur ein Bruchteil von dem passiert, was dir passiert. Und das alles auch noch in drei aufeinanderfolgenden Tagen.«

»Deine anderen Freunde kennen eben den Westen und wissen, daß man hier keinem Menschen trauen kann, nicht einmal einem Mediziner.«

»Einem was?« Ich verhakte mich mit dem Kamm im unordentlichen Bauchfell der Katze, und sie schrie auf.

»Du bist brutal«, sagte Ludmila, »zu der Katze und zu mir. Das habe ich nicht erwartet.«

»Ich bin außer mir!«

»Du bist außer dir! Und ich, was soll ich da erst sein? Springt dieser Kerl auf mich los wie ein wildes Tier . . .«

»Auf offener Straße?«

Ludmila schwieg, und die Katze, mit ihrer Geduld am Ende, fauchte.

»Nur noch die Pelzhosen, mein schwarzer Schwan«, beschwichtigte ich sie, »ganz schnell, ja? Und dann sind wir fertig.«

Ludmila sprang so heftig auf, daß ich vor Schreck die Katze losließ.

»Was ist?« fragte ich, »wo gehst du jetzt hin?«

»Was interessiert dich das plötzlich?« schrie sie und stampfte mit dem Fuß auf, »ich werde vergewaltigt, und du kämmst der Katze die Pelzhosen! Wahrscheinlich sind Vergewaltigungen hier etwas so Alltägliches, daß sie gar keinen Eindruck mehr auf dich machen. Und das nennt sich ein zivilisiertes Volk! Wir Bulgaren sind vielleicht kein zivilisiertes Volk, aber, das schwöre ich dir, kein Mann vergewaltigt bei uns eine Frau. Und warum? Weil wir keine Sex- und Geld-Maniaken sind wie die Menschen hier im Westen. Pfui Teufel! Und dann bin ich auch noch schuld.«

»Ich habe nicht gesagt, daß du schuld bist, ich habe mich nur gewundert, daß einem einzigen Menschen so viel, so schnell etwas zustoßen kann.«

»Du hast dich gewundert, ja, und ich, ich hab' mich gefreut, nicht wahr? Eine von euren hysterischen Frauen hier wäre nach dem, was mir passiert ist, mit Schock in der Intensivstation gelandet, und ich komme nach Hause, und du fragst mich, ob ich in den Regen geraten bin, und als ich dir sage, nein, aber ich bin fast vergewaltigt worden, schreist du mich an.«

»Du hast recht, Ludmila, entschuldige bitte. Aber du weißt ja, wenn ich mich aufrege, werde ich immer ungerecht. Komm, setz dich wieder hin und erzähl mir, was passiert ist.«

Sie stand da wie ein störrischer Esel, der die Ohren anlegt und die Oberlippe bißbereit hochzieht: »Ich möchte ein Bad nehmen«, sagte sie.

»Ja, gut, ich lass' dir ein Bad ein, und du erzählst mir, was passiert ist.«

»Ich kann mir das Bad auch selber einlassen.«

»Wie du willst«, sagte ich und zündete mir eine Zigarette an. Sie setzte sich und sagte drohend: »Mit einer Bulgarin macht man das nur einmal! Dieser Herr Doktor wird so schnell keine Frau mehr anfassen.«

»War er denn wirklich Arzt?«

»Was weiß ich, wer hier wirklich was ist! Auf jeden Fall hat er's gesagt, und ich hab's ihm geglaubt und mich gefreut, mit einem westlichen Kollegen medizinische Erfahrungen austauschen zu können. Wenn dir in Bulgarien ein Mann sagt, er sei Arzt, ist er Arzt, und wenn er dich dann zu sich nach Hause einlädt, um mit dir eine Tasse Kaffee zu trinken und ein Fachgespräch zu führen ...«

»Ludmila, du bist doch nicht mehr zwanzig!«

»Ja, gerade weil ich nicht mehr zwanzig bin, sondern fünfzig, ist mir gar nicht der Gedanke gekommen, er wolle etwas anderes als mit mir Kaffee trinken und ein Fachgespräch führen. Zum Vergewaltigen hätte er sich ja auch was Frischeres aussuchen können, nicht wahr? Oder vielleicht hat er geglaubt, eine alte bulgarische Ziege wie ich müsse ihm noch dafür dankbar sein.«

Ich lachte und sie mit mir: »Äh, Angelina, die Männer leiden alle an krankhafter Selbstüberschätzung und können sich gar nicht vorstellen, daß man wirklich nichts anderes von ihnen will als eine Tasse Kaffee und ein bißchen menschlichen Kontakt. Aber ich habe mir eben eingebildet, hier, in einem zivilisierten Land herrschen zivilisierte Sitten, und er machte einen guten Eindruck – ordentlich angezogen, höfliche Manieren . . .«

»War er Franzose?«

»Er hat fließend französisch gesprochen, aber ich hab' dir ja gesagt: was weiß ich, wer hier wirklich was ist. Ich hatte mich mit der Metro verfahren, anstatt am Châtelet bin ich am Hôtel de Ville ausgestiegen, na ja, und da stand ich vor diesem Metro-Plan, und er hat sich neben mich gestellt und gefragt, ob er mir helfen könne. So sind wir dann ins Gespräch gekommen. Er wollte wissen, woher ich komme und was ich für einen Beruf habe, und als ich ihm sagte, ich sei Ärztin, hat er gesagt: was für ein Zufall, er sei auch Arzt, Kardiologe, und es würde ihn brennend interessieren, auf welchem Stand die bulgarische Medizin sei, seine Wohnung sei keine zehn Schritte von hier entfernt und . . . guck mich nicht so dumm an! Der Stand der bulgarischen Medizin ist ein interessantes Thema, und ich hätte ihm viel darüber berichten können.«

»Dieses Schwein«, sagte ich, »wahrscheinlich war die Wohnung eine Absteige, und er geht jeden Tag an den Metro-Plan und fängt sich da eine verirrte Touristin. Wie naiv kann man sein, Ludmila!«

»Naiv, ja!« fuhr sie mich an, »fünfzig Jahre bin ich, Ärztin bin ich, viermal verheiratet war ich – aber einem pathologischen Sexmaniaken bin ich noch nie begegnet. Wie kann ich wissen, daß man so was hier frei rumlaufen läßt. Hätte ich nicht in meiner Krankenhauspraxis gelernt, mit widerspenstigen, um sich schlagenden Bulgaren umzugehen, ich wäre nicht nur mit einer zerrissenen Bluse und einem roten Fleck auf der Backe davongekommen.«

»Arme Ludmila«, sagte ich, »du wirst froh sein, wenn du den Westen hinter dir hast.«

Sie hielt sich die Bluse über der Brust zusammen und sah mir mit einem langen, tiefen Blick in die Augen: »Hoffen wir das Beste«, sagte sie, »aber weißt du, ich habe mich eigentlich schon sehr daran gewöhnt.«

Die letzten zwei Tage ließ ich sie die Schattenseiten des Westens vergessen und zeigte ihr seine berühmte goldene Fassade: die weltbekannten Hotels, Restaurants und Modegeschäfte, das Schloß von Versailles und das Palais Royal und das Palais du Luxembourg, den herrlichen Wald von Fontainebleau und den Bois de Boulogne, das luxuriöse Villenviertel von Neuilly und die stolzen Avenues des 16. Arrondissements mit ihren feudalen Häusern und majestätischen Bäumen, die prunkbeladene Oper und die aristokratische Place Vendôme, die Banque de France, in deren Kellertresoren das gesamte Gold des französischen Staates lagert, und den Friedhof Père Lachaise, in dessen Erde die Elite des französischen Volkes ruht.

»Ja«, sagte sie, als wir, von weißen Marmorstatuen und kunstvoll angelegten Blumenbeeten umgeben, auf einer Bank in den Tuilerien saßen, »so wie ich ihn jetzt gesehen habe, den Westen, so habe ich ihn mir immer vorgestellt.«

»Und was«, erinnerte ich sie, »sagte dein weiser alter Freund, als du in den Westen fuhrst?«

»Er sagte: Schaue, horche, prüfe und dann ziehe deine Schlüsse. Nicht alles ist Gold, was glänzt.«

Sie schwieg, bog den Kopf zurück und schaute in die Krone eines Kastanienbaumes, die wie eine schwere, grüne Wolke über uns hing. Plötzlich lachte sie kurz auf und sagte: »Aber ob das nun alles Gold ist oder nicht, der Glanz ist trotzdem nicht zu verachten.«

Am Abend vor ihrer Abreise packte sie ihren alten verbeulten Kunstlederkoffer. Ich saß dabei und sah ihr zu, und mit jedem Kleidungsstück, das im Koffer verschwand, wurde mir das Herz schwerer.

Was hatte sie nun davon gehabt, einen kurzen Blick in eine Welt zu werfen, die ihr ein halbes Jahrhundert verschlossen geblieben war und den Rest ihres Lebens verschlossen bleiben würde? Wäre es nicht besser gewesen, sie hätte sie erst gar nicht kennengelernt und weiterhin wie einen Traum – schön, aber unwirklich – in sich erhalten? Jetzt war der Traum Wirklichkeit geworden, hatte Geschmack, Geruch, Form angenommen, war mit konkreten Vorstellungen verbunden, mit Bildern, die Wünsche, mit Erinnerungen, die Sehnsucht weckten. War eine Sehnsucht, die im Labyrinth des Unbekannten tappt, nicht leichter zu ertragen als eine Sehnsucht, deren Nahrung der Verlust ist? Und würde jetzt ihre Welt nicht unter dem Schatten des Vergleiches immer grauer werden und die andere so kurz erblickte immer heller?

»Ludmila«, sagte ich, »vielleicht bleibst du doch noch ein paar Tage hier und fährst nicht zu dieser törichten Tante.«

»Doch«, sagte sie, »ich fahre. Tante Ratka ist genau das richtige, um mir den Westen wieder abzugewöhnen.«

»Glaubst du, du wirst es bedauern, hier gewesen zu sein?«

»Was ist das jetzt wieder für eine dumme Frage?«

»Ich meine, wenn man etwas nicht kennt, dann vermißt man es nicht, jedenfalls nicht bewußt.«

»Ah, Angelina, und du, die du hier im Westen lebst, bist du restlos zufrieden? Vermißt du nichts?« Sie sah mich an, liebevoll und spöttisch zugleich und schüttelte den Kopf: »Man vermißt immer etwas und manchmal wichtigere Dinge als eine schöne Stadt und ein gutes Leben. Seine Freunde, zum Beispiel, seine Arbeit, seine Sprache.«

»Ja, du hast recht.«

»Natürlich habe ich recht. Was hat man von einem guten Leben, wenn es leer ist.«

Sie sah sich im Zimmer um: »Habe ich jetzt alles oder . . . halt! Wo ist ›Die Frau der Zukunft‹? Ohne ›Die Frau der Zukunft‹ fahre ich nicht!«

»Da ist sie . . . da, auf dem Nachttisch.«

Sie nahm das Buch, betrachtete die Titelseite, dann die Rückseite, lachte und las mit dramatischer Stimme: »Pläne für den Herbst deines Lebens: Mach das Beste daraus! Wenn du den Baum des Lebens nicht ein wenig schüttelst, fallen dir die goldenen Äpfel des Glücks nicht in den Schoß.«

Sie legte das Buch in den Koffer und schloß den Deckel: »Also«, sagte sie, »du schüttelst hier, und ich schüttele da. Der einzige Unterschied ist der: Du erwartest vielleicht wirklich noch ein goldenes Äpfelchen und ich nicht mehr.«

Bob kam zum Abendessen, und anschließend gingen wir zu viert in ein Café am Boulevard Saint Germain. Es war Sonnabend und wahrscheinlich die letzte warme Nacht des Jahres. Die Pariser waren auf den Straßen, und eine unangenehme Hektik ging von ihnen aus. Manche schienen noch einmal auf der Suche nach der schicksalhaften, ihr Leben verändernden Begegnung, auf die sie den ganzen Sommer vergeblich gewartet hatten, andere waren darum bemüht, durch absonderliches Benehmen, exzentrische Kleidung oder ein weithin hörbares, spritziges Geplänkel aufzufallen.

»Hättest du dir für Ludmilas letzten Abend nicht etwas Besseres einfallen lassen können?« fragte mich Serge und starrte angewidert auf den sich unruhig vorbeiwälzenden Menschenstrom.

»Für Ludmila ist das sehr interessant«, verteidigte ich mich.

»Ja«, unterstützte mich Bob, »mal was anderes als die marschierenden Massen, nicht wahr, Ludmila?«

Wir sahen alle drei Ludmila an. Sie saß da wie eine Katze vor dem Mauseloch: geduckt, lauernd, gebannt. So saß sie immer, wenn sie versuchte, den Dingen, die sie befremdeten, auf den Grund zu gehen.

»Da siehst du es«, warf mir Serge vor, »sie antwortet nicht, sie hat einen Rückfall in den westlichen

Schock. Trink deinen Kognak, Ludmila, der wird dir guttun.«

Ludmila stieß ihr schluchzendes Lachen aus: »Ich habe keinen Rückfall«, sagte sie, »ich studiere die Menschen. Ich bin Ärztin, die menschliche Natur interessiert mich.«

»Recht hat sie«, bemerkte Bob, »man muß es vom medizinischen und da wiederum vom pathologischen Standpunkt aus betrachten.«

»Die Menschen hier leiden unter der Psychose, nicht gesehen und nicht gehört zu werden«, stellte Ludmila fest, »darum verkleiden sie sich so und machen solche Faxen.«

»Und bei euch?« fragte Bob.

»Bei uns leiden sie unter der Angstneurose, gesehen und gehört zu werden.«

Wir lachten.

»Ihr habt gut lachen«, sagte Ludmila und trank ihren Kognak aus.

»Wir sollten nach Australien auswandern«, sagte Serge, »da gibt es noch viel Platz und wenig Menschen. Wir kaufen uns eine Farm an einem schönen Fleck und leben von Ackerbau und Viehzucht.«

»Ich gehe lieber nach Marokko«, erklärte Bob, »baue mir ein kleines Haus am Meer, fange Fische und andere hübsche Sachen und lebe mit der Sonne, dem Meer und den Sternen.«

»Für mich kommt nur die Wüste in Frage«, sagte ich, »ein Zelt, ein Kamel und eine Herde schwarzer Ziegen.«

»Und du, Ludmila«, fragte Bob, »was möchtest du?«

»Endlich mal ein richtiges Badezimmer und außerdem meine Küche und die Kammer daneben renovieren lassen.«

»Das sind realistische Wünsche«, sagte Serge, »die meinen wir nicht.«

»Ich kenne keine anderen«, erwiderte Ludmila, »unrealistische Wünsche hat man nur, wenn die realistischen befriedigt sind.« Sie wandte sich wieder dem Studium der menschlichen Natur zu. »Ja«, sagte sie nach einer Weile intensiven Beobachtens, »warum küssen sich die zwei jetzt mitten auf der Straße und halten den Verkehr auf? Er hat einen Zopf mit einem roten Schleifchen und sie sieht aus wie Ophelia im letzten Akt. Das sollte doch eigentlich genügen, um aufzufallen.«

»Es gibt einen jiddischen Ausspruch«, sagte ich, »und der trifft das hier alles auf den Kopf: ›Die Menschen weissen nicht mehr, wus sich a tut mit ehnen.‹«

»Es wird bald Krieg geben«, sagte Serge verträumt.

»Was!« schrie Ludmila. »Warum sagt er das jetzt?«

»Siehst du einen anderen Ausweg?« fragte Serge.

Bob, von einem Heiterkeitsausbruch überwältigt, warf sich auf seinem Stuhl zurück und stieß dabei mein Glas um.

»Oh, Bob«, rief ich, »du mit deiner verdammten Ungeschicklichkeit! Mein ganzes rechtes Hosenbein ...«

Der Rest des Satzes ging in einer schnellen Folge jazzähnlicher Geräusche unter: eine interessante, heftig betätigte Drei-Ton-Hupe, das Aufkreischen einer Autobremse, ein dumpfer Paukenschlag, ein elektronisches Klirren und schließlich ein Chor schriller

Frauen- und heiserer Männerstimmen. Einige Leute sprangen neugierig von ihren Stühlen auf, andere klatschten oder riefen Bravo.

»Das finde ich gar nicht schön«, sagte Ludmila, »die Menschen hier freuen sich, wenn etwas kaputtgeht.«

»Das ist das einzige, worüber sie sich noch freuen«, sagte Bob.

»Europa ist jetzt schon fast vierzig Jahre heil geblieben«, sagte Serge, »und das langweilt sie zu Tode.«

Ein junger Mann mit Christuskopf, ausgefransten Shorts und Gitarre erklomm einen Stuhl und begann zu singen.

»Was singt er da?« wollte Ludmila wissen.

»Ein Protestlied«, sagte ich.

»Was ist das?«

»Ein Lied, mit dem man gegen irgendetwas protestiert, in diesem Fall gegen die westliche Gesellschaft.«

»Er protestiert gegen die westliche Gesellschaft?«

»Ja.«

Ludmila sah mich an, einen Ausdruck fassungslosen Staunens in den weit geöffneten Augen: »Ja«, sagte sie, »die Menschen hier können wirklich machen, was sie wollen – so was habe ich noch nie erlebt!«

Am nächsten Morgen brachte ich sie zur Bahn. Es war Sonntag, kurz nach sieben, und Paris schlief.

Ich drehte die Fenster hinunter, schaltete das Radio auf leise und fuhr langsam durch die Straßen. Ludmila schwieg.

»Woran denkst du?« fragte ich, um sie von eventuellen traurigen Gedanken abzulenken.

»Ich habe mir überlegt, ob du jetzt mit dem Auto immer so weiter fahren könntest, nach Deutschland, zum Beispiel, oder nach Holland oder nach Spanien.«

»Ja, im Prinzip könnte ich das.«

»So einfach über die Grenze und ins nächste Land? Machst du das oft?«

»Nein, nicht oft.«

»Ich glaube, ich würde dauernd herumfahren . . . von einem Land ins andere, mit Musik und einer Flasche Wein und dem Wind im Gesicht.«

»Es würde dir bald über werden«, sagte ich beklommen, »volle Straßen, Unfälle, kilometerlange Autoschlangen, Regen, Nebel ... und außerdem kannst du gar nicht fahren.«

»Also schön«, sagte sie, »das war dann eben mein erster unrealistischer Wunsch.«

Als ich die Brücke Saint Michel überquerte, bat sie mich zu halten.

Wir stiegen aus, traten an die Brüstung der Brücke und schauten die Seine hinab. Eine alles verklärende Ruhe lag über der Zehn-Millionen-Stadt. Sie war ins Unwirkliche entrückt, eine Phantasmagorie, ein Gewebe zartesten Graus aller Schattierungen, schwebend, zerfließend, mit Himmel und Fluß verschmelzend und sich dann wieder fangend in einer Kuppel, einem Turm, einem vorspringenden Pfeiler.

»Weißt du«, sagte ich nach einem langen Schweigen, »zwischen sechs und acht Uhr früh ist die Welt noch wunderschön.«

»Ja«, sagte sie, »wo keine Menschen sind, da ist Gott.«

»Du nennst es Gott, ich nenne es Hoffnung.«

»Wie immer man es nennt«, sagte Ludmila, wandte sich mir zu und schloß mich in eine feste Umarmung, »laß uns diesen Augenblick nie vergessen.«

Angelika Schrobsdorff im dtv

© Isolde Ohlbaum

Die Reise nach Sofia

Die Begegnungen zweier Jugendfreundinnen, von denen die eine heute in Paris, die andere in Sofia lebt, werden zum Ausgangspunkt amüsant geplauderter, aber mit analytischer Ironie erfaßter Beobachtungen über Konsum und Liebe, Freiheit und Glück in Ost und West. »Der Sinn dieser Geschichte ist so uneindeutig wie die Wirklichkeit selbst. Sie gestatten dem Leser, zu seinem größten Vergnügen, sie durch seine eigenen Gedanken, seine eigene Phantasie weiterzuspinnen«, schrieb Simone de Beauvoir in ihrem Vorwort. dtv 10539

Die Herren
Roman

Die Herren, das sind nicht nur die politischen Machthaber, sondern auch die Männer, die das Leben der jungen Eveline Clausen geprägt haben: Boris, die erste Liebe, der Engländer Julian, der amerikanische Offizier, der sie heiratet, der Regisseur Werner Fischer, an dem ihre Ehe zerbricht und dessen Künstlerpathos sie doch so rasch leid wird. dtv 10894

Jerusalem war immer eine schwere Adresse

Der Staat Israel ist in den Augen von Angelika Schrobsdorff »das interessanteste, irrwitzigste Land der Welt«, er fasziniert und erschreckt sie zugleich. Ihre genaue Beobachtungsgabe, ihre Ehrlichkeit und ihre sanfte Ironie geben diesem Bericht über einen scheinbar aussichtslosen Konflikt zweier Völker seine befreiende Wirkung. dtv 11442

Der Geliebte
Roman

Zwei Menschen von gänzlich verschiedener Lebensauffassung suchen nach einer Perspektive für ihre Beziehung. Während er sich energisch bemüht, eine dunkle Vergangenheit zu vergessen, weiß sie, daß die einfachen Lösungen nicht für sie taugen. – Im Schicksal der Personen spiegeln sich, Angelika Schrobsdorffs Züge aus eigenem Leben. dtv 11546

Mary Wesley im dtv

Foto: Nick Rogers

Zweite Geige
Roman · dtv großdruck 25084

Laura Thornby hat einige sehr gute Gründe dafür, sich in ihrem Leben auf keine allzu enge Beziehung einzulassen. Als sie merkt, daß sie sich in den jungen Claud verliebt hat, sucht sie auf ihre unkonventionelle Art Abhilfe. Selten ist eine durchaus mit tragischen Elementen behaftete Liebesgeschichte zwischen einer erfahrenen Frau und einem jungen Mann so kühn und mit soviel trockenem Humor erzählt worden.

Eine talentierte Frau
Roman · dtv 11650

Noch keine zwanzig, schwanger und mehr oder weniger mittellos verläßt Hebe den Schoß der Familie. Sie will das Kind, das sie erwartet, nicht abtreiben lassen, und tatsächlich gelingt es ihr offenbar, sich durchzuschlagen. Sonst würden wir sie zwölf Jahre später nicht in offensichtlich so angenehmen Lebensumständen wiedertreffen, daß sie als alleinerziehende Mutter ihrem Sohn sogar eine teure Privatschule finanzieren kann.

Ein Leben nach Maß
Roman · dtv 11741

Drei Männer begleiten Flora ein Leben lang. Sie lernt sie als zehnjähriges Mädchen kennen, sie verbringt Zeiten voll Gelächter und Leidenschaft mit jedem von ihnen, aber eine Trennung scheint immer unvermeidlich zu sein. Flora will unabhängig bleiben und ihren eigenen Weg gehen.

Matildas letzter Sommer
Roman · dtv 11893

Matilda, etwas exzentrisch, über fünfzig und verwitwet, sieht in ihrem Leben keine Perspektiven mehr und möchte ihm ein Ende machen. Das ändert sich, als sie einem Mann begegnet, der seit Wochen von der Polizei gesucht wird, weil man glaubt, er habe seine Mutter umgebracht…

Nancy Thayer im dtv

Foto: ECON Verlag GmbH

Das Glück am Rande des Wassers
Roman · dtv 11382

Nach dreißig Jahren Ehe bricht Margaret Wallace aus ihrem bisherigen Leben aus – ein Schritt, mit dem sie bei ihren beiden Töchtern auf wenig Verständnis stößt, stecken diese doch selber in einer Krise: Die schwangere Daisy wurde gerade von ihrem Mann mit zwei Kindern sitzengelassen, und Dale überfällt, trotz aller guten Vorsätze, die große Liebe…

Ein Morgen am Meer
Roman · dtv 11643

Was Sara nicht alles tut, um schwanger zu werden: Sie rennt von einem Arzt zum anderen, und kein Fruchtbarkeitsritus ist ihr mehr fremd. Doch was bei allen anderen so leicht zu gehen scheint – bei ihr klappt es einfach nicht. Sie bekommt und bekommt kein Baby…

Nell
Roman · dtv 11667

Nell St. John, Ende dreißig, ist von ihrem egozentrischen Mann verlassen worden – ausgerechnet wegen ihrer besten Freundin. Nun lebt sie mit ihren beiden Kindern, ihren Katzen und Hunden allein in einem großen Haus in Arlington, Neuengland. Eigentlich genießt sie die neue Selbständigkeit, wären da nicht die ständigen Geldsorgen, das Chaos im Haus, die leidige Kindererziehung und der ständige Ärger mit der Jobberei. Auch ihre Beziehung zu dem jungen Griechen Stellios ist nicht ohne Probleme. Da bietet sich ihr eine unerwartete Chance…